JN121969
王子様に

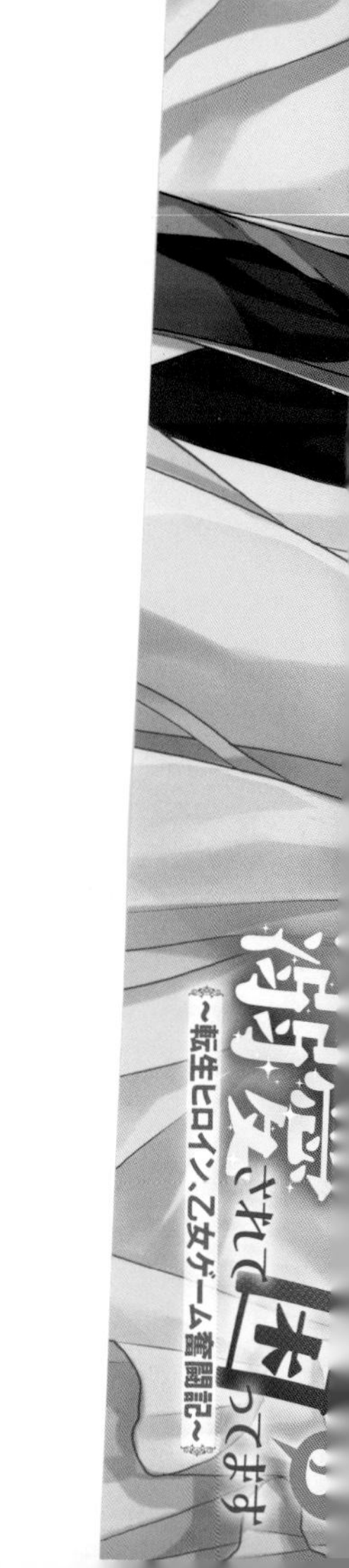
溺愛されて困ってます
～転生ヒロイン、乙女ゲーム奮闘記～

王子様に溺愛されて困ってます3
～転生ヒロイン、乙女ゲーム奮闘記～

月神サキ

Illustrator
アオイ冬子

アーサー・
フェリクス・ストライド
25歳
ストライド王国王太子。
人嫌いで非常に気難しい男だが、
側近のディードリッヒにだけは
心を許している。
初恋の相手であるシルヴィを、
十年以上
探し続けていた。
シルヴィア・
リーヴェルト
19歳
ストライド王国の貴族
リーヴェルト侯爵家の令嬢、
そしてR18乙女ゲー『指先シリーズ』の
世界に転生してきた前世の記憶持ち。
男性陣の気持ちはゲーム補正では？
と不安に思っていたが、
アーサーの想いが本物と分かり、
正式な婚約者になった。
王子様に溺愛されて困ってます
Characters
～転生ヒロイン、乙女ゲーム奮闘記～

レオン・リーヴェルト

14歳
シルヴィの義理の弟だが、
彼女を女性として愛している美少年。

ディードリッヒ・ヴィングストン

23歳
堅物で真面目で誠実騎士。
アーサーとは幼い頃からの付き合い。

ジェミニ

?歳
故あってシルヴィとは友人だが、
真の姿は凄腕の暗殺者。

クロード・スレイン

26歳
女性に大人気の公爵。アーサーを籠絡した
シルヴィに興味を持っている。

この作品はフィクションです。
実際の人物・団体・事件などに一切関係ありません。

⚜

王子様に溺愛されて困ってます3

〜転生ヒロイン、乙女ゲーム奮闘記〜

MELISSA

第十一章・アーサールート

婚約式も無事終わり、晴れてシルヴィはアーサーの正式な婚約者となった。

ストライド王国王太子アーサーとの結婚式はこれから半年後。それまでにシルヴィは王太子妃に必要な知識を学ぶことになる。その教育は、通常なら己の屋敷から王城に通い、受けるものなのだが、今回は違った。

アーサーたっての希望により、シルヴィが王城に引っ越してくることになったからだ。

正式に婚約式を済ませた婚約者なので特に問題はないが、それでも特例であるのは間違いない。シルヴィはもちろん何度も断ったのだが、アーサーが頷くはずもなく、結局、結婚式を待つことなく王城に引っ越すことが決まった。

「今日からお城暮らしかあ……」

引っ越し当日、馬車から降りたシルヴィは複雑な表情で王城を見上げながら呟いた。

柔らかな金髪に透明感のある緑の瞳が印象的な彼女は、可愛らしいピンク色のドレスに身を包んでいる。その髪には桜によく似た髪飾りがあり、シルヴィに良く似合っていた。

「……大丈夫かな。ちょっと不安かも」

今更引き返せないことは重々承知の上ではあるが、自分の住む場所として認識した途端、城という存在がシルヴィを激しく威圧してくる気がする。

「何、言ってんのよ」

泣き言を漏らすシルヴィに呆れたように反応するのは、彼女のメイドであり前世からの友人であるアリスだ。

長く黒い髪を後ろに一つに束ねた、外見だけは楚々とした容姿のアリスは、ニマニマとしながらシルヴィの脇腹を突いた。

「あんたは正式な婚約者なんだから、堂々としていればいいの。それに、嬉し恥ずかし、イチャラブ生活の幕開けでしょ！　楽しみなさいよ」

「そ、それはそうなんだけど……」

今更否定するところでもないので頷く。

シルヴィが顔を赤くしつつも肯定すると、アリスは興味深そうな顔をした。

「へえ？　あんたも随分と素直になったじゃない。良い傾向。あ、私も王城に来たからには、あんたとアーサーのラブラブ生活、しっかり拝ませてもらうからよろしくね！」

「……もう好きにしてよ」

実に楽しそうなアリスの様子を見て、シルヴィはがっくりと項垂れた。アリスはそういう女性なのだ。それを分かって屋敷から側付きとして付いてきてもらったのだから、今更文句を言うつもりもなかった。

とにかく、ここまで来れば竦んでいても仕方ない。それにどうせ半年後には結婚する。そうなれば否応なく王城で暮らすことになるのだ。少し早いが、その予行演習と思えばいい。

「シルヴィア様。お待ちしておりました。お部屋までご案内します」

気合いを入れ直しているシルヴィに声を掛けてきたのは、彼女の婚約者であるアーサーの側近、ディードリッヒだ。黒い長髪は手入れが行き届いており、女性に負けず劣らず美しい。黒い騎士服に身を包んだ彼はにっこりとシルヴィに向かって微笑(ほほえ)んだ。

優男にしか見えないが、その実力は確かなものだということをシルヴィはよく知っていた。

「ディードリッヒ様」

良く知る男が迎えに来てくれたことにホッとするも、彼女に付けられた『様』という敬称が気になった。今まで彼はずっとシルヴィのことを『シルヴィア殿』と呼んでいたのだ。急に『様』と変えられても戸惑ってしまう。

シルヴィの微妙な変化に気づいたディードリッヒが、少しだけだが意地の悪い顔をした。

「あなたは殿下の正式な婚約者ですからね。シルヴィア様とお呼びするのが正しいかと。それと、私のことはディードリッヒと呼び捨てでお願いします。未来の主君の伴侶(はんりょ)に、それこそ『様』付けで呼ばれるなどゾッとしませんから」

「え、でも……」

ディードリッヒの理屈が正しいのは分かるが、さすがに呼び捨てにはできない。

何せ彼は、ヴィングストン伯爵家の長男だ。近い将来、確実に伯爵位を継ぐであろう彼を呼び捨てにはしづらいとシルヴィは思ったのだが、ディードリッヒは退(ひ)かなかった。

「シルヴィア様。曲げて、お願いいたします。もちろん、敬語もいりませんよ」

「……分かったわ」

ディードリッヒの頑として譲らないという態度にシルヴィは呆気なく降参した。ここで争うことに意味はない。彼がそうして欲しいと言うのならそうするべきなのだろう。

（やっぱり真面目な人なんだな）

きっちりと主君の伴侶として線引きをしてきたディードリッヒに、そう思ってしまう。

ゲームでもディードリッヒはその真面目キャラをよく取り上げられたものだが、現実の彼もそこは同じ。彼には彼のルールがあり、それに沿って厳格に進んでいるのだ。

そんなディードリッヒはシルヴィのすぐ側にいたアリスに目を向けた。

「おや、そちらは？　連れてくるとおっしゃっていたメイドですか？」

「ええ。アリスと言うの」

「初めまして、ヴィングストン様。お嬢様の専属メイドのアリスと申します」

シルヴィが紹介すると、アリスはまるで普段とは別人のような態度で挨拶をした。

厳密に言えば、ディードリッヒとアリスは初対面ではない。だが面と向かって会ったのは初めてなので、『初めまして』が正解なのだろう。

アリスの挨拶を受け、ディードリッヒは人好きのする笑みを浮かべた。

「よろしく。アリス、あなたには、シルヴィア様をお部屋にご案内したあと、女官長のところへ行ってもらいます。彼女に城の基本的なルールを教えてもらって下さい」

「はい、お気遣いありがとうございます」

どこでも独自のルールというものはある。城ともなれば、それこそ山のように存在するだろう。アリスが礼を言うと、ディードリッヒはシルヴィたちを促した。

「では、お部屋へご案内いたしましょう。どうぞこちらへ」

「ありがとう」

ディードリッヒのあとに大人しく続く。彼が通る道は、シルヴィがアーサーに会いに行く時と同じルートだった。

(まさか、同じ部屋ってことはないわよね)

アーサーのことだから十分あり得ると思いつつもディードリッヒのあとを付いていくと、彼はアーサーの部屋の少し手前で立ち止まった。

「こちらが、シルヴィア様のお部屋になります」

「ここ?」

「はい」

思わず尋ねると、ディードリッヒからは肯定が返ってきた。それを聞き、ホッとする。同室か、もしくは隣だろうと勝手に推測していたのだ。アーサーの部屋は近くにあるが、少し歩かなければいけない距離で、プライベートな時間も大事にしたいシルヴィには有り難い配慮だった。

(良かった……これならゆっくり寛げそう)

たとえばアーサーと同室などと言われたら、きっとシルヴィは落ち着けなかっただろう。自分が自由にして良い空間があるとないのとでは大違いなのだ。

「どうぞ」

ディードリッヒが扉を開けてくれたので、中へと足を踏み入れる。

部屋は明るく、かなりの広さがあった。

カーテンや絨毯、机やクローゼットにベッドといった基本的な家具類は揃っており、すぐにでも生活を始めることができそうだ。

「素敵……」

アーサーの部屋のように全てが最高級品で揃えられているのかと覚悟していたが、意外にもそんなことはなかった。部屋は全体的に落ち着いた色で統一されているし、家具類もシルヴィが扱い慣れているレベルのものばかりだ。

「殿下が、最初はシルヴィア様が普段から慣れ親しんでいるものを用意するのが良いだろうとおっしゃられまして。まだご結婚まで半年ありますからね。徐々に慣れていただければということで、女官長も同意しました」

「ありがとう……」

触れるのも恐れ多いような家具に囲まれた生活では息が詰まってしまう。もちろんシルヴィはアーサーと結婚するのだからいつかはそれに慣れなければならないが、今すぐにと言われないのは助かった。

徐々になら、なんとか頑張っていける。そして、その配慮を彼女の婚約者がしてくれたことが嬉しかった。

「アーサー……」

　婚約者のことを思って名前を呟くと、ディードリッヒが柔らかい表情を見せた。

「本当は、今日も殿下ご自身が迎えに行きたいとおっしゃられたのです。さすがにそれは難しいので私が参りましたが。殿下はシルヴィア様を迎えられたことをとても嬉しく思っておられますよ。突然の引っ越しで戸惑っていらっしゃるでしょうが、シルヴィア様には是非それを忘れないで欲しいと思います」

「ええ」

　それはよく分かっている。

「それでは、私はこれで。夕方には殿下もいらっしゃるでしょうから、それまではご自由にお過ごし下さい。アリス殿。女官長を訪ねることを忘れないように。居場所は廊下を歩いている女官の誰かにでも聞いて下さい」

「はい」

　アリスが頷いたことを確認し、ディードリッヒは部屋を出ていった。残されたのはシルヴィとアリスの二人だけ。思わずほうと息を吐いた。アリスがニヤニヤと笑いながら言う。

「……あんた、アーサーに愛されてるわね」

「う、うん。私もそう思う」

　揶揄（からか）い口調でアリスに言われたシルヴィは、照れたように頷いた。アリスがぐるりと部屋を見回す。

「これ、きっと全部一から揃えたんでしょうね。あんたが馴染（なじ）み深いものをわざわざ。あんたが過ごしやすいように。はー……。ゲームのアーサールートも真っ青な溺愛ぶりじゃない。幼馴染みフラグが立つと、アーサーってここまでするようになるんだ……いやいや、すごいわ」

クローゼットを確認したアリスが頷き、隣の部屋に続く扉を開ける。

「こっちが寝室ね。隠し扉的なものもなし、と。つまりアーサーは夜、普通に通ってくるわけだ」

「へ？」

何を言い出すのかとアリスを見る。彼女は楽しそうにニヤニヤとしていた。

「だってあんたたち、すでにやることやってるんでしょ。夜は当然一緒に過ごすと思うんだけど。アーサーが来るのか、あんたが呼ばれるのかそれは分からないけど、この部屋を用意した人物は間違いなくそれを想定しているわね。だってベッドだけ明らかに何ランクも上のものが用意されてるもの。王子に粗末なベッドは使わせられないってことじゃないの？」

「……う、嘘」

慌ててシルヴィも奥にある寝室に走る。中を見て絶句した。

部屋の真ん中には巨大なベッドが置いてあったが、確かにアリスの言うとおり、シルヴィが使っていたものより数段良い品だったのだ。

ベッドのサイズもどう見ても、二人で使用することを想定された大きさで、シルヴィは眩暈がしそうになった。

「こ、これってやっぱり、そういう意味、よね？」

信じたくなくてアリスに確認するも、彼女からは何を言っているのだというような視線が返ってきただけだった。

「当たり前でしょ。それ以外にどういう意味があるのよ」

「え、私、夜、アーサーを待たないといけないの？」

「もしくは、女官長辺りから『殿下のお召しです』って呼び出しがかかるのかもね。そうしたらあんたはアーサーの寝室に案内されるわけだ」

「嘘でしょ、めちゃくちゃ恥ずかしいじゃない。なにそれ」

「知らないわよ。これも使命だと思って耐えなさいよ」

「アリスが冷たい！」

ショックを受けながらも彼女に文句を言うと、アリスはバッサリと言い切った。

「あんたね。婚約者に通ってもらえない女ほど情けないものはないって、それくらい分かるでしょう？」

「そ、それは……」

「あんたは呼ばれたら堂々とアーサーの部屋に行けばいいし、来てくれたら笑顔で迎え入れればいい。それを見て、女官長や兵士たちは安心するだろうし、そこから『将来の王太子夫妻の仲は良好なようだ』って噂が広まるんだから」

「……うん」

アリスの言うことはいちいちもっともで、シルヴィは頷くしかなかった。

「あんたが恥ずかしがってアーサーを追い出したり、呼び出しに応じなかったりしたら、それこそ

『お二人は仲が悪いようだ』なんて話になって、早々と愛妾を用意されるかもしれないわよ？　あんた、それでもいいの？」

「絶対に嫌」

想像するのも無理だ。シルヴィが真顔で拒絶すると、アリスは腕を組みながら言った。

「でしょ。それならせいぜい嬉しそうにアーサーの部屋に通うことね。もしくは来てくれたのなら大歓迎してやりなさい。そうして朝まで自分の側に縛り付けるの。そしたら、熱々で仲の良いあんたたちのことを誰も邪魔したりはしないわよ。正妃が子供を産むのが一番なんだから。むしろ皆、協力してくれると思うわ」

「……分かった。でも朝までって、どういうこと？」

首を傾げると、アリスは「あんたねえ」と眉を上げた。

「事が終われば、相手を部屋に帰すなり、自分が帰るなりするのが王族の基本なの。だけどね、何事にも例外はある。殿下は朝まで婚約者様と一緒に過ごされるって噂になれば、誰だってあんたがアーサーに溺愛されてるって分かるでしょってこと。あんたも侯爵令嬢で、元乙女ゲープレイヤーなんだからそれくらい分かるでしょうに」

どうして分からないのかと非難の目つきで見られ、シルヴィは「うっ」と呻いた。

「……だ、だって乙女ゲーって、Ｒシーンの時、基本ヒーローは朝までヒロインといてくれるじゃない。のっぴきならない事情がない限りは。だから、そんなこと考えたこともなかった」

「……そういえばそうね」

微妙な顔でアリスが頷く。

「そ、それにね……恥ずかしいんだけど、アーサーは、いつもその……朝まで私を放してくれないから……そんなこと悩みようもなかったというか……」

ある意味、ゲームで語られた以上の絶倫王太子と化したシルヴィの婚約者は、一緒に住むことになる前でさえ、泊まりの時は朝まで彼女を放さなかった。夜明けに近い時間まで延々と啼かされ、事が終わればいつだって気絶するように眠りにつく。

目が覚めれば、大抵はアーサーの腕の中で起きる時間になっているのだ。

なかなかにハードな生活ではあるが、シルヴィの体調は悪くない。

乙女ゲーヒロインのチートか何か知らないが、シルヴィの身体は妙に快楽に弱く、しかも長時間のセックスにも耐えられるようになっているからだ。

具体的に言えば、いくらしても肝心な場所が痛くならないし、中が乾いたりしないのだ。

困ることと言えば、多少腰が重いのと、あとは睡眠時間が足りないくらい。

話を聞いたアリスは「あー……」と納得したような顔をした。

「絶倫がウリの王太子だもんね。じゃあそこは心配する必要ないか。ま、とにかく、お召しがあれば喜んで行くこと。アーサーが来たら大喜びで迎え入れること。それだけ忘れなければ良いわ」

「わ、分かった。頑張る」

アリスの身も蓋もない助言に、それでもシルヴィは神妙な顔で頷いた。

正直に言えば、アーサーが訪ねてくるのも自分が行くのも恥ずかしい。

だけど、それで二人の仲が悪いと勘違いされるのは嫌だし、愛妾なんてもってのほか。それくらいならアーサーの求めに笑顔で付き合おうとシルヴィは決意した。

恥ずかしいとか言っている場合ではないのである。

「じゃ、私は女官長に挨拶してくるから。あんたはソファにでも座って待ってて」

「う、うん」

「来るのが遅い！　って怒られても嫌だしね。じゃ！」

あっさりと言い、アリスも部屋を出ていった。

あっという間に一人になってしまったシルヴィは主室に戻り、アリスに言われたとおり、近くにあった椅子（いす）に腰掛けた。

よく見ると、すでに荷物が片付けられてある。すぐに使えるようにと気を利かせてくれたのだろう。

「……一応、確認しとこう」

片付けてもらえたのは有り難いが、何がどこにあるのか分からないままなのはまずい。シルヴィは立ち上がると、さっそく荷物の確認を始めた。

「ふう……大体、こんなものかな」

一応の確認が終わり、満足したシルヴィは側にあったソファに腰掛けた。身体を動かしたせいか喉（のど）

が渇いている。お茶が欲しいと思ったが、アリスはまだ帰ってきていない。仕方なく彼女の帰りを待つことに決めた。

「ついに……来ちゃったんだなあ」

自然と感慨深い声が出る。

アーサーと婚約式を行い、正式に婚約者と認められた。すでに結婚式の準備も進み、もはや引き返せないところまで来ている自覚はあったが、それでも怒濤の展開に疲れも滲み出てしまう。

「個別ルート、突入、か」

ポソリと声を出す。

今更馬鹿らしいとは思ったが、なんとなくゲームを思い出した。

ゲームでは逆ハールートが消え、本格的にアーサールートが始まるのだ。その内容はR18ゲームらしく、基本はイチャイチャ。ヒロインが、ヒーローの性豪さに悩むという話もあるが、それは起こらないだろう。

何故かと言えば、シルヴィがもう諦めているからである。

(アーサーが絶倫なのは分かっていたことだし……)

ゲームでも、結局ヒロインは受け入れるしかないと結論づけていた。つまり、改善策はないのだ。それが最初から分かっていて、何とかしようなどと思えるわけがない。さっさと白旗を揚げるのが正しい判断だと言えよう。

(ま、身体も辛くないし、それにアーサーのことが好きだから……)

ヒロインが辿り着く結論に早々と行き着いたシルヴィは、ぽふりとソファに横になった。

「アーサー……」

「なんだ？」

「っ!?」

突然聞こえてきた声に驚き、反射的に身体を起こす。振り返ると、いつの間に部屋に入ってきたのか、シルヴィの婚約者であるアーサーが立っていた。

甘い光を灯す青い瞳に、新雪のような銀の髪。美しい面差しには感嘆の溜息しか出ない。王太子らしく、着ている服装も煌びやかだ。自然と滲み出る王子としての貫禄に、彼が将来の国王になるのだなと納得してしまう。まさに完璧な王子様と言って良いアーサーにシルヴィはしっかり見惚れてしまった。

（アーサー、やっぱり格好良い……）

元々、好みど真ん中だった外見と声だ。気を抜くとすぐに見蕩れてしまう。そんなシルヴィの反応に気を良くしたアーサーは彼女の側にやってきた。

「迎えに行けなくて悪かったな。どうしても手が離せなくて」

「だ、大丈夫。それは最初から分かっていたことだから、気にしていないわ。ディードリッヒも来てくれたし」

優しく肩に手を置かれ、ドキッとした。

婚約しても、一線を越えても、相変わらず些細なことでドキドキしてしまう。それだけシルヴィがアーサーに惚れているということなのだけれども、こんなにドキドキしていては、寿命が縮んでしまわないだろうか。それだけは心配だった。

「シルヴィ、ディードリッヒのことを呼び捨てで呼んでいるのか？」

「ええ。そうして欲しいって言われたからなんだけど……駄目だった？」

アーサーに不快な思いをさせてまですることではない。そう思ったのだが、彼は否定した。

「いや。あいつが、そうして欲しいと言ったのなら、その通りにしてやってくれ。――シルヴィ」

「な、何……」

急に真顔になったアーサーにビクッとしつつも返事をした。

「……ここに引っ越してこいと言った私が言うのも何だが、王城ではあまり見知らぬ者に心を許すな。母上やディードリッヒは良い。父上もまあいいだろう。お前のメイドもだ。だが、それ以外の人物に関しては、簡単に心を許すな。皆、私の婚約者となったお前に取り入ろうと虎視眈々と狙っている。それは分かるな？」

「う、うん」

よくある話だ。

特にアーサーは、今まで表にあまり出てこなかった王子だから、取り入る隙はいくらでもあると思われている。

その王子が選んだ、婚約者の侯爵家の令嬢。

誰がどう見てもネギを背負った鴨である。

「気をつけるわ……」

自分のせいでアーサーに迷惑を掛けることになったら目も当てられない。気をつけようと心から思いながらシルヴィは頷いた。

「もし何かあれば、ディードリッヒを頼れ。私が守ってやれれば良いのだが、執務をしている最中なんかは、どうしようもない。その点、ディードリッヒは私より、よほど自由だ。私が側にいない時は、ディードリッヒを呼べ。分かったな」

「ええ」

アーサーが常に側にいられないのは、当然だ。彼は王太子でとても忙しい人。それでも彼はできる範囲でシルヴィを守ろうとしてくれている。そんな彼にシルヴィが返せることは、彼の指示に従うことだけだ。

「分かった。ディードリッヒを頼ることにするわ」

「……本当は、私がいつも側にいてやれれば良いのだがな」

不本意だという顔をするアーサーに、シルヴィは笑みを作って言った。

「何言ってるの。私と婚約したせいで、『殿下が執務をしなくなった』なんて陰口を叩かれても困るでしょ。私のことは良いから、皆が驚くくらいの有能ぶりを見せつけてよ。ね？」

アーサーが自分のせいで叩かれるなんて、絶対に嫌だ。そういう気持ちで彼に告げると、アーサーは、彼女の真意を悟ったのか苦笑した。

「……そうだな。ああ、分かった」

「ま、アーサーのことだから心配はしてないけど」

おどけたように言い、シルヴィはさっさと話題を変えてしまうことに決めた。

「そうそう、アーサーが来たら、真っ先に言おうと思ってたことがあったんだわ。ありがとう、アーサー。ここ、とても過ごしやすい部屋だわ」

ディードリッヒからは、この部屋の手配をしたのはアーサーだと聞いている。話題を変えたいという意図もあって礼を口にしたシルヴィにキョトンとした顔を向けたアーサーだったが、すぐに理解したのか笑顔になった。

「気に入ってくれたのなら良かった。なにせ私の我が儘で城に来てもらうのだからな。少しでもお前が快適に暮らせればと思ったのだ」

「我が儘なんて。私も同意したことだもの」

「シルヴィ……」

じっと見つめられ、恥ずかしくて目を逸らしてしまう。なんだか急に甘ったるい雰囲気になってきた気がしたのだ。そう、恋人同士特有の甘い雰囲気に。

もちろん嫌ではないのだが、照れくさくてたまらなかった。

だがそれをアーサーは許さなかった。手を伸ばし、視線を逸らしたシルヴィの顎を掴むと、自分の方へ向け、その唇に強引に口づけてきた。

「んっ……んんんっ……」

突然の口づけだったが、婚約者からの愛の籠もった触れ合いをシルヴィが拒絶するはずもなく、しばらく部屋の中には淫らな水音が響いた。

存分にシルヴィの口内を貪ったアーサーが、ようやく唇を離す。

「は……あ」

濃厚な触れ合いに、身体が熱を持ったのが分かる。シルヴィが熱い息を零すと、アーサーは満足そうに笑った。

「このままお前を貪ってしまいたいところだが、仕事に戻らなければならないからな。今は我慢しよう」

「……馬鹿」

疼く熱を持て余しながらアーサーを見つめる。シルヴィの視線に彼は困ったような顔で答えた。

「そんな顔をするな。戻りたくなくなる」

もう一度口づけ、アーサーは彼女に言った。

「――今夜、お前の部屋を訪ねる。……待っていてくれるか？」

「あ……」

先ほどアリスから教えられたことを思い出し、シルヴィは赤くなった。だけど同時に、助言が頭をよぎる。

反射的に「そんな恥ずかしいのは嫌よ」と言いそうになってしまったが何とか堪え、代わりにシルヴィは別の言葉を口にした。

「――うん。待ってる」

その答えはどうやら正解だったらしい。

アーサーは上機嫌にシルヴィの頭を撫でると、足取りも軽く彼女の部屋を出ていった。

そのすぐあと、王子の婚約者に挨拶したいと言う女官を連れてアリスが戻って来たが、そんな彼女たちが見たのは、真っ赤になって、羞恥で震えるシルヴィの姿だった。

その日の夜、シルヴィはソワソワしながら一人、婚約者の訪れを待った。

寝室に来るというのは抱かれるという意味だ。あからさまな訪問に恥ずかしい気持ちは今ももちろんあったが、それ以上に愛する人と会えるのが嬉しかった。

(アーサー、何時頃に来てくれるのかな……)

シルヴィ一人で使うには大きすぎるベッド。その端に腰掛け、アーサーが来るのを今か今かと待つ。

アリスはすでに用意された自分の部屋に下がっている。シルヴィの就寝の準備を済ませ「頑張ってね」という応援を残して、早々に出ていったのだ。それにシルヴィは顔を真っ赤にしつつも頷いた。

翌日、絶対にアリスに揶揄われるのは分かっていたが、彼女の助言は有り難かったし、アーサーと結婚する決意を固めて、婚約したのだ。こうなれば、それこそ当初考えていたように、たった一人に目一杯愛される生活を送れるように努力したいと思っていた。

これはそのための第一歩。

愛されるためには、自分でも歩み寄れるところは歩み寄らなければならないのだ。

「そ、それにはアーサーに付き合うのが一番よね……」

今までは何かと理由をつけて断る時も多々あった。だが、城に住むことになったのだし、何より正式な婚約者なのだ。今後は可能な限りアーサーの求めに応じようとシルヴィは思っていた。

「――シルヴィア様。アーサー殿下がいらっしゃいました」

「あ……はい！」

ノックの音と女官長の声が聞こえた。慌てて返事をし、ベッドから立ち上がる。寝室から出て扉を開けると、深く頭を下げた女官長とその後ろに寝衣姿のアーサーがいた。

「シルヴィ、構わないか？」

「え、ええ」

一瞬、反応できなかったが、急いで部屋の中にアーサーを招く。女官長はそれを見届け、「それでは私は失礼いたします」ともう一度頭を下げ、扉を閉めた。

王城の決まりである以上、仕方ないのだがこのやり取りは、どうにも恥ずかしい。だけど今後はそれにも慣れなければならないのだろう。

いっそ、一緒の部屋の方が楽かもしれないと、引っ越し初日にしてシルヴィは思い始めていた。想像していた以上に、『今からヤります』とあからさまなのが精神的に堪（こた）えたのだ。

「シルヴィ、どうした？」

「う、ううん。何でもないの……！」

少しだけ今後について不安になっていると、アーサーが気遣わしげに声を掛けてきた。誤魔化すように笑う。だが、アーサーには察せられてしまったようだ。

彼はシルヴィの肩を抱き寄せると、申し訳なさそうに言った。

「すまない、シルヴィ。お前がこういうことを嫌がるだろうとは分かっていたのだが……私がお前に明らかに寵を与えていると見せる必要があった」

「わ、分かってる。大丈夫だから！」

昼間、アリスにも聞いて納得した。事実、退出した時の女官長は満足そうな顔をしていたように見えた。婚約した相手と仲が良いと確認して安堵したのだろう。きっとこのことはあっという間に城中に広まるだろうが、それこそがアーサーの目的なのだ。

「変に勘ぐられて、余計なことをされる方が嫌だからな。愛妾を、などと言ってくる馬鹿もいないとは限らない。……だが、私の相手はお前だけだ。お前以外を抱きたいとは思わない。お前もそれをよく覚えておけ」

「う、うん」

はっきりと言われ、シルヴィは照れながらも頷いた。

アーサーがシルヴィを寝室の方に促す。

ベッドに着くと、アーサーはゆっくりとシルヴィを押し倒した。身体を包み込むようなベッドの感触に、さすが高級品と意味のないことで感心してしまう。

「なあ、シルヴィ、知っているか？」

「な、何？」

シルヴィに覆い被さったアーサーがふと、尋ねてくる。それに返事をすると、彼は瞳に甘さを滲ませ、笑いながら言った。

「世の中には、一妻多夫という国もあるらしいぞ。そこでは一人の妻を複数の夫でシェアするとか。そちらはそちらでゾッとする話だと思わないか？」

「えっ……何それ。そんな国あるの？　一夫多妻ならそりゃあ、ある意味うちの国もそうだけど……」

王族が愛妾を娶る、なんてのはその最たるものだ。一妻多夫はその逆。

一人の女性に複数の男性。つまりは逆ハーである。

ゲームなどではよくある設定だが、その制度を本当に取り入れている国があるとは知らなかった。

だけど、『指先シリーズ』にも逆ハーエンドは存在する。ヒロインは、皆のことが好きで、誰か一人なんて選べなくて、ヒーローたちも互いに嫉妬しつつもそれを許すのだ。

そのルートでは複数プレイがあり、ゲームとしてはシルヴィもずいぶんと楽しんだものだが――。

（全員を平等に愛するなんて、私には絶対に無理）

現実だと考えた場合、どう考えても不可能だと思った。

だって、どうしたって序列ができてしまう。そして、全員のことが同じくらい好きなんて、シルヴィには信じられなかった。

（それは好きな人がいないから、言える言葉よ）

自分にとってのたった一人を選べない時点で、シルヴィにとって『好き』という言葉は色をなくしてしまう。

そして、『好き』になったらその人ばかりを溺愛(できあい)してしまうだろう。それは人間としてとても自然な感情で、そうなった時、それ以外の人たちが苦しむと思うのだ。

結婚しているのに、相手を独占できないなんて、耐えられない。

そういう思いが顔に出ていたのだろう。アーサーが苦く笑った。

「好きでもない相手なら何人とでも結婚できるし、平等に接することができるだろうな。だが、誰か一人を特別に愛した時、その関係は破綻(はたん)する。そうすると何が起こる？　潰(つぶ)し合いだ。全員が平等なら我慢できても、自分以外を特別にされるのは誰だって我慢できない。一夫多妻も一妻多夫も、私からしてみれば、破綻が見えている関係としか思えない。もちろん、子孫を残すという一点においては有効なのかもしれないが、それも真に愛する相手ができるまでの期間限定だと思う。過去、歴史を見てもそれは明らかだろう。誰か一人を特別扱いした途端、全ては壊れる」

「……そうね」

「だから私は、絶対にお前以外の妃(きさき)を娶らない。たとえ、それが必要だとしても。私はすでにお前を選んでいるからな。触れたいとも思わない。そしてそれは父も分かってくれると思っている」

誤解はあったが、妻だけを今も愛し続けている国王を引き合いに出されると、そうかもしれないと思ってしまう。

ゲームでは妻を亡くした国王は、支えてくれる女性は多い方が良いと言って、婚約したアーサーに愛妾を勧めるのだ。結婚もまだのうちから愛妾とか、ものすごく余計なお世話である。

とはいえ、国王自身は後添えすら迎えないのだから、（隠しルートの国王ルートに入った場合は別）自分のことを棚に上げすぎだと思ったものだ。

もう発生しない話ではあるだろうが、ゲームのことを思い出し、渋い顔になってしまう。その顔を見たアーサーが小さく笑った。

「そんな顔をするな。母も私たちの味方だ。母に弱い父が、動くことはないと言い切れる。ストライド王国の男児は昔から、惚れた女にはめっぽう弱いらしいから、お前は安全だと思うぞ」

「……うん」

そんなことを考えていたわけではないのだが、ゲームのことを説明するわけにもいかないので頷いておく。アーサーはシルヴィの髪を一筋掬うと、その髪にそっと口づけをした。

「大丈夫だ。お前のことは何があっても私が守る。お前を悲しませるような真似は絶対にさせない。お前は――私だけのものだからな」

断言され、シルヴィは思わず微笑んだ。

自分のものだなんて普通なら言われたって嬉しく思うはずがないのに、好きな人に言われると、甘美な響きに変わるのだから不思議なものだ。

クスクスと笑うと、アーサーが柔らかい表情で髪を撫でてくれる。そうして思い出すように言った。

「――だからこそ余計に思う。一夫多妻もだが、一妻多夫もあり得ないとな。もし、私がお前の数いる夫の一人だという立場だと考えた時、殺意しか湧かないからな。当然、そんな立場に甘んじている気はない。お前が私以外の男に触れられるなど、何があっても許せない。他を全て殺してでもお前を私だけのものにする。――私は、愛とはそういう激しい感情だと思うのだ。そしてそう思えないのなら、本気で相手を愛していないのだろうと、私は思う」

「アーサー……」

激しい思いを打ち明けられ、シルヴィは呆気にとられた。

そして同時に思う。

やはり現実において、逆ハーエンドなどあり得ないのだと。

その時だけはいい。だけど、近い未来、確実に破綻するエンドなのだと。

特にアーサーは駄目だ。相手を独り占めしなければ気が済まないタイプと逆ハーは相性が悪すぎる。

(よ、良かった～)

最初からビッチまっしぐらの逆ハールートは考えてもいなかったが、回避を選択した自分は、とても素晴らしい英断をしたと思う。

(私、グッジョブ！)

己の判断に心の中で拍手を送っていると、更にアーサーが言った。

「ちなみに、その国では一人の女性に、十人まで夫が持てるそうだぞ。女性が殆ど生まれないからという話らしいが、私はそんな国に生まれなくて本当に良かったと思う。お前を誰かとシェアするなど絶対にごめんだからな。おぞましい」

その言葉にシルヴィも同意した。

「私も……無理だと思う。全員を平等になんて愛せないと思うから。世の中にはできる人もいるのかもしれないし、その国はそれで上手くいっているのかもしれないけど……私には考えられない」

それが当然という国に生まれた人なら受け入れられるのかもしれないが、たった一人に愛され、愛したいという願いを持つシルヴィにはハードルが高すぎる。全員に同じだけの愛情など注げない。だから――。

「私には、アーサーだけで十分よ」

それだけでも持て余しているというのに。

意思を込めて、アーサーを見つめる。

シルヴィの視線を受け止めたアーサーは愛おしげに目を細めた。

「当然だな。私にはお前だけで、お前にも私だけだろう？　私たちは好き合っているのだから」

「うん」

二人、クスクスと笑い合う。何とも言えない幸せな気持ちになった。アーサーがシルヴィの耳元で囁く。

「――そろそろ良いか、シルヴィ。今日はある意味私たちの初夜だ。こんな話ばかりで終わらせたくない」

「……うん」

初夜というのも変な話だが、引っ越し初日なので、まあそれも間違ってはいないのかもしれない。

それにシルヴィも、どうせならアーサーに愛されたいと思うから。

素直に頷くと、話は終わりだと言わんばかりに唇が落ちてきた。

「――愛してる」

自分だけに向けられる響きは、なんと心地よいものなのだろう。陶酔するような感覚に溺れながら、シルヴィもまたアーサーに告げる。

「私も、アーサーが大好き」

そうして思いを確認し合った二人はそのまま寝台に埋もれ、人にはちょっと言えない濃密な夜を過ごした。

お城での暮らしをスタートさせたシルヴィだったが、全てが順調というわけではもちろんなかった。

アーサーとの仲については問題ない。アリスの忠告に従った結果、周囲からは予定通り『寵愛篤い婚約者』と見られ、将来の王太子妃として皆、丁重に扱ってくれる。義母となる王妃とも毎日一緒に散歩をするほど仲が良いので、こちらの関係も順調だった。

問題は、それ以外のことだ。

「シルヴィア殿。今日も美しいな」

王城の廊下、会いたくなかった人物に遭遇したシルヴィは、思わず顔を歪めた。

目の前には胡散臭い笑顔を向けてくる、クロード・スレイン公爵がいる。

まるでライオンの鬣のような金色の髪が特徴の、遊び人として有名すぎる男だ。

(またこいつ……)

溜息だって吐きたくなる。

シルヴィは彼に、全くと言って良いほど、良い記憶がなかった。

それは何故かと言えば、処女だった彼女に、堂々と自分の相手を務めろと言ってきたり、シルヴィのことを侮辱するような発言をしてきたりしたからだ。

どちらもアーサーが追い払ってくれたが、彼女にとっては屈辱の思い出であることは間違いない。

そんな彼に、良い印象を持てるはずなどなく、シルヴィはできる限りクロードと接触を持たないよう努力しているのだが、上手くは行かなかった。

何故か、嫌になるほど、クロードとシルヴィは遭遇するのだ。

王城の廊下で、時には庭で。

まるで、シルヴィがどこにいるのか知っているかのような遭遇率。

彼女の姿を見かける度、クロードは気さくに声を掛けてくるのだが、心からの笑顔で応じられるはずもない。表面上は笑っていたが、それが精一杯。なんとか穏便に会話を終わらせようと頑張るのが最近のシルヴィの日常だった。

(最低。またクロードに会ったわ)

うんざりしながら目の前に立つ男を見上げる。笑みを浮かべてはいるが目が全く笑っていない男に、それなら話しかけてこなければいいのにと心底思った。

彼に対してだけは、作り笑いをするのも面倒くさい。

わざとらしく溜息を吐き、シルヴィはクロードに言った。

「またお会いしましたわね。スレイン公爵様。もっとも私としては、御免被りたかったところですけれど」

シルヴィの正直すぎる挨拶に、クロードはわざとらしく目を見張って見せた。

「俺はこんなにもお前に会いたかったというのに、それは随分とつれない答えだ。いい加減、俺の誘いに応じてみてはどうだ？　アーサー殿下だけでは物足りないだろう。俺がお前に天国というものを教えてやるぞ。ちょうど良い。そこの空き部屋でというのはどうだ？」

「結構です」

シルヴィが出した声はブリザードが吹き荒れるような恐ろしいものだったが、クロードは全くめげなかった。

「そのスレイン公爵様と言うのもやめてくれ。俺とお前の仲ではないか。クロードと呼び捨てで呼んでくれても構わないのだぞ」

「私とあなたの間には、何の関係性も芽生えておりませんから。お断り申し上げます」

ディードリッヒを名前で呼ぶのとは全然意味が違う。クロードを呼び捨てになど絶対にできないし、そもそもしたいとも思わない。

シルヴィが即座に断りを入れると、クロードは「それは残念だ」と真意の読めない顔で言った。

「そういえば、シルヴィア殿はこれからどちらに？　よろしければ俺がお供して差し上げようか」

「私には屋敷から連れてきた優秀なメイドがおりますので、必要ありません。公爵様もお暇ではないのでしょう？　どうぞお仕事にお戻り下さい」

アリスに目を向ける。彼女は慎ましくシルヴィの後ろに控えていた……が、シルヴィには分かる。彼女はきっと笑いを堪えているのだ。

シルヴィがクロードに振り回されているのを面白がっているのは間違いなかった。

（でも……それは仕方ないのよね）

薄情だと言いたいところではあるが、実際のところ、単なる侯爵家のメイドが、公爵家当主に何か言えるはずもない。シルヴィが今、彼に対し嫌味を返せるのは、彼女がアーサーの婚約者だという立場ゆえ。そうでもなければ、さすがのシルヴィもここまで嫌悪感を露わにしなかったと思う。

身分の高いクロードに対して、あまりにも失礼だからだ。

「……失礼します。急いでおりますので」

「待て」

「……まだ何かご用ですか？」

クロードと会話を続けても意味がない。さっさとその場を立ち去ることを決断したシルヴィを、だが、クロードが引き留める。このやり取りが毎回鬱陶しいから、いっそ外に出ない方が良いのではと考えたこともあったが、二日で断念した。

部屋に引きこもりというのは、意外に精神的に堪えるのだ。

だからシルヴィには、出会ったクロードと対峙するより他はないのだが……あまりの遭遇率に作為的なものすら感じてしまう。

(何なの。外に出たら、二回に一回は会うんだけど)

王城は広い。それなのにクロードは何故かシルヴィを見つけ、声を掛けてくる。彼だって公爵という身の上。暇ではないはずなのに、絶対に素通りはしてくれないのだ。

毎回、絶対と言って良いほど構われまくる。これなら無視された方がどれだけマシか。

苛々しながらクロードを見上げる。彼はシルヴィを見ながら感心したように言った。

「今日のドレス。良く見ればなかなかあざといではないか。それが殿下の好みか？」

「……」

この男は、素直に褒めるということができないのだろうか。

あざといという言葉に、シルヴィの頬が分かりやすく引きつった。クロードが今、気づいたと言わんばかりに言う。

「その欠けた髪飾り。それはなんだ？　そんなものを身につけて、殿下に新しいアクセサリーでも強請ろうという考えか？　いやいや、こざかしい真似をするものだ。さすが殿下の寵姫。やることが実にこすい」

カチンときた。

シルヴィがいつもつけている髪飾りはある意味アーサーとの思い出の品だ。それを馬鹿にされるのはどうしようもなく腹が立った。

「いい加減に——」

「シルヴィア様！　こちらにいらっしゃったのですね」

シルヴィの声を遮ったのは、彼女の背後からやってきたディードリッヒだった。彼はシルヴィとクロードを見て状況を理解したのだろう。すぐにシルヴィを庇うように立った。そうして鋭い目でクロードを睨みつける。

「また、ですか。スレイン公爵様」

「それはこちらの台詞だな。殿下の腰巾着のディードリッヒ。また殿下に命じられて、この女を守りに来たのか？」

「ええ。それが殿下のお望みですから。そしてスレイン公爵様。あなたもいい加減嫌がらせのような真似はやめて下さい。そろそろ本気で殿下の不興を買いますよ」

牽制するようなディードリッヒに、クロードは嘲笑うように言った。

「はっ！　そんなものが怖くて、殿下の婚約者に手など出せるか。承知の上だ」

そして、シルヴィに向かい、獰猛な笑みを浮かべて言った。

「興が削がれた。今日はこれくらいにしておこう。次は、俺の誘いに頷いてくれると信じているぞ。シルヴィア殿」

「誰が……！」

思わず侮蔑の声が出た。シルヴィがアーサーの婚約者だと知った上で、更には彼の側近のディードリッヒがいる前で、気後れもせず次も誘うと宣言するクロードが信じられない。

クロードは声を上げて笑うと、堂々とした足取りでシルヴィたちの前から去っていった。

彼の姿が廊下の角を曲がるのを確認し、ようやく力が抜ける。

「大丈夫ですか、シルヴィア様。お助けするのが遅くなり申し訳ありませんでした」

「平気よ。腹立たしい話だけど、ほぼ毎日のことだし慣れてしまったもの」

労ってくれるディードリッヒに、力ない笑みを向けつつも答える。

本当に、どうしてここまでと思うほど、クロードはシルヴィを構い続けている。一体何が目的なのか、時にはアーサーがいる時ですらちょっかいを掛けてくるのだから相当なものだ。

「すみません。私が側にいれば……」

「あなたはアーサーの大事な側近だもの。ずっと借りるわけにはいかないわ。今のところ実害もないし、適当にあしらうしかないわね」

疲れたように笑う。

今のようにクロードに絡まれた時、大概は自分で追い払うことになるのだが、時折ディードリッヒやアーサーがシルヴィを守ってくれる。情けない話だとは思うが、やはり公爵相手には気を遣うから、彼らを頼れるのは正直言って有り難かった。

「ありがとう。助かったわ。ちょっと今日はしつこくて……思わず怒鳴ってしまいそうになったの」

そうすれば、クロードにつけいる隙を与えてしまっただろう。これでもシルヴィなりに我慢しているのだ。それをたかが一度のことで台無しにはしたくない。

「ほんっと鬱陶しいわ。なんなの、あいつ」

彼が公爵という高い地位に就いていなければ、ここまで気を遣わなくても済んだのに。

言っても仕方ないことだが、どうしても愚痴ってしまう。

「お嬢様」

「アリス」

背後から遠慮がちに声が掛けられる。振り返ると、アリスが頭を下げていた。

「お嬢様をお助けできなくて申し訳ありません……力のない己が恨めしいです」

彼女の謝罪は当然だった。

いくらアリスが前世からの友人でも、今の二人の関係は侯爵家の令嬢とその専属メイドだ。アリスにはシルヴィを守る義務が発生する。彼女もそれを分かっているからこそ、こうして謝っているのだ。

内心、クロードとのやり取りが面白かったと笑っていたとしても、顔には出さない。

その辺り、アリスは完璧なのである。

さすがだなあと思いながらも、シルヴィは首を横に振った。

「相手は公爵だもの。変なことを言って、あなたを罰せられても困るし、黙っていてくれて正解よ。気にしないで」

「分かっています。ですが……」

「私もシルヴィア様の意見に賛成です。あなたは余計なことをしない方が良い」

できるメイドらしく食い下がるアリスに、ディードリッヒがぴしゃりと告げる。ディードリッヒに言われては、彼女も黙るしかないのか、アリスは再度深々と頭を下げた。

ディードリッヒがシルヴィに問いかける。

「それで？　今からどちらに行かれるのです？　このまま『さようなら』というのも気が咎めますし、目的地までお送りしますよ」

「……単なる散歩だったんだけど……今日はもう部屋に戻ることにするわ」

クロードとの意味のないやり取りで疲れてしまった。シルヴィが帰ると告げると、ディードリッヒも頷いた。

「その方が良いかもしれませんね。お送りしますよ」

「ありがとう」

アーサーからも何かあればディードリッヒに頼るよう言われているので、遠慮なくお願いする。部屋に戻った時、なんとなくディードリッヒに声を掛けた。

「ディードリッヒ。もし良かったら一緒にお茶でもどうかしら。もちろん忙しいのなら無理強いはしないけれど」

クロードから助けてくれた礼をしたかったこともあり、そう告げると、少し迷う様子を見せはしたが、ディードリッヒは頷いてくれた。

「ありがとうございます。それでは一杯だけ」

「良かった。アリス、お茶の準備をお願い」

「承知いたしました」

アリスが部屋の隅へと移動する。アーサーが用意してくれた部屋には、お茶くらいなら用意できる場所があるのだ。厨房とも呼べないようなスペースだが、ないよりは良いし、実際便利に使っている。

それに、この場所でお茶の用意をしてもらえると、ディードリッヒと二人きりにならなくて済む。

今のシルヴィはアーサーの婚約者。いくら彼の側付きの騎士とはいえ、密室に二人きりになるような真似は互いのためにも避けた方が良い。扉ももちろん少し開けていたが、もう一人の存在というのはやはり大きかった。

「こっちに座ってちょうだい」

手招きし、主室にあるソファの一つに腰掛けるよう言う。遠慮がちに腰掛けたディードリッヒだったが、壁に飾ってあるものに気がついたようだ。

「あ……」

小さく声を出したディードリッヒに、シルヴィは笑った。

「気づいてくれた？　そう、以前あなたからもらったハンカチよ。とっても素敵で気に入っていたから、屋敷から持ってきて飾っているの」

初めてディードリッヒに会った時、怪我をしていた彼に、シルヴィはハンカチを貸した。そのお礼にと、次の日、彼がわざわざ持ってきてくれたのだ。

あの時、何故かアーサーも付いてきて、随分と驚かされたことが、なんだか遠い昔のように思えてしまう。

「とっても綺麗だもの。私も刺繍をしているんだけど、あんなに綺麗にはできないわ」

「あなたも？　刺繍をなさるのですか？」

少し前のことを思い出しながらシルヴィが何気なく告げると、ディードリッヒが食いついた。それに苦笑しながら肯定する。

「ええ。妃教育の一環でね。そんなに上手くはいっていないんだけど」

刺繍は貴族令嬢の嗜みだ。もちろん妃教育にも含まれている。上手いようならスルーで次の教育に移ったのだろうが、シルヴィは存外不器用で、呆れた教師からハンカチに刺繍をするよう宿題を出されてしまったのだ。

「せっかく作るんだもの。上手くできたらアーサーにあげようって思ったんだけど、駄目ね。もうすでにお蔵入りが決定しているわ。あなたからもらったハンカチのようなものができれば、私も堂々とプレゼントすることができるんだろうけど、どうにも細かい作業は苦手で」

きっとまた教師にはがっかりされるだろう。だけど仕方ない。人には得手不得手というものがあるのだ。

やる気を出そうと、ディードリッヒからもらったハンカチを額に入れて飾ってみたが、技量の差にへこむだけだった。あの領域には永遠に辿り着けないと確信し、ますますやる気を失ってしまったことは記憶に新しい。

教師の反応を考え、うんざりした気持ちになっていると、ディードリッヒが興味を惹かれたように言った。

「……シルヴィア様の作品、見せていただいてもよろしいですか？」

「？　ええ、構わないけど。そっちの机の上に置いてあるわよ」

暇を見つけてはチクチクと縫い進めているので、ハンカチは手に取りやすい場所に置いてある。怪訝に思いつつも、ハンカチを見せると、ディードリッヒは縫い目を確認しながら言った。

「特に、技量が劣っているというようには見えませんね。ただ、集中できていないようには見受けられます。ほら、この辺り、サテンステッチですが、針を刺す間隔を一定にしなければいけないのに、かなり乱れていきます。基本を大事にして丁寧に刺せば、美しい仕上がりになりますよ」

「え……ええ、そうね。ありがとう」

まさかの具体的な助言を受け、シルヴィは戸惑いながらも礼を言った。

そういえば、すっかり忘れていたが、ディードリッヒには刺繍好きという一面があった。ゲームの設定だが、実際の彼もそこは同じなのだろう。

だが、彼はそんな自分を恥じ、隠していたはずだ。それなのにどうして自分から突っ込まれるネタをと不審に思ったのだが、ディードリッヒを見ていればすぐにその理由は分かった。

彼はハッとしたように目を見開き、あからさまに「しまった」という顔をしたのだ。

おそらく、あまりにシルヴィの刺繍が下手で、我慢できずについ口出しをしてしまったというところだろう。とはいえ、シルヴィの方から突っ込みを入れるわけにもいかない。

何せ、ゲーム知識とはいえ、彼が刺繍のことを隠したがっていることを知っているのだ。それを理解しているシルヴィが何か言えるはずもなかった。

どうすれば良いのか分からず、とりあえずシルヴィは誤魔化すように笑った。そうして話を変えようとわざとらしく手を叩く。

「そ、そうだ。そろそろお茶の用意もできた頃だわ。私の下手な刺繍の話はそれくらいにして、お茶にしましょう」

　この流れにディードリッヒも乗ってくれれば良い。そう思ったのだが、彼は何故かぷっと吹き出した。予想外すぎる流れに、どう反応して良いのか分からない。

「え、えと……？」

「ああ、すみません。気を遣っていただかなくても大丈夫ですよ。ええ、実は私は刺繍が得意なのです。以前差し上げたハンカチは、母が作ったもの。美しいでしょう？　私は刺し手としての母をとても尊敬していましてね。そして、どうにもその母の影響が強いのか、昔から美しい刺繍には目がなくて、気づけば自分でも刺すようになっていたのです」

「そ、そうなんだ」

　何故、ここでディードリッヒの刺繍好きが、彼自身によって暴露されるのか。

　意味が分からない。

　混乱するシルヴィに、ディードリッヒは笑いながら言う。

「昔はこの趣味もなかなか人には言えなかったのですけどね。本当は好きなのに隠すなんて、母親に対し失礼じゃないかと、少し前、殿下に言われて。それ以来、聞かれたら、ですが堂々と答えるようにしています」

「アーサーが……？」

　目を丸くする。まさかアーサーがそんなことを言っているなんて。

　驚くシルヴィに、ディードリッヒは「あなたが最初にしたことですよ」と言った。

「殿下が王妃様との仲を修復することができたのは、あなたのおかげなのでしょう？　そう、殿下から聞いています。そして王妃様と仲直りされた殿下はそれ以来、王妃様のことを本当に大切になさっていますから。だから私のことも許せなかったみたいです。『私の唯一側にいる側近が、母親を否定する男だなんて許せない』とおっしゃられましてね。『お前の趣味は恥ずかしいことなのか。母親を尊敬しているというのは嘘なのか。好きなら好きだと言え。母を尊敬しているのなら堂々とそう答えろ。でなければお前の母君が気の毒だ』とすごい剣幕で叱られました」

「……」

「目から鱗が落ちましたよ。私が母を尊敬しているのは本当です。でも、聞かれる度に、私は曖昧に濁していた。刺繍のことを隠していたんです。……男が刺繍なんてと言われるのが嫌でね。でもそれは、母を否定することに繋がる。そんな簡単な事実が私には分からなかった」

穏やかな表情で語るディードリッヒに、つい見入ってしまう。

「それ以来、私は隠すのをやめました。もちろん、奇異の目で見られることも多々あります。特に女性なんかは嫌がりますね。すごいと言ってくれる方もいるのですが、大抵自分より上手いと知ると、露骨に嫌な顔をするんです」

「……さっきのアドバイスだけでも、あなたが上手そうだというのは伝わってきたわ」

「それはありがとうございます」

にっこりと、本当に嬉しそうな顔をするディードリッヒ。

「まあ、そういうわけでして。それ以来、めっきり女性にモテなくなりましたが仕方ありません。私が美しい刺繍が好きなのは本当のことですし、その刺繍を作り上げる母を尊敬しているのも事実だからです」

「そう」

ディードリッヒがモテなくなったなど絶対に嘘だと思うが、本人がそう言う以上、頷いておくしかない。シルヴィが微妙な顔をしていると、ディードリッヒは笑った。

「さて、そういうわけで、これが私の作った作品です。どう思いますか?」

「ど、どうって……」

トラウザーズのポケットから、ディードリッヒが白いハンカチを取り出す。そこには美しい薔薇の刺繍が施されていた。

確かに、彼の母の作品よりは若干劣るが、普通に売れるレベルだ。というか、シルヴィの百倍上手いと思う。

「……上手。すごい」

素直に感心した。とてもではないが自分にはできない芸当だ。

ディードリッヒが、刺繍が得意だというのはゲーム知識で知っていたが、当然本物を見るのは初めて。それが予想以上に美しくて、シルヴィは刺繍を凝視してしまった。

「私の先生より上手だわ」

シルヴィに教えてくれる教師の作品も見たことがあるが、それより遙かに上手い。

ひたすら感嘆していると、ディードリッヒが言った。

「そんなに褒めていただけるとは思いませんでした。大したものではないんですけどね。屋敷にはもっと時間を掛けて作った作品がたくさんあります」

「これで大したことがないの!? 嘘みたい！　ディードリッヒって器用なのね。男の人の手って大きいのに、こんなに細かい繊細な仕事ができるなんて、すごいわ。教えて欲しいくらいよ」

自分には到底届かない玄人の技には賞賛を贈るより他はない。

素直に思ったままを告げると、ディードリッヒは「では」と言った。

「……あなたさえ良ければ、コツくらいなら教えて差し上げられますよ」

「本当!?」

願ってもない提案にシルヴィは一瞬で飛びついた。

教師より上手いディードリッヒに教えてもらえれば、シルヴィのどうしようもない作品も少しはマシなものに生まれ変わるのではないか、それを期待したのだ。

「ありがとう！　嬉しい。ね、本当に何とかなると思う？　せっかく作るんだから、できればアーサーにプレゼントしてもおかしくないレベルに仕上げたいのよ」

「殿下はあなたが作ったものであればどんなものでも受け取ると思いますが」

「それは分かっているわ。でも、アーサーに変なものを持たせたくないの。最低限のレベルには到達したいって思うのはおかしなこと？」

彼がどんなものでも喜んでくれるのはシルヴィだってよく分かっている。アーサーはとても優しい人なのだ。だけど、それではシルヴィが嫌だ。彼に渡すものは、彼が持つに相応しいクオリティでなければ許せない。

そういうことを熱く語ると、ディードリッヒは苦笑しながらも頷いてくれた。

「分かりました。あなたの言うことも理解できますから、お引き受けします。……でも、本当に良いんですね？　私は決して優しい教師ではないと思いますよ？」

「？　その方が有り難いけど。知り合いで、なあなあになるほど意味のないことはないわ。やるからには頑張るから、きちんと指導してちょうだい」

自分では納得できるレベルのものが作れないから腐っていただけで、できることならちゃんとしたい。

妃教育についても、シルヴィは真剣に取り組んでいるのだ。適当にしているものなど一つもない。

厳しくして欲しいと真面目に頼むと、今度こそディードリッヒは目を丸くした。

「……本気ですか」

「？　当たり前でしょう。何言ってるの。それとも、教えてくれるっていうのは冗談だった？」

「いえ……それは違いますけど」

何故ディードリッヒが驚いているのか分からない。

首を傾げるシルヴィに、ディードリッヒは困ったような顔をした。

「……参った。もしかしてとは思っていたけど、本気で私の趣味を受け入れてくれるなんて。……いや、駄目だ。彼女はアーサーの婚約者。今更私が何を言っても、遅い……」

「ディードリッヒ？　なんて言ったの？　ごめんなさい、聞こえなかった」

小声すぎて、はっきりと聞こえなかった。

怪訝な顔でシルヴィが聞き返すと、ディードリッヒは笑顔を作って首を横に振った。

「いいえ、何でもないんです。ただ、少し、気づくのが遅れたということが分かっただけで。……シルヴィア様。殿下にプレゼントするハンカチが作りたいんですよね。分かりました。私が、どこに出しても恥ずかしくない完成品に仕上がるようしっかり指導して差し上げますよ」

「お、お願いします……」

後半の台詞に妙な迫力を感じたシルヴィは、顔を引きつらせた。それでもきちんと頷く。

「ありがとう、助かるわ」

今も仕事を頑張っているアーサーに、贈り物ができるのなら、それはとても嬉しいことだ。

ずっとシルヴィは思っていた。何かアーサーのためにしてあげられることがないかと。

だけど、王城に来てしまったシルヴィに自由になるようなお金はないし、残念ながら、特別な才覚もない。できるのは魔術くらい。

お金は、親に相談すれば工面してもらえるのは分かっていたけれども、そういうのは嫌だなと思っていた。

だから、刺繍を施したハンカチをプレゼントするというのは、彼女にとってはアーサーに迷惑を掛けずにあげられる、とっておきの手段だったのだ。

(喜んでくれるかな)

一時はお蔵入り確定と思っていたハンカチを見つめる。

努力すれば、アーサーに渡せるような品になるというのなら頑張ろう。

「……」

気合いを入れるシルヴィを、ディードリッヒがどこか切なげな目で見つめていた。

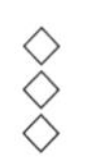

ディードリッヒの指導は的確で、非常に堅実だった。

最初はなかなか上手くいかなかったシルヴィだったが、コツを掴んでからはみるみるうちに上達した。

出来上がったハンカチはシルヴィの目から見てもなかなかの出来で、教師も太鼓判を押してくれた。

「これなら、十分及第点です。刺繍はこれで終わりにして、次の項目に移りましょう」

覚えなければならないことは山ほどある。一つのものに立ち止まっている暇はないのだ。

完成した品は予定通り、アーサーに渡すつもりだ。綺麗にラッピングして、機会を見て、プレゼントしたいと思っている。

「最近、あの子の姿を見ませんが、元気にしていますか？」

もはや恒例となったロイヤルガーデンの朝の散歩中、隣を歩いていた義母が、心配そうな顔で問いかけてきた。

初めて見た時はパサついていた義母の髪も、最近では艶（つや）を取り戻し、毛の量も増えたように思う。

吹けば飛んでしまいそうだった儚げな雰囲気もこのところは鳴りを潜め、ギリギリではあるが、健康と呼べる領域に入ってきたのではないかと思えるほどには回復してきた。

義母の主治医からは、シルヴィとの散歩が功を奏しているとはっきり言われた。

引っ越してからは、それこそ毎日、可能であれば朝と夕方の一日二回、王族のみが立ち入ることを許されるロイヤルガーデンを二人で、時にはアーサーも交えて三人で散歩しているのだが、それが予想以上の効果を上げているようだ。

日の光を浴びること。適度な運動。食欲がない日も珍しくない義母に付き合い、食事を一緒にとることもよくある。一人では食べなくても、共に食卓を囲む人がいれば、その気になる確率も上がる。

シルヴィとしては、義母と話すのが楽しいだけで付き合っているのだが、その様々なことが良い方向に作用し、王妃は今までにない驚異的な回復を見せていた。この調子だと、結婚式に出席するのも十分に可能らしい。

医者から話を聞き、母親のことを大事にしているアーサーも喜んでいた。

もちろん、シルヴィも嬉しい。

現在、ストライド王国には、女性王族は王妃一人しかいないのだ。

もうすぐシルヴィが二人目になるのだけれど、それでも少ない。

シルヴィが彼女に好意を寄せ、懐くのも、今まで一人きりだった王妃が恩人とも思っている義娘を全面的に信じ、頼るのも至極当然のことだった。

二人の仲の良さは、それこそ兵士を通して城に勤める面々に伝わり、婚約者であるアーサーに溺愛されていることも併せて、シルヴィはかなり皆から好意的に接せられている。

クロードのことだけは勘弁して欲しいと思っているが、それ以外に関しては、文句などどこにもないのだ。

今日も義母と一緒に昼食をとる予定。散歩のあとは王妃の部屋に直行することになっている。

「そうですね……」

王妃の『息子はどうしているか』という質問に、シルヴィはどう答えるべきかと少しばかり考えた。

最近、アーサーはあまり散歩に同行できていないのだ。息子が忙しいことは王妃も分かっているから何も言わなかったけれど、やはり寂しいのは寂しいのだろう。

シルヴィは婚約者ということもあり、昼間に会えなくても、夜寝る前には必ず会うことができるが、王妃はそうはいかない。

息子の現状が気になるのだろう。その気持ちはよく分かる。

「お元気そうですよ。ただ、かなり忙しいみたいで、私もなかなか昼間には会えていませんが」

「そうですか。あの子も王太子として本格的に働き始めましたからね。仕方ないこととはいえ、たまには元気な姿を見たいものです」

「今夜、アーサーに会った時にでも伝えておきますね」

長い間、王妃の心の支えはアーサーだけだったのだ。その息子に長い時間会えないのは堪えるだろうと思い、提案すると、王妃は嬉しそうに頷いた。

「ええ。お願いします。だけど、無理はしないようにとも伝えて下さい。母は、子供の健康を損なわせてまで会いたいなどと言うつもりはないのです」

「はい、承知しました」

息子を思う優しい言葉に、シルヴィは笑顔になった。

散歩を続けながら話をする。

義母との二人だけの語らい。それは慣れない王城の暮らしに少し疲れているシルヴィにも確実に癒やしになっていた。

(普通なら、気を遣ってしんどいって思うところかもしれないけど)

王妃といると、優しい気持ちになれるのだ。心がホッとするというか。なるほど、これは国王も王妃にベタ惚れのはずだと同性ながらシルヴィは納得していた。

その国王だが、彼の方も最近は忙しく、滅多に散歩には参加しない。代わりに、数日に一回程度、機嫌伺いに王妃の部屋へと訪ねてくるそうだ。

「来ていただけるのは嬉しいのですが、必要以上に気を遣われるのには困ったものです。私はもう、気にしていないというのに」

王妃が言っているのは、アーサーが国王の実の子供ではないと疑われていた時のことだ。

アーサーの外見は、今でこそ国王にそっくりな色合いだが、昔はそうではなかった。そこから何故か「国王の子ではない」という根も葉もない噂が立ち、あろうことか、国王ですらその噂を信じてしまったのだ。

皆に、いわれのない話で責められた王妃はそのことで心を病み、一時はその命すら危なかったのだが、すんでのところで息子という理解者を得て、留まった。

そのあと、皆もアーサーの目と髪の色が変わったことで、「やはり国王の子供だった」という認識になり、王妃に辛く当たっていた者たちも態度を改めたようだが、普通にあり得ない話である。

「それで許そうって思えるお義母様が信じられません……」

義母の置かれた立場を少し想像しただけでも身体が震える。

きっとシルヴィなら耐えられないだろう。そして、そっぽを向かれたことを許そうとも思わない。色合いが変わる前に信じると言ってくれたアーサーを許せるのはまだ分かるが、色が変わってから「やっぱり。国王の実子だと思っていた」なんて言われても、「お前、今までなんて言ってたのか覚えていないのか？　その頭の中身には藁でも入っているのか？」と真顔で小一時間くらい問い詰めたくなる案件だと思うのだ。

それは国王に対しても同様だ。

国王は、最初はアーサーを自分の息子だと言っていたのだが、やがて周囲から寄せられる様々な噂に振り回され、ついには疑心暗鬼になったそうだ。愛する妻が、自分以外の誰かに抱かれたのかと思うと嫉妬でいてもたってもいられず、妻から距離を取ったらしいのだが、シルヴィからしてみれば、謝ってもらったとしても、到底許そうとは思えない。

妻を守るのが夫の役目ではないか。国王にも事情はあるのだろうが、シルヴィとしてはどうしたって、同性で、しかも付き合いのある王妃の方の肩を持ってしまう。

「お義母様は優しいですね……」

しみじみ告げると、義母は苦笑した。

「優しいなんて、そんなことはありません。ただ、私は、もう一度陛下に愛してもらえるチャンスがあるのなら、それを掴みたかっただけのこと。許さなければ、私の方から手を差し伸べなければ、そのチャンスはやってはきません。それを分かっていただけですよ」

「お義母様……」

だけ、と言うが、思ってもできないのが人間だ。それを実践できてしまう義母の心が強い。

そして同時に思った。

そんな、本来とても強い人だったはずの義母を、心が壊れる寸前まで追い詰めてしまう、王宮の闇がとても恐ろしい、と。

これからシルヴィはその闇と戦っていかなければならないのだ。本当に大丈夫だろうかと我がことながら心配になってしまう。

「……」

「大丈夫ですよ」

「え?」

自分のこの先について、シルヴィが思い悩んでいると、彼女の表情から察したのか王妃が慈しむような笑みを浮かべて言った。

「大丈夫です。あなたにはアーサーがいるではありませんか。あの子もまた、私と同じように噂に苦しみ、そして乗り越えた子です。あの子は、二度同じ過ちを犯すような子ではありません。きっとあなたを守ってくれますよ」

「……はい」

王妃の笑顔に、心配や不安といったものが霧散していくようだ。

シルヴィは頷き、そして二人の楽しい散歩はもうしばらく続けられた。

「シルヴィ。今、時間はあるか？」

「アーサー？」

その日の午後、自室に戻ってまったりとしていたところ、来客の知らせがあった。

アリスが扉を開ける。入ってきたのは、今は執務に励んでいるはずのアーサーだった。

彼はソファで寛ぐシルヴィを見つけると、笑顔で側にやってきた。

「良かった。母上のところから戻っていたようだな」

「え？　ええ、さっき戻ってきたところだけど。どうしたの？　仕事中じゃないの？」

「予定していた仕事が明日に延びてな。時間ができたから、お前が暇なら図書室にでも行かないかと誘いに来たのだ」

「図書室!?　ええ！　もちろん行くわ！」

アーサーの誘いに、シルヴィは手を打って喜んだ。

シルヴィの今日の予定は、あとは夕方の王妃との二度目の散歩だけだ。

家庭教師との妃教育はもちろんあるが、休みなしでは余計に効率が悪くなる。そのため、数日に一度程度の休みが、シルヴィには設けられていた。それが、今日だったのだ。

「ちょうど今日はお休みだから。また夕方にはお義母様と散歩に行くけど、それまでなら大丈夫よ」

予定を伝えると、アーサーは心配そうな声でシルヴィに尋ねてきた。

「母上は？　容体はどんな感じだ？　忙しくて、しばらく顔を出せていないからな。気になっていたのだ」

母を思うアーサーの言葉に、シルヴィの口元が綻ぶ。

「一緒に昼食をとってきたけど、食欲もあったし、お元気そうに見えたわ。でも、お義母様もアーサーのことを気にしていらっしゃったから、時間ができたら顔を見せて差し上げたらどうかしら？」

シルヴィの提案に、アーサーは頷いた。

「そうだな。それなら、今日の夕方の散歩は一緒に行こう」

「本当に？　お義母様も喜ぶと思うわ」

アーサーと一緒に行けば、義母に良いサプライズを届けられるだろう。ニコニコしながら答えると、部屋の扉を閉めたアリスが口を開いた。

「お嬢様。図書室へ行かれるのなら、準備をなさらなくては。殿下、しばらくお時間をいただきますがよろしいでしょうか」

「準備？　このままではいけないのか？」

アーサーの疑問に、アリスが答える。

「はい。こちらは部屋着ですので。御夫君となる殿下にならお見せしてもまあ……ギリギリ許容範囲内ですが、外に出るのならそういうわけには参りません。準備の時間が必要です」

「そうなのか？　シルヴィ。私にはいつもとあまり変わらない気がするのだが」

話を振られ、シルヴィは慌てて頷いた。

「え、ええ。そうなの。私もできれば準備をする時間が欲しいわ」

アリスが言うとおり、王妃との散歩から帰ってきたあと、着替えてしまったのだ。今着ているのは胸や腰を締め付けることのない部屋着。アーサーはあまり変わらないと言ってくれたが、同じ女性なら一目瞭然(いちもくりょうぜん)。とてもではないがこんな格好で外には出られない。

今だって、すでに身体の関係がある婚約者のアーサーだったから部屋の中に通しはしたが、普通なら女性の使用人、そして夫以外には見せない服装なのだ。

シルヴィが説明すると、アーサーはそういうものかと納得したような顔をした。

「分かった。昔から、女性には男には分からない様々な準備が必要だと言うからな。それでは、一時間後、もう一度迎えに来る。それで構わないか？」

「はい。十分でございます」

アリスが時計を見て、頷く。彼女が大丈夫だと言うのなら、大丈夫だとシルヴィも首を縦に振った。

「それなら、シルヴィ。一時間後だ」

踵(きびす)を返すアーサー。シルヴィは彼が部屋から出て行った後、大慌てで、外に出てもおかしくない格好に着替えた。

アリスが手際よく準備を手伝ってくれたのと、事情を聞いた女官長が女官を何人も引き連れて来てくれたおかげで、なんとか一時間という限られた時間内で準備を終えることができた。

図書室へ行くだけなので、派手なドレスは着ていない。アリスと女官たちが選んだものは落ち着いたデザインだったし、胸や腰もそんなに締め付ける必要がなかったので、思いのほか楽だった。

髪を編み込んでもらい、少しだけ化粧が施される。髪飾りはそのままだ。傷のついた髪飾りを、事情を知らない女官たちは、ここに来た当初、外すようシルヴィに言ったのだが、それをアーサーが止めさせた。

「それは私とシルヴィの思い出の品なのだ。私はシルヴィがその髪飾りをつけているのを見るのが好きだし、その件については黙認してくれないか」

己が仕える王太子にそんなことを言われては頷くよりほかはなく、それ以来、シルヴィの髪飾りは本人からの希望がない限り、触ってはいけないものと認識されたらしい。

シルヴィとしては、王太子妃になろうという人物が欠けた髪飾りをつけているというのはどうなのかと思っていたので、外すことも検討していたのだが、そこまで言われると、逆に外しにくい。

気に入っているのは本当だし、アーサーも喜んでくれているのならまあ良いかと、流れに乗ることにした。もちろん、事情を知らない人たちの方が多い夜会などでは、誰に言われなくても外すつもりでいる。迷惑を掛けたいわけではないのだ。

「シルヴィ、迎えに来たぞ。用意は良いか？」

「ええ」

ぴったり一時間後、アーサーが扉をノックした。アリスが扉を開けると、アーサーはシルヴィを上から下までまじまじと見つめたあと、首を傾げた。

「……悪い。先ほどと何が違うのかよく分からない。着替えて化粧をしたというのはもちろん分かるのだが、そんなにさっきの格好は駄目だったのか？」

「……男の人にはそうだと思うわ」

実に正直なアーサーの感想に苦笑してしまう。だけど、実際は全然違うのだ。たとえばドレス用の補整下着とか。見えないところに女性の苦労はある。気づいてくれなくていい。気づかれないよう頑張っているのだから。

「まあ、良いじゃない。行きましょう」

「そうだな」

アーサーが腕を差し出してくれたので、その腕に掴まる。王子というだけあり、彼のエスコートは実に自然で、そつがない。何も言わなくても、歩くスピードを調整してくれるし、シルヴィに負担がかからないような動きを取ってくれるのだ。

アーサーやシルヴィの部屋がある棟から出て、回廊を歩く。図書室は、シルヴィも暇を持てあました時に何度か行ったことがあるが、ものすごい規模だった。

図書室は内部が三階層になっており、どの書棚にもぎっしり本が詰まっている。少し暗いその場所は妙に落ち着き、本を探しているだけでも楽しい時間を過ごすことができた。

図書室に続く大きな扉を開ける。中には担当の文官たちが一列に並んでいて、アーサーたちを見ると、一斉に頭を下げた。

「殿下、お待ちしておりました」

真ん中にいた男性が言葉を紡ぐ。彼がこの図書室を纏める室長だということを何度か来たことのあるシルヴィは知っていた。

アーサーが鷹揚に頷き、室長に告げる。

「連絡しておいたとおりだ。夕方まで貸し切りということで構わないな？」

「はい。承知しております。それでは私たちは外で待機しておりますので、用事がお済みになりましたらお呼び下さい」

再び深々と頭を下げ、室長とその部下たちはぞろぞろと退出していった。図書室にはシルヴィとアーサーだけが残される。まさか二人きりになるとは思わなかったシルヴィは驚きの声を上げた。

「え？　え？　良いの？　追い出してしまって。大丈夫？」

「数時間程度のことだし、特に問題があるわけではない。外で待っていると言っていたしな。……せっかく久々のデートなのだ。何者にも邪魔をされたくないと思ったのだが、それは私だけか？」

「～～！」

最後の言葉をアーサーから弱いトーンで告げられ、シルヴィは思わず自分の耳を両手で押さえた。

「ず、ずるい……それはずるいと思うの！」

アーサーがニヤリと笑う。

「なんなら至近距離で、良い感じに微笑んでやろうか」

「やめて！　ただでさえ貧弱な語彙力が更になくなるから！」

ブンブンと首を横に振った。

時折アーサーは思い出したように、シルヴィが一番弱い顔と声で攻撃してくる。それをされるとシルヴィにはもう抗いようもなく、顔を真っ赤にして震えるしかなくなるのだ。

「アーサーの顔も声も好みだって言ってるでしょ！　認めてるんだから、いい加減揶揄うのはやめてよ」

転生前、シルヴィの最推しだったアーサー。その彼と現在婚約しているのだから人生どうなるか本当に分からない。シルヴィが震えていると、アーサーはそんな彼女の肩を抱き、耳元に口づけた。

「ひぅっ！」

びっくりして飛び上がるシルヴィに、アーサーは楽しげに笑いながら言った。

「――悪い。だが、お前の反応があまりにも楽しくてな、止められない」

「ひ、酷い……」

「それに、このお前の反応を見るだけで、愛されていると実感できるからな。それもあるから、悪いがやめるという選択はない」

「わ、私……ちゃんとアーサーのことが好きだって言ってると思うけど……」

以前は確かに、なかなか素直になれなかったが、最近ではきちんと好きだと告げている。不安にさせるような行動も取っていないはずだし、わざわざ特別に『実感』する必要などないと思うのだが。

顔を赤くしつつも首を傾げるシルヴィにアーサーは真面目くさった表情で言った。

「もちろん、お前の気持ちはよく分かっている。だからまあ、実際のところはただ私が楽しいだけだ」

「最悪！」

反射的に突っ込みを入れてしまった。

とはいえ、大好きなアーサーの声と顔を見られるのは、シルヴィにとっては間違いなく嬉しいことなのだ。酷いと言いつつも、たまには最推しのアーサーを堪能したい。そう内心思っているシルヴィにとって、心臓に悪いことではあるが、時折来るこのアーサーの悪戯は決して嫌いなものではなかった。

そして、そのことをアーサーも分かっている。だから彼もやめないのだ。

（もう……もう……）

顔の赤みが引かないままアーサーを見上げる。シルヴィの視線に気づいたアーサーはにっこりと微笑んでくれた。

「どうした？」

「な、何でもない」

「それなら、中を見て回ろう。シルヴィは何度かここに来たことがあるのだったな？」

「え、ええ。いつも見るだけで終わって、本を借りたことはないんだけど。一応探している本はあるんだけどね」

「この広さならそれも当然だな」

言いながら、再びアーサーがエスコートしてくれる。そうしてシルヴィに尋ねてきた。

「お前が読みたい本はどんな本なのだ。ここは探すのにちょっとしたコツがいる。知っている場所なら案内してやる」

「本当？　助かるわ！」

アーサーの言葉に、シルヴィは本気で感謝した。

この図書室は彼女のお気に入りスポットの一つではあったけれども、いつも迷いに迷って、結局目的を達せられていないのには本気で困っていたからだ。

「あのね。私、図鑑を探しているの」

「図鑑？」

「ええ、花の図鑑。ほら、お義母様と毎日庭を散歩しているでしょう？　気になる花があっても何の花か分からないのがちょっと悔しくて」

今朝も見た花を思い出す。

ロイヤルガーデンの入り口付近に植えられている、黄色い花弁の花。見たことのないそれが何という名前なのかシルヴィはずっと気になっていたのだ。

「お義母様に聞けば、きっと教えてもらえるとは思うんだけど、せっかくだから自分で調べたいなって思って」

「そういうことならこちらだ。昔私が勉学に何度か利用していたものがある」

「そういえば、アーサーって植物の名前に詳しかったわよね……」

最初にアーサーがシルヴィの屋敷に来た時、彼女は父親に命じられて己の屋敷の庭を案内した。そこでアーサーは様々な知識を披露してくれたのだ。それに驚き、思わず聞き入ってしまった事実を思い出したシルヴィは深く納得したのだが、アーサーは苦い顔をした。

「……お前、覚えていないのか？　子供の頃、お前とヴルムの森に行った時、お前は『あの鳥の名前は何と言うのか』と聞いてきただろう。あの時答えられなかったことが私はどうにも悔しくてな。それから必死で勉強したのだ。鳥類はもちろん、花や植物、他にも様々な知識を詰め込んだ。お前に何を聞かれても自信を持って答えられるように」

「ええ？」

言われてみれば確かにそんな記憶はある。

二人で出かけたヴルムの森。飛んでいた鳥に気づいたシルヴィは、何気なくあれは何という名前か知っているかとアーサーに尋ねたのだ。もちろんシルヴィは分からなかった。その時彼は、あまり詳しくないから今度調べておく、と言っていたが――まさかそれがアーサーの博識さの原点だったとは思わなかった……というか忘れていた。

「……あんな些細なことで」

「お前には些細なことでも、私には大問題だった。何せ好きな女に格好をつけそびれたのだからな。次があれば、二度と失敗しないと必死だったぞ。家庭教師も、人が変わったように勉強を始めた私を見て随分と驚いていたな」

昔を懐かしむように話すアーサーに、驚きを隠せない。

子供の頃の、なんでもない言葉だ。それなのに彼はそれを気にして、今に至っているのだという。

シルヴィに再会した時、今度こそ何を聞かれても大丈夫なようにと。

（何それ……）

アーサーが、ずっと自分のために努力し続けていたのだと知り、胸がおかしくなくらい熱くなった。

シルヴィは忘れていたのに。

フェリクスという少年がいたことを思い出にし、髪と目の色が変わったくらいで分からなくなっていたのに。

アーサーはずっと覚えていて、シルヴィのことを探し続け、彼女のために努力し続けていたのだ。

（そんなの……好きって言う以外ないじゃない）

もちろんとっくにシルヴィはアーサーを好きになっているし、その思いを認めている。だけど、思うのだ。もし、今の段階でまだ彼のことを好きではないと抵抗していたとしても、今の話で確実に自分は彼に落ちてしまっただろう、と。

好きな人にそこまで想われて、応えないなどあり得ない。

嬉しいと、自分も好きだと言ってしまうに決まっているのだ。

「……」

言葉が喉につかえて、何も言えない。ただ、ギュッと唇を噛(か)みしめるシルヴィにアーサーは優しい顔で言った。

「その時の勉強に使った図鑑だ。子供の私でも理解しやすかったから、使い慣れていなくてもなんとかなるだろう」

「うん。……使わせてもらうね」

何とかそれだけ答える。

アーサーと一緒に階段を上がる。シルヴィには何がどこにあるのか、さっぱり分からなかったが、アーサーの歩みに迷いはない。奥へ奥へと進んでいくアーサーにドキドキしながら付いていくと、彼は一つの書棚の前で立ち止まった。仕舞われている本の背表紙には、どれも茶色のラベルが貼(は)られている。

「ここだ」

アーサーが書棚から一冊、本を抜き取る。かなり分厚い本の表紙には、シルヴィには分からない花が手書きで描かれていた。

彼から本を受け取る。ずっしりとした重さに驚きつつ、注意深く中を開いた。

本は、一頁(ページ)ごとに花の絵があり、その名前と説明が書かれていた。難しい専門用語が使われているわけでもない。確かに初心者に優しい本だと思った。

「これが……アーサーが使っていた花の図鑑？」

「ああ、そうだ」

「借りる前にもう少し中身を確認したいんだけど、いい？」

「もちろんだ」

アーサーの返事を聞き、シルヴィはすぐ近くにあった読書用の椅子に腰掛けた。座面は柔らかいが、普通の木の椅子で、背もたれが少し硬い。慎重に中をパラパラとめくる。お目当ての花が載っているのか、先に確認しておきたかったのだ。隣の椅子にアーサーも腰掛け、シルヴィの手元を覗(のぞ)き込んできた。

「どの花について調べたいのだ？」

「ええと、ロイヤルガーデンの入り口に咲いている黄色い花弁の花なんだけど――」

特徴を思い出し、アーサーに伝える。

シルヴィから花の特徴を聞いたアーサーは一つ頷くと、少し先の頁を開いた。すぐに該当(がいとう)の箇所を見つけ出す。

「これだ」

「えっ？　あ、そう、これよ……！」

アーサーが指さした箇所には、確かにシルヴィが調べたかった花が載っていた。

花の名前は、プリムラ。

シルヴィが見たのは黄色だったが、他にも色々な色があるらしい。

とりあえず目当ての花が載っていたことに満足したシルヴィは、図鑑を閉じた。

「ありがとう。これ、借りていくわ。ええと、誰かに借りるって言えば良いのかしら？　それとも貸し出しカードみたいなものがあるの？」

「室長に言えば、処理をしてくれるだろう。今回は、私が直接言っておくからいい。返却期限は特にないから、必要がなくなったら返してくれればいい」

「分かったわ」

有り難く本を借りることに決めたシルヴィは椅子から立ち上がった。唐突に、二人きりであることに気づき、あっと思う。

（これって、ちょうど良い機会なんじゃ？）

そっとスカートのポケットに忍ばせていたものに、服の上から触れる。

少し悩んだものの、誰もいない今ならばと、彼女は持っていた本を椅子の上に置き、同じく立ち上がったアーサーに、ポケットの中に入れていた薄い小さな包みを手渡した。

「はい、アーサー」

「うん？」

差し出されたものを受け取りながらも、アーサーが首を傾げる。何を渡されたのか分かっていない様子だ。

シルヴィは照れくさい気持ちを堪えながら彼に言った。

「あの、あのね……それ、私が刺繍をしたハンカチなの。頑張って作ったから、良かったらその……もらってくれると嬉しい」

「お前が？」

「うん」

アーサーを驚かせたかったシルヴィは、今の今までハンカチのことを秘密にしていた。

予想通り、びっくりした顔を見せてくれたアーサーに嬉しくなる。

「こんなところで渡すのもどうかと思ったんだけど、ほら、部屋だとアリスもいるからなかなか二人きりになれないし……その、夜だと……」

すぐにそういう雰囲気になってしまうので、ハンカチを渡す余裕などどこにもないのだ。

詳しくは言わなかったが、アーサーには分かったのだろう。クスリと笑った。

「そうだな。私たちは婚約者同士だというのに、なかなか二人きりになれないからな。ありがとう、シルヴィ。開けてみても良いか？」

「もちろん」

小さな包みを開け、アーサーがハンカチを取り出す。男物のハンカチに、派手な刺繍をするのもどうかと思ったシルヴィは、アーサーのイニシャルを刺した。簡単だけど、だからこそ技量が一目瞭然で分かってしまう。

「ほう……」

上機嫌に目を細め、ハンカチを眺めるアーサー。

どうやら満足してもらえる出来栄えだったようだ。

その様子を見ているだけで、頑張って良かったと思ってしまう。

嬉しくなったシルヴィは、つい、話さなくても良かったことを言ってしまった。

「元々、刺繍はそんなに得意じゃなかったんだけど、ディードリッヒに教えてもらって。先生にも褒めてもらえるくらいに上達したのよ。ディードリッヒの教え方ってすごく上手なの」

「……は？　ディードリッヒ、だと？」

「あ……」

アーサーの眉がピクリと動いたのを見て、シルヴィはしまったと気がついた。だがすでに遅い。

先ほどまでの機嫌の良さが嘘のように急激に不機嫌になったアーサーに、シルヴィは頗る焦った。

（ど、どうしよう……。今の、確実に言う必要なかったよね。私の馬鹿ー！）

アーサーが嫉妬深いのは、ゲームでもそうだったし、現実でも同じだ。それを分かっていて、彼以外の男性の名前をこんなところで出したシルヴィが全面的に悪い。

「あ、あの……」

「ほう……ディードリッヒ。確かにディードリッヒには、私が側にいられない時はお前のことを気に掛けておくようにと命じてあるが……私的なことまで関われと言った記憶はないのだがな」

「わ、私がお願いしたの！　ディードリッヒは何も悪くないわ！」

慌てて説明した。

ディードリッヒから刺繍の話を聞いて、教えて欲しいとお願いしたのはシルヴィの方で、彼は彼女の頼みに応えてくれただけなのだ。それでディードリッヒが怒られるのは道理に反すると思った。

「私が、アーサーにプレゼントしたいって言ったから。だから彼は協力してくれただけで……！」

どうかディードリッヒを責めてくれるなという気持ちでアーサーを見つめる。アーサーはムスッとした顔をしていたが、やがて大きな溜息を吐いた。

「アーサー？」

「分かった。私としてはそれこそ小一時間くらいディードリッヒを問い詰めてやりたいところだが、今回だけはやめておく。……お前が、私のためにしてくれたことを台無しにしたくはないからな」

「ありがとう！」

アーサーの言葉に心から安堵した。ディードリッヒは親切心でシルヴィを指導してくれたのだ。その彼が主君であるアーサーに責められることがなくて本当に良かったと思った。

「……とはいえ、お前と二人きりで指導というのには、私も思うところはあるが」

「ふ、二人きりなわけないじゃない。ちゃんとアリスも同席させたわ！　当たり前よ！」

シルヴィはアーサーの婚約者なのだ。たとえアーサーの側近とはいえ、長時間二人きりでいれば、余計な噂が立たないとも限らない。それを恐れたシルヴィは、アリスに常に同席してもらうことにした。

メイドが主人の側に付き従っているのはおかしなことでも何でもない。むしろ当然の話なので、ディードリッヒも何も言わなかったし、おかげで妙な噂が流れることもなかった。

アーサーが知らなかったのが、その証拠だ。

「私だって、アーサーの婚約者だって自覚くらいはあるもの。誤解されるような迂闊な真似はしないわ」

そこははっきりさせておかなければとアーサーに告げると、彼は目を瞬かせた。

「そう……か」

「そうよ。私はアーサーが好きなんだから、当たり前じゃない」

そこを疑ってもらっては困る。アーサーは拍子抜けしたような顔をしていたが、やがてふわりと笑った。

「そうだな。お前は私のことが好きだものな」

「っ！　そ、そうよ」

改めて言われると、照れてしまう。それでも肯定すると、アーサーはハンカチを彼が座っていた椅子の上に置いた。

「？」

「シルヴィ」

アーサーが腕を伸ばしてくる。抱き寄せられたかと思った瞬間、唇が奪われた。

「んっ……!?」

目を見開く。驚くシルヴィに構わず、アーサーが口内に舌を捻じ込んできた。突然の出来事に戸惑い、ただ、彼の舌を受け入れるしかできない。

「んんっ……」

アーサーの熱い舌が粘着するように絡む。クラクラするような口づけに、シルヴィは身体から力が抜けるのを感じた。アーサーが支えてくれているから大丈夫だが、もしそうでなかったら、その場に座り込んでしまったかもしれない。

シルヴィを支えているのと逆の手が、彼女の胸元に触れる。服の上からでも分かってしまう感触に身体が反応した。

「やっ……アーサー……こんなところで……んっ」

アーサーのキスから逃れ、文句を言うも、彼は止まらなかった。もう一度シルヴィの唇を塞ぎ、官能を高めるような触れ方をしてくる。

「んっ……んんっ……」

アーサーが触れる度、身体が歓喜に震える。

このところ毎晩彼に愛された彼女の身体はすっかりアーサーに馴染み、更なる刺激を期待するようになっていたのだ。

（こんなところで……止めなきゃ駄目なのに……）

身体が思うように動いてくれない。だって身体はもっとと強請っている。アーサーの愛撫を振り払いたくないと思っているのだ。

（エッチなことされて抵抗できないとか、どこのR18乙女ゲーよ！　……って、乙女ゲーだった！）

自分で自分に突っ込みを入れられる程度には余裕かと思うが、そうでもなかった。だって、シルヴィは思い出してしまったから。

アーサールート。その中に『図書館でエッチ』というイベントがあったことを。

（あったー！　あったわ、そういえば!!　すっかり忘れてたけど！）

アーサーが攻略キャラなんかではなく、自分の幼馴染みだと認識してしまったせいか、どうにも彼に関しては『イベント』を忘れがちになってしまう。実際、忘れてしまって良いのだろうけど、たまに、そう、本当にたまになのだけれど、ゲームと似た展開が起こることがあるのだ。

今回もそれだという可能性は、十分にある。

（ええと……何だったっけ。アーサールートに突入してからだったよね。確か……図書室に案内されて、人気(ひとけ)のない場所で盛り上がってしまうっていう……って、そのままじゃない！）

現在行われている行為が、覚えているままのイベントであることを理解し、愕然(がくぜん)とした。

（な……何ということ……！）

もちろん詳細は違う。ヒロインは、シルヴィとは違い花の図鑑を探していたわけでもなかったし、場所も書庫だったと思う。だけど今現在、シルヴィがアーサーに襲われている事実はイベントと何ら変わりなく……となると、結果も変わらないのではなかろうか。

（つまり、私、このまま図書室で抱かれるの!?）

頭がクラクラする。

「ア、アーサー……あの、あのね……わ、私、こんなところでっていうのは……ひゃんっ。ちょ、ちょっと……！」

胸に触れていたアーサーの手が後ろに回った。後ろにはドレスを留めるボタンがある。それを外されてしまえば、あっという間に脱げてしまうだろう。

「こんなところで、私が何をすると思ったのだ？」

「だ、だから……！」

アーサーが意地の悪い質問をしてくる。ボタンが一つ外された。いよいよ本格的に焦り始めたシルヴィの反応を楽しむようにアーサーは更にボタンに手を掛ける。

「お前があまりにも可愛いことを言うのが悪い。我慢できなくなってしまった」

「アーサー？　ね、ねえ、ここがどこか分かってる？　図書室なんだけど？」

「それが？　人払いはしてあるから、誰もいない。別に構わないだろう」

「それはそうなんだけど、そういう問題じゃない……」

どうして分かってくれないのかと思っているうちに、また一つボタンが外された。アーサーが首元に顔を埋めてくる。首筋に舌が這わされる。その動きに感じ入ってしまった。

「は……あんっ……」

声なんて出してしまっては、アーサーの思うつぼだ。それは分かっているのに、甘い声が勝手に零れる。

乙女ゲーヒロインであるシルヴィの身体は、恐ろしいくらいに快楽に弱く、気持ち良いことに対して非常に貪欲なのだ。今も、アーサーの舌の感触だけで腹の奥が熱くなったくらいだ。

（だ、駄目……駄目なのに……こんなところでは嫌だってもっとはっきり言わなきゃいけないのに……力が入らない……もっとして欲しいって思っちゃう）

アーサーの舌の動きが気持ち良くてたまらない。

ボタンが全て外された。服を脱がされるのかと思ったが、アーサーは、それはせず、次はドレスをたくし上げ、太股を撫で上げてきた。

「はあんっ……」

ドロリ、と蜜が零れ落ちたのが自分でも分かった。気持ち良くてゾクゾクする。早く蜜口を直接弄って欲しくてたまらない。シルヴィがもじもじと身体を揺らすと、アーサーがそんな彼女の反応に気づき、笑みを浮かべた。

「なんだ。やっぱりお前も期待していたのか」

「ち、違……ひうっ……」

トン、と指で下着越しに蜜口を押された。その瞬間、更に大量の蜜が溢れる。下着はあっという間に染みを作り、それに気づいたアーサーが満足そうな顔をした。

「お前は、身体の方が正直だな」

「やあ……」

恥ずかしくて顔が真っ赤になる。だけど抵抗しようなんて思えない。アーサーの指が蜜口の形をなぞるように動くのがもどかしくてたまらなくて、シルヴィは泣きそうになった。

「ね、ねえ、アーサー……もっと」

——ちゃんと触って欲しい。

シルヴィの気持ちなどアーサーはお見通しだろうに、彼はなかなか決定的な刺激をくれない。焦らすように触れるだけだ。その度に愛液が溢れ、下着は情けないくらいにぐしょぐしょになっていた。

「あっ……ああ……アーサー……」

切なく吐息を零すシルヴィに、アーサーが無言で視線を向けてくる。その視線の意味は分かる。自分で欲しいと、ちゃんと言葉にしろと言いたいのだろう。だけど、快楽にすっかり溺れてしまった身体を持て余したシルヴィにはそれだけのことが難しかった。

「おね……お願い……アーサー……ちゃんと、触って……足りないの」

必死で言葉を紡ぎ、なんとか気持ちを伝える。

もはやシルヴィの頭の中には、ここが図書室だとか、そういう些細な問題は吹き飛んでいた。深い刺激が欲しい。愛しい男にもっと可愛がってもらいたいと、それしか残っていなかった。

「アーサー……アーサー……好き、好きなの……だから」

「お前は相変わらず私を煽るな。そこまでしろとは言ってない」

「ああっ！」

下着の隙間からアーサーが指を差し込んできた。直接蜜口に触れられ、シルヴィが悦びの声を上げる。彼を受け入れる場所はぐずぐずに蕩け、彼の指をすんなりと呑み込んだ。

「んっ……」

指を入れられ、あまりの心地よさにシルヴィは恍惚の表情を浮かべた。アーサーが中で指を掻き回す。甘すぎる刺激に、シルヴィはアーサーに抱きついて応えた。

（気持ち良い、気持ち良い、気持ち良い）

もう、他のことは何も考えられない。

今のシルヴィにとって一番大事なのは、アーサーに愛してもらうことで、それ以外はどうでも良い些事なのだ。

「はあ……ああ……んんっ……」

指が二本に増やされた。二本の指が膣壁を擦る。その動きにも官能を呼び起こされ、シルヴィは誘うような嬌声を上げた。

「ん……あっ！　……気持ち良いのっ」

「そうか。お前の中は相変わらず狭いな。知っているか？　中に私のものを入れると、無数の襞が絡みついてくるのだ。奥はざらざらとしていて触れるだけでイきそうになる。お前の中は最高だ」

いわゆる数の子天井とかミミズ千匹とか言われる名器のことだろう。アーサーの言葉を聞きながら、シルヴィはとても納得していた。

快楽を得やすい身体に、男を惑わせるほどの名器の持ち主とか。さすがエロゲーのヒロインチートである。どうやら彼女のチートはエロ系特化なようで、エロに関してだけはこれでもかというほど特典が盛り込まれている。シルヴィとしては嬉しいのか嬉しくないのか微妙なところだ。

（アーサーが相手だから色々有り難いけど……本当に、なんてチートを持たせてくれるのよ……！）

だけど、実際問題、それくらいでないと、絶倫のアーサーを相手になんてできないのだろう。

神様から与えられた恩恵と有り難く受け取り、楽しむしかシルヴィの取れる選択肢はないのだ。

「シルヴィ、シルヴィ……愛している」

低い、興奮しきった声でアーサーが囁く。その声に身体が熱くなった。

彼に応えたい。愛されたいし愛したい。そう思ってしまうのだから、やっぱり神様にはありがとうと言うしかなかった。

「アーサー……もう……ちょうだい」

最初にこんなところでは嫌だと言ったのは自分だというのに、結局快楽と愛に負けて、強請ってしまった。だけど今更止められる方が困る。

身体は限界まで高まっているし、蜜道だって彼の肉棒を受け入れなければ落ち着けないと先ほどからひくついている。アーサーと毎晩何度も抱き合っているシルヴィが、指だけで満足できるはずがないのだ。

「アーサー、お願いっ……ひゃあっ……！」

勢いよく蜜口から指が引き抜かれた。

甘い喘ぎ声が零れる。書棚の横板に両手を突くような姿勢を取らされた。背後からベルトを外す音が聞こえ、羞恥よりも期待の方が強くなる。

「ね……早く……」

「分かっている」

「んっ……！」

アーサーがシルヴィの下着を引き下げ、亀頭を蜜口へ押し当て、中へ潜り込ませる。少し入ったところで、彼はぐっと腰を打ち付けた。ぬめった蜜道は痛みもなく雄を奥へと受け入れる。

「はああ……！」

肉棒が中を暴く感覚にシルヴィは存分に酔いしれた。望んだものが与えられ、歓喜に身体が戦慄く。

（気持ち良い……アーサーの、気持ち良いよう……）

肉棒が膣壁を擦り、最奥を叩く。目もくらむような快楽に犯され、シルヴィは甘い声を上げ続けた。

「ああっ……ああっ……！　んんっ……」

アーサーがシルヴィの腰をしっかりと持ち、激しく抽挿を始める。ボタンが全て外されたドレスは乱れ、肉棒が打ち付けられる衝撃で胸を覆っていた下着がずれた。乳房が零れ出る。アーサーが片手を伸ばし、露わになった乳房を握った。人差し指で胸の先を弄られる。快楽に弱いシルヴィは胸と膣の両方を同時に愛され、感極まってイってしまった。

「んんんっ……!!」

隘路（あいろ）がギュッと肉棒を圧迫する。愛液でドロドロに蕩けた襞肉がアーサーの子種を搾り取ろうと圧搾する動きを見せた。強烈な絞りにアーサーが呻き声を上げる。無意識に、弄っていた乳首を強く摘まんでしまった。

「くっ……！」

「ああんっ」

アーサーに乳首を摘まれたシルヴィが敏感に反応した。

「それ、気持ち良い……！　気持ち良いの……」

「いやらしいな……だが、興奮する」

「ひぅっ！」

一段と強く打ち付けられる。達した直後で無防備だった身体に、肉棒の激しい動きは劇薬のように

感じられてしまう。

　呆気なくもう一度達してしまったシルヴィは書棚にしがみ付いた。書棚は転倒防止のため、天井に打ち付けられており、少しくらいの衝撃ではビクともしない。

　アーサーの動きは激しいままで、少しも遠慮してくれない。必死で快感を堪えるも、連続して達し、敏感になっている状態での抽挿はいつも以上に感じてしまい、言葉にならないほどの悦楽をシルヴィに与えてくる。ビクンビクンと背中を震わせるシルヴィの首筋に後ろから口づけたアーサーは、熱い息を零しながら言った。

「またイったのか？　相変わらずお前は敏感だな。中が更に締まって苦しいほどだ。襞が絡みついてくるのがたまらなく気持ち良くて、今すぐにでも中に出したくなる」

「ひぅっ……ああ……あぁっ……！」

　肉棒が容赦なく腹の奥を叩いている。その場所に触れられる度、甘露のような愉悦がシルヴィを襲い、碌に会話することもできない。

　気持ち良くて、もっと気持ち良くしてもらうことしか考えられなくて、シルヴィはアーサーの肉棒を誘うように自ら尻を突き出した。

「シルヴィ……」

「気持ち良いの……もっと……もっと欲しい……」

　淫らな体勢で『もっと』と強請るシルヴィに、アーサーが唾を飲み込む。腹の中で暴れる肉棒が熱量を増した気がした。

「んんっ……」

膣内を圧迫する肉棒の存在感にシルヴィが顔を赤らめ、甘い息を零す。アーサーが腰を押し回すたびに、彼女は陶然とした表情で啼いた。

乳房を鷲掴みにされるのも心地よくてたまらない。アーサーが腰を打ち付ける音とシルヴィの喘ぎ声が静かで暗い図書室に響く。肉棒を出し入れされる感触が、頭が痺れそうなほどの快感になる。どうしてこのいやらしい行為がこんなにも気持ち良いのか。だけどやめて欲しいとは思えない。

「アーサー……アーサー……好き」

「ああ、私もお前を愛している」

その言葉を聞き、シルヴィの中が嬉しげに蠢く。

愛を告げられて喜んでしまう単純な自分に、こんな時にもかかわらずシルヴィは苦笑してしまったが、嬉しいのだから仕方なかった。

「んんっ……アーサー……もう……！」

今までにない快楽のうねりがシルヴィを呑み込もうとしていた。もう立っていられない。アーサーの与える痺れのような快感に限界を訴えると、彼もまた言った。

「分かっている。……私もそろそろ限界だ……！」

「んんんっ!!」

言葉と同時にアーサーが力強く腰を打ち付けた。膣奥に亀頭がぶつけられる。肉棒から熱泉が噴き上げられ、腹の奥へと流れ込んだ。

「は……あ……ん……んんっ」

白濁を全て注ぎ込んだあと、アーサーが肉棒を引き摺り出した。襞肉は名残惜しげに肉棒を追いかけたが、身体はもう限界だ。ひくつく身体を支えきれずその場にしゃがみ込もうとしたが、アーサーが抱き留めてくれた。

「あっ……」

「大丈夫か？」

荒い息を吐くシルヴィをアーサーが心配げに見つめてくる。それにシルヴィは頷くことで答えた。

アーサーがテキパキと彼女の服装を整え、近くの椅子に座らせた。情事の直後でぼうっとしているシルヴィをよそに、彼は精力的に動き、後始末をする。

そんなアーサーの姿を眺めながらシルヴィは思った。

（私……何してるんだろう）

あっさり快楽に流され、図書室という場所でアーサーと繋がってしまった。ある意味、見事にイベントクリアである。だからといって、何があるわけでもないのだけど。

（アーサーに触られると駄目。抵抗なんてできないし、場所なんてどうでもよくなっちゃう……）

アーサールートは基本愛され溺愛ストーリーだ。婚約してルートが固まれば、待っているのは些細なゴタゴタだけで、アーサーとのあんなことやこんなことが楽しめる話となっている。

この図書室イベントもその一つ。

彼がゲームキャラなんかではないのは、シルヴィが実感していることであるが、似たようなイベントは思い出したようにやってくる。

つい、他のイベントはどんなものがあったのか、考えてしまった。

（ええと、部屋でのエッチは基本だから除くとして、特殊プレイだけ思い出そう。ええと、まずは、そうそう、バルコニーでっていうのもあったよね）

夜のバルコニーでの刺激的なエッチ。あとは、窓枠に座らせて……というのもあった気がする。もちろんロイヤルガーデンで、季節の花々に囲まれてというのもあるし、馬車の中で盛り上がって最後まで——というのもあった。

（か、鏡プレイもあった。あと、後日談に、壁の穴に嵌まって、抜けられないところを後ろから……なんていう男性向けエロゲームみたいな展開もあった……）

思い出せば思い出すほど多種多様すぎて眩暈がする。

とにかくエロが多いのがアーサーのルートなのである。思い出したシルヴィは本気で頭を抱えたくなった。

（ど、どうか私のアーサーがゲームのアーサーみたいなことになりませんように……！）

なったらなったで付き合うしかシルヴィに道はないのだが、さすがに全部体験するのはしんどすぎる。少なくとも壁の穴に嵌まるのは嫌だ。あとは……まあ、好奇心もあるし、機会があったら挑戦してみてもいいかもしれないとか思ってしまうのは、シルヴィがアーサーに惚れているからである。

（私、アーサーに弱すぎない？）

今更ながら、自分のチョロさに愕然としていると、アーサーが声を掛けてきた。

「シルヴィ？　どうした？」

「え、ううん。なんでもない」

チョロいのは今更かと半分諦めた気持ちになりつつも、返事をする。アーサーが綺麗に片付けたせいか、情事の名残はどこにもない。彼もいつも通りで、今さっき激しくシルヴィを抱いていた張本人にはとてもではないが見えなかった。

「夕方から母上と散歩だったな。そろそろ出るか」

「あ、そうね」

近くにあった時計を確認すれば、時間はかなり経過していた。

部屋に戻って出かける準備をしなければならない時間が近づいている。それに気づき、シルヴィも椅子から立ち上がる。

エロからの回復力が異常に高い身体はすでに元気を取り戻しており、有り難いのだが、時折なんだかなあと思ってしまう。とはいえ、動けなくなる方が困るので、今の体質のままの方がシルヴィにとっては都合が良いのだ。

「行くぞ」

ハンカチをしまったアーサーがシルヴィに手を差し出してくる。花図鑑を持ったシルヴィは、もう片方の手を伸ばし、差し出された手を握った。

クロードは相変わらず会えばちょっかいを掛けてくるが、それ以外ではシルヴィはわりと平和な日々を送っていた。

義母と散歩をし、家庭教師に教えを乞い、一日が終わればアーサーと同じベッドで眠る。

寝室は特にどちらと決まっていない。アーサーが部屋に来ることもあれば、シルヴィが呼ばれることもある。大体、夕食前くらいに女官長がやってきて教えてくれるのだ。

呼ばれる時は少し恥ずかしいが、女官長と兵士がアーサーの部屋まで送ってくれる。

そのまま朝まで同じ部屋で過ごし、朝食を一緒にとってから別れるというのが最近の一日の流れだった。

「あんたがアーサーに溺愛されてるって、王城内ではかなり噂になってるわよ。頑張って部屋に通っている意味があったじゃない」

クスクスと楽しそうに笑うのはアリスだ。気の置けない関係である彼女と話すことは、シルヴィの精神安定に間違いなく一役買っている。アリス相手なら愚痴も言えるし、たまに泣き言を零しても「しっかりしなさい」と叱ってくれるから有り難いのだ。

もちろん、それと同時にアリスには色々と揶揄われるので、時には切れることもある。だけど基本的には感謝していた。

今は、アリスはシルヴィを化粧台の前に座らせ、髪を弄っている。楽しそうな表情を鏡越しに見ながら、シルヴィは小さく溜息を吐いた。

「溺愛……ねえ」

「アーサー溺愛ルート、そのままよね！　楽しい～！」

「だーかーらー、ゲームじゃないんだって」

「分かってる、分かってる。でも楽しいんだもの。仕方ないじゃない」

ウキウキするアリスにシルヴィは白旗を心の中で揚げた。こういう時、アリスに何を言っても無駄だ。そして暴走するのがアリスの通常運転だということを分かっているので放っておくしかなかった。

「まあ、良いけど。別にイベントなんて起きてないし」

「溺愛イベントはしっかり起きてるんでしょ!?」

「教えないけどね」

「シルヴィのケチ！」

誰が詳細など教えるものかとばかりに拒絶する。アリスはわざとらしげに嘆いたが、シルヴィの答えは分かっているので、すぐに話題を変えた。これはいつものお約束というやつなのだ。

「で？　国王様がお呼びって一体何なの？」

「知らない」

問いかけに正直に答える。

先ほど、突然女官長がやってきて、国王が呼んでいると言われたのだ。それもシルヴィだけではなくアーサーも呼ばれているらしい。

準備をして向かいますと返答したものの、用事の内容までは女官長は教えてはくれなかった。

一体どういう理由で呼ばれたのか、少し気になっている。

アリスが鏡越しに首を傾げた。

「結婚式について、とかかなあ」

「違うと思うけど。私がすることは、ドレスの仮縫いに立ち会うことと、式の手順を覚えること、招待客のリストを空で言えること、くらいだもの」

それだけでも十分にパンクしそうなのだ。これ以上というのは勘弁して欲しい。

アリスが嫌そうな顔をする。

「招待客のリスト……それ数百人単位で覚えなきゃいけないやつ……」

「名前だけならまだ覚えやすいんだけどね。顔と名前を一致させないといけないから。ついでに爵位とちょっとした情報も。一日十人覚えるのがせいぜい」

「私、五人も無理だわ」

「できないなんて言えないんだから、やるしかないでしょう」

「そうよね」

シルヴィの言葉にアリスはしみじみと頷いた。

「王太子妃ともなると大変ね。私、メイドポジションで、ほんっと良かった。高みの見物が一番楽しいわ」

「何言ってるの。アリスだって将来誰かに嫁ぐんでしょう？　高位貴族の誰かに見初められたら、似たような課題に苦しむことになると思うけど」

王太子妃に仕えるメイドなら貴族に声を掛けられる可能性だってかなり高い。だが、アリスは笑って言った。

「大丈夫。私、結婚する気はないから。ずっとあんたのメイドをやってるわ。王太子妃のメイドならお給金も良いし、あんたがアーサーに溺愛され続ける未来はほぼ確定しているしね。路頭に迷う心配はないし、このままの方が人生楽しそうだもん」

「アリス……」

「それにここにいると、他の攻略キャラたちとも会えるからね！　自分で攻略しようとは思わないけど、他の人たちに比べてハイスペックで、顔も良いから見てるだけで楽しいんだもの」

「それはそうかもだけど……でも……」

ずっと王宮勤めというのはどうなのだろう。シルヴィとしてはアリスが一緒にいてくれれば嬉しいけれど、彼女が幸せになるというのなら喜んで送り出そうとは思っているのだ。

それが、前世からの友人に対してシルヴィができる唯一のことだと思っているから。

だが、それは必要ないと本人に否定されてしまい、シルヴィは戸惑った。

アリスはケラケラと笑っている。

「なんだったら、次代の女官長の座でも狙ってみようかな、なんて思ったりしてるから本当に大丈夫だって。別に私は無理をしているわけでも、あんたに気を遣ってるわけでもないの。自分で選んだ道なんだから気にしないでよね」

「うん……」

ここまで言われてしまうと、さすがにシルヴィもそれ以上は言いにくい。今はこう言っているが、時が経てば気が変わることだってあるだろう。その時こそ力になろうと決め、シルヴィはとりあえずこの話題を終わらせることにした。

綺麗に編み込まれた髪を確認する。そろそろ行かなければ、国王を待たせてしまうだろう。それは許されないことだ。

化粧も終わっているので、確認だけして立ち上がる。シルヴィはにこりと笑ってアリスに礼を言った。

「ありがとう。じゃあちょっと、何の用か分からなくて怖い気もするけど、頑張って行ってくるわ」

「行ってらっしゃい。私はここで待ってるから。なんか面白そうなことがあったら教えてね～」

「何にもないと思うけど」

いつものやり取りをし、部屋を出る。女官長が待っているかと思ったが、そこにいたのはアーサーだった。

正装というほどでもないが、普段よりよほど豪奢な格好だ。そういえば、シルヴィも女官長の命令で盛装を着せられている。ただ国王と会うだけではないのだろうか。アーサーがシルヴィに笑いかけてくる。

「お前も父上に呼ばれていると女官長から聞いてな。せっかくだから迎えに来た」

「ありがとう、嬉しい」

一人で行くのは少し緊張するから、アーサーが一緒だと心強い。

シルヴィがホッとしたように表情を綻ばせると、彼は腕を差し出してくれた。

「ちょうど良い時間だ。行こう」

「ええ」

腕に掴まり、一緒に歩く。来るようにと言われたのは国王の執務室だ。廊下を歩きながら、シルヴィはアーサーに質問をした。

「ねえ、アーサー。陛下のご用件って何なのか知ってる?」

「いや、私も執務中に無理やり呼び出されたからな。詳細までは聞いていない」

「ふうん。アーサーも知らないんだ」

いよいよどんな話か気になってくる。シルヴィが不安そうな顔をするとアーサーが励ますように言った。

「何かあれば私が守ってやる。だから話を聞く前からあまり気に病むな」

「うん……」

確かにその通りなのだが、不安はなかなか消えない。

小さく溜息を吐く。あっという間に国王の執務室に着いてしまった。

「父上」

アーサーが扉をノックする。しばらくすると、国王から入室許可が下りた。扉の前にいた兵士たちがドアを開けてくれる。

(国王、か……)

義母に慣れたとはいえ、国王とはまだ数回しか面識がない。それに相手は国主だ。緊張で唇が乾くのが気になったがどうすることもできない。アーサーに連れられるまま、シルヴィも執務室へと足を踏み入れる。

（あ……）

執務室にある客用ソファに二人の男女が座っていた。

年は、シルヴィと同じくらいだろうか。女性は気の強そうな美人だ。口元に黒子（ほくろ）があり、それが妙に色気を醸し出していた。男性の方は、優しげな顔立ち。彼もまたかなり美しい外見をしていた。男性用の上衣を着ているから男と分かったが、ドレスを着ても違和感がなさそうだ。

二人はシルヴィたちと同じように盛装姿だった。

シルヴィが首を傾げる。

なんだろう。どうにも既視感があったのだ。

（ん？　誰？）

「いきなり呼び出して悪かったな」

記憶を探っていると、執務机にいた国王から声を掛けられた。視線を向ける。彼は妙に上機嫌な様子だった。

「父上。緊急の用件だと聞きましたが、用件とはもしかしなくても彼らのことですか？」

「そうだ」

息子の問いかけに国王は肯定を返した。

「王妃の主治医、ライカールトの子供たちだ。ライカールトには王妃の容態が悪化した時、そして今も、随分と世話になっている。愛する妻を何度も助けてくれた男だ。何か褒美を与えたかったのだが、ずっと断られていてな、この度ようやく口にしてくれたのだ」

「母上の主治医の？　そうでしたか」

彼らが誰なのか理解したアーサーが頷く。同時に不思議そうな顔をした。

「で？　何故彼らがここにいるのです？」

「ライカールトの望みがそれなのだ。息子と娘がお前たちに興味を持っているという話でな。一度会う機会を設けて欲しいと言われた」

「……私とシルヴィに？」

「うむ。実は少し前からその話は聞いていたのだ。その時はお前もまだシルヴィア嬢のことを秘密にしていたからな。ライカールトは公爵位も持っているし、その娘ならお前の妃候補になるのではないかと考えていたのだが――」

「私は、シルヴィ以外となど結婚しません！」

国王の話を遮り、アーサーが怒ったように言った。

「いくら恩人の娘でも、好きでもない女性となど虫唾（むしず）が走る。それとも、父上は私の気持ちが分からないとでもおっしゃるのですか？　母上に今の話をそっくりそのまましても良いのですよ？」

顔色を変えたアーサーに、国王は、宥（なだ）めるような口調で言った。

「分かっておる。分かっておるから脅すのをやめろ。アーサー。婚約者と上手くいっているお前の邪魔をするつもりはない。私もお前が婚約した時点できっぱりと諦めた。シルヴィア嬢は王妃の恩人とも聞いておるしな。王妃の恩人で、お前が唯一と望む相手。そんな相手を排除する気は私にはない」

「……それなら良いのですが」

胡散臭げに国王を見つつも、アーサーは牽制の態度を崩さなかった。無意識かもしれないが、シルヴィを守るように彼女の前に立ち、国王から彼女を隠すようにしている。

そして庇われたシルヴィはと言えば、国王から聞いた名前に真っ青になっていた。

（ライカールト医師って……！　アーサールートに出てくる奴！）

必死で記憶を思い出す。

――ヴィンセント・ライカールト公爵。

彼は公爵位を持つも、代々王家の主治医としてその存在感を発揮してきた、少し特殊な人物である。彼には息子と娘がおり、娘の方がアーサーに惚れ、父親に彼と結婚したいと強請るのだ。

国王は、ライカールト医師には数え切れないほど世話になっている。彼に乞われた国王は、婚約したばかりの息子に、ヒロイン――シルヴィとは婚約破棄をし、代わりにライカールト公爵の娘と結婚しろと言い出すのだ。もちろんヒーローはヒロインの味方。

二人でこの困難を乗り越え、最終的に父親に婚約続行を認めてもらう――という話なのだが……まさか今更その話が出てくるとは思わなかった。

（……嘘でしょ。今更正規のゲームイベントやらせるの？　勘弁してよ）

シルヴィとアーサーはゲームとは関係なく結ばれたのだ。それなのに、婚約してから思い出したかのように、次々とイベントを用意してくるのはやめて欲しい。

チラリと座っている女性の方に目を向ける。

女性はシルヴィと同じ金髪を高く結い上げていた。ドレスも素晴らしい逸品で、公爵家だけあり、かなり裕福な暮らしをしているだろうことは一目で分かる。

確か名前はコーデリア・ライカールト。年はシルヴィと同じ。

城の廊下で見かけたアーサーに一目惚れした彼女は父親を使い、強引にアーサーに迫るのだ。

(なるほどね、なるほど……確かこれ、ヒロインの嫉妬イベントでもあったわね)

コーデリアに嫉妬したヒロインは、一時的にではあるが、ヒーローとギクシャクするとか、そういうのもあった気がする。

不思議なもので、一部分を思い出すとあとは芋づる式に記憶が蘇る。イベントの細部まで思い出したシルヴィはとても嫌な気持ちになったが、すんでのところで理性を働かせた。

(大丈夫。私は嫉妬なんかしない。アーサーは私のことを愛してくれているんだもの。嫉妬なんてするはずがない。それにこれはイベントだって分かってる。だから私はいつだって冷静に――)

自分に言い聞かせながらもう一度コーデリアに目を向ける。いつの間にか彼女はいなくなっていた。

一体どこにと思っていると、彼女の声が聞こえてきた。

反射的にそちらに目を向ける。……見なければ良かったと心から後悔した。

「アーサー様！　わたくし、コーデリア・ライカールトと申します。わたくし、一目見た時からあなたのことが恋しくて……。すでに婚約者がいらっしゃるなんて信じられませんわ！」

コーデリアがアーサーに、手を伸ばす。アーサーは不快げな顔をしてさっと避けたが、現場を目撃してしまったシルヴィは、自分の胸の中が真っ黒に染まっていくような不快感と強烈な怒りに支配された。

思わず怒鳴りそうになるのを必死で堪える。だってここは国王の執務室で、いるのは国王と王太子、そして次期公爵と公爵令嬢だ。いくらアーサーの婚約者とはいえ、シルヴィの身分が一番低い。それが分かっていて、怒鳴ることなどできるはずがなかった。

（アーサーは私のよ！　何してくれてるのよ‼）

あからさまに恋人に言い寄っている現場を目撃しているのに、何も言えない自らの爵位が恨めしい。

（む……ムカツク……）

拳を握り、アーサーたちから目を逸らす。

（我慢よ……我慢するのよ……今だけのことなんだから……）

アーサーの声が聞こえてきた。

「私に触れないでいただきたい」

「まあ、それは失礼いたしましたわ。でもわたくし、どうしても一度アーサー様に直接お会いして、この胸の内を伝えたくて。あなたの婚約者よりわたくしの方が身分は高いですが、彼女を正妃とするのなら、愛妾という座に甘んじても構いませんわ。あなたと結婚できるのなら、多少の我慢もいたします」

伝えられた言葉にシルヴィは愕然としたが、アーサーは冷たい声で言い返した。

「私は愛妾を娶るつもりはない。そういう妄言を吐くのは、婚約者に誤解されるのでやめてくれると有り難い」

「そう……そうですか」

残念そうに呟き、コーデリアはシルヴィの方に顔を向けた。やけに意地悪い笑みを浮かべている。

「それはとりあえず置いておきましょう。わたくしが父にお願いしたのは、アーサー様との一日が欲しいということ。本当は二十四時間一緒にいて欲しいところですけど、それはあなたも承知して下さらないでしょうから、夕食までの短い時間で構いませんわ。あ、これはすでに陛下にご了承いただいていることです。文句があるようでしたら、陛下にお願いいたしますわね」

「……父上」

息子の低い、唸るような声に、国王が引きつった顔をする。

「そのように怒るな。先ほど言ったとおり、私はお前たちの結婚を祝福しているし、今更コーデリア嬢をとも思っていない。そこはお前の好きにするがいい。ただ、だな。ライカールトに世話になっているのも本当で、たまには望みを叶えたいと思っているのも本当なのだ。だからそのライカールトに、『娘が一日で良いから、殿下と過ごしたいと言っている』などと言われて、断れるわけがないではないか。アーサー、ここは父のために一肌脱いでくれるところではないか？　何も本当に丸一日というわけではない。コーデリア嬢が言うとおり、夕食までの短い時間だけで構わない。父のために、少しの間、お前を慕う女人の相手をすることくらいしてくれても――」

「……」

アーサーが無言で国王を睨みつける。しばらく無言の攻防が続いたが、折れたのはアーサーの方だった。

「……業腹ですが分かりました。母上が世話になっている医師の願いだというのなら、無碍にはできません。ですが、二度はありません。次、同じようなことをしてきた時には、こちらもそれなりの対応を取らせていただきます」

「分かっている。今回だけだと約束しよう」

国王が即座に頷く。それを確認したアーサーは深い息を吐いた。逆にコーデリアはとても嬉しそうだ。

「良かった！　それではさっそく出かけましょう？　あまり時間がありませんもの。あ！　お兄様、そちらのアーサー殿下のご婚約者殿のお相手をして差し上げて？　お一人だとお可哀想ですものね」

「えっ……」

まさかの言葉にシルヴィも驚いたが、アーサーも目を見開いていた。

コーデリアの指名に、それまでずっと黙ったままだった彼女の兄がソファから立ち上がる。そしてシルヴィに向かって微笑みかけてきた。女性のような容貌の持ち主の彼が微笑むと、まるで花が咲いたような華やいだ雰囲気になる。

「僕では殿下の代わりにはなりませんが……妹が殿下をお借りしている間、よろしければお付き合いいただけませんか？」

「え、ええ……」

驚きのあまり、反射的に頷いてしまう。

アーサーが文句を言おうとしたが、コーデリアが先に言った。

「ふふ！　お兄様をよろしくお願いしますわね。なんだったら、アーサー様からお兄様に乗り換えて下さってもよろしくてよ？　そうすればわたくしがアーサー様をいただきますから」

さ、参りましょう、とコーデリアがアーサーの横に立つ。二人が並んだ姿を見て、シルヴィは思わず息を呑んだ。

（……認めたくないけど……すごく似合ってる）

コーデリアとアーサーは、隣に立つと互いに引き立て合い、とても似合いのカップルに見えた。そしてそう見えてしまった自分にショックを受ける。

（嫌だ……アーサーは私のなのに……）

愛されているのは自分のはず。不安になんてならなくていい。それが分かっているのに、どうにも胸がモヤモヤして仕方なかった。それでも必死に自分に言い聞かせる。

（ゲームなんかに負けるな、私！）

きっと不安を感じてしまうのは、嫉妬イベントも兼ねているからに違いない。嫌な気持ちになる自分を宥め、シルヴィは無理やり笑顔を作った。

「アーサー。あなたがコーデリア様のお相手をしている間、私もこの方とご一緒させていただくことにするわね」

「申し遅れました。僕は、ゲイル・ライカールトと言います」

「ゲイル様。こちらこそご挨拶が遅れ、申し訳ありません。シルヴィア・リーヴェルトです」

自己紹介してくれたゲイルにシルヴィは笑みを向ける。

嫉妬しているなんて、絶対にアーサーには知られたくなかった。

だってアーサーは、コーデリアの誘いをきっぱりと拒絶しているのだ。彼女と過ごすのは国王命令なだけ。それも一時的な話だ。それにもかかわらずシルヴィは彼女に嫉妬しているというのだから、知られたくないと思っても仕方ないだろう。

（こんなに心が狭いなんて、格好悪い。恥ずかしい）

「シルヴィ」

アーサーが焦った声で名前を呼ぶ。それにシルヴィは平静を装いながら返事をした。

「何、アーサー」

「……いや、何でもない」

「そう」

アーサーは何か言おうとしたようだったが、結局は言葉を濁した。

「行きましょうか」

ゲイルがエスコートに手を差し出してくれる。それを複雑な気持ちで見つめつつも、シルヴィはその手を取った。

（アーサーの馬鹿）

アーサーがはっきり止めてくれなかったことに、シルヴィは酷く傷ついていた。

(馬鹿、馬鹿。アーサーの馬鹿！)

ゲイルと共に城の回廊を歩きながらも、シルヴィの心の中は先ほどのアーサーの態度で埋め尽くされていた。

(何よ。いつも私のことが好きだとか離さないとか独占欲の塊みたいな台詞ばっかり言うくせに、肝心な時にはヘタレなんじゃない！　こういう時こそ、『シルヴィは私だけのものだ』とか言ってくれたら良いのに！)

それが不可能であることくらい、シルヴィにだって分かっている。

あの場所には国王もいたし、アーサーはコーデリアに付き合うと約束したばかり。彼の置かれている立場を考えれば、シルヴィを引き留めるのが難しいということくらいは、嫉妬と怒りに支配されている彼女にだって、十分すぎるほど理解できるのだ。

(でも！　一言くらい、何かあっても良いじゃない！)

恋する乙女は面倒くさいのだ。

無理だと分かっていても、少しくらい頑張って欲しいと願ってしまう。

(私、こんな面倒くさい女だったかな……)

アリスに聞けば、間違いなく「あんたは、めちゃくちゃ面倒で重たい女よ」と言われそうなことを思ったシルヴィは、隣を歩くゲイルに隠れてこっそり溜息を吐いた。

(結局、ムキになってゲイルと一緒にいることになっちゃったし……)

コーデリアの兄である、次期ライカールト公爵となるゲイルに目を向ける。

柔らかな紺色の髪を持つ彼を、シルヴィはゲームで知っていた。というか、先ほど彼から自己紹介されたことで思い出したのだ。

(ゲイル・ライカールト……。指先シリーズ二作目の攻略キャラの一人じゃない……)

比喩ではなく頭痛がする。

ゲイルという、次期公爵であり、医者の卵である彼は、指先シリーズ二作目に出てくる、ヒーロー役の一人なのだ。

もちろんその存在は、2になって初めて明かされるのであるが……それがどうしてここで出てくるのだろう。時系列で言えば、それこそまだ一作目の、ようやくルート固定した直後くらいだというのに。

(大体、さっきのコーデリアだって、ゲームでは兄を連れてきていなかったわ)

彼女と一緒にいたのは、父親であるライカールト医師だった。それが、何がどうなったのか知らないが、ゲイルに変わっている。

(もう……訳が分からない)

ゲームとは関係ないところで生きるといくら決意しても、恋人がメイン攻略キャラで、自らがヒロインという位置づけである以上、どうしたって色々なものに巻き込まれる。

しかも、予想もしない展開で。

それが普通で、先が分かっていることの方がおかしいのだが、つい、自分が知っている先と比べてしまうのだ。

(これからどうしたら良いんだろう……って、考えても仕方ないけど)

シルヴィはすでにアーサーの手を取った。彼を選んだのだ。

だからゲイルが出てこようが関係ない。シルヴィはアーサーのことだけ見ていれば良いのだ。

それに——。

(そうよ。2には2のヒロインがいるんだから。私とは無関係よ)

指先シリーズのヒロインは、毎回変わる。それを思い出し、ホッとした。アーサーを選んだのに、他からちょっかいを出されては敵わない。シルヴィはアーサーと幸せになりたいのであって、色々な人から好意の矢印を向けられる波瀾万丈な人生を送りたいわけでは断じてないのだ。

(2のキャラは、2のヒロインにお任せして、私はアーサーと幸せになろう)

とは言っても、2のヒロインが出てくるとは限らないけれども。

アーサーと結ばれたものの、ゲームとはかなりずれた道を歩んでいる自覚のあるシルヴィは、このまま素直に続編に続くとは思えないと考えていた。

大体、この世界はゲームではない。シルヴィが知っている彼らがいるだけの、ただの現実世界。その方が余程納得できる。

(だって、私のアーサーはゲームのアーサーとは違うもの)

ゲームのアーサーよりも優しいし、何よりシルヴィのことを深く愛してくれている。

シルヴィだって、そんなアーサーのことが大好きなのだ。

(そうよね。気にする方がおかしい！　よしっ！)

ようやく結論づけ、頷く。

その頃には馬鹿らしい嫉妬もようやく収まっていた。

アーサーは、コーデリアのことを迷惑がっていた。その彼女と夕食までとはいえ、一緒に過ごさねばならないのだから、彼もある意味被害者と言えよう。

(……アーサーに悪いことしたかな)

止めてくれなかったと膨れていたが、ゲイルと部屋を出る直前に見たアーサーの顔色は酷く、かなりショックを受けているように見えた。それを思い出し、急に申し訳ない気持ちになってくる。彼の気持ちを分かっていて、コーデリアの誘いに乗り、ゲイルと一緒に出ていくなど、酷い行いをしてしまった。初めての嫉妬に、シルヴィも頭に血が上っていたということなのだろうけど。

(夕食の時にでも、アーサーに謝ろう)

嫌な思いをさせて悪かったと。あとは、素直に嫉妬したと申告した方が良いだろう。

先ほどまでは絶対に嫉妬したことを知られたくないと思っていたが、自分の取った態度を説明するなら、言わないという選択肢はない。

「……先ほどからずっと黙ったままですが、やはり、僕に連れ出されたのがお嫌でしたか？」

「え？　いいえ、そんなことは……」

アーサーにどう謝ろうかと考えていると、隣を無言で歩いていたゲイルが窺うように声を掛けてきた。それに慌てて否定を返す。

確かにゲイルに誘われて外には出てきたが、彼が悪いわけではない。元々はコーデリアが言い出したことだし、更に言えば、頷いたのはシルヴィだ。

「申し訳ありません。少し考え事をしていただけなのです」

「考え事というのは……やはり殿下のこと？」

「えっ……」

ゲイルの目を見る。金色の瞳と目が合った。

「ああ、やっぱり。そうですよね。恋人と離されて、気にしない人なんていませんから」

「え、えっと……」

なんと答えたものか。困っていると、ゲイルは柔らかく目を細めた。

「大丈夫ですよ。僕は、何もしませんから。今だって、妹に頼まれたから、あなたを連れ出しただけ。それ以上の感情はありません」

「……」

「妹については……申し訳ないと言うしかないのですけど」

「いえ……」

ゲイルに謝られても困ってしまう。シルヴィは微妙な顔をしつつも口を開いた。

「コーデリア様と過ごすと決めたのは、殿下ですから。私がどうこう言う資格はありません」

「でも、嫌な気持ちにはなったでしょう？」

「それは……」

言葉に詰まった。ゲイルは気にせず笑っている。

「良いんですよ。それが正常な反応です。感情は我慢せず、吐き出してしまった方が良い。溜め込むと、碌なことになりませんから。僕の妹のように」

「コーデリア様？」

「ええ」

ゲイルは頷き、歩みを止めた。シルヴィもつられるように立ち止まる。

「あの子は、本気で殿下を慕っていましたから。それこそ、殿下の妃になるためには、殿下の思い人であるあなたを蹴落としても当然だと思うほどに自らを追い詰めていましたよ。冷静になれば、それがいかに愚かなことか、すぐに分かるというのにね」

「コーデリア様が？」

ゲームのコーデリアを思い出した。

コーデリアはアーサーが好きで、一生懸命彼に好いてもらおうと頑張っていた。それこそ、ちょっとやりすぎなのではないかというくらいに。その手段は、アーサー本人に向かったものから、ヒロインであるシルヴィに向かったものもある。

ヒロインが傷物になれば、アーサーの寵がなくなるのではという思い込みで、暴漢をヒロインに仕向けたりもしていた。

それは全部、アーサーを振り向かせるためのものだったけれども、当たり前だが裏目に出た。真実を知ったアーサーは怒り狂い、コーデリアを孤島にある修道院へと送ったのだ。その父と兄は、コーデリアがしていたことを全く知らなかった責を取り、爵位の返上などを申し出たが、彼らが王族の主治医とその後継者だったことと今までの功績を鑑みられ、多額の罰金だけで済んだとか——確かそんな結末になっていたと思う。

2では、妹のことが傷になったゲイルをヒロインが癒やすという話になるのだ。

(えっ、じゃあ、私も暴漢対策をしておいた方が良いのかな……)

イベントでは未遂だったが、未遂だからといって、安心してはいられない。何せ、エロゲー。挿入まではされなくても、身体の隅々を弄られる、まではあるのだから。

(挿れられなければOKって？　そんなわけないでしょう)

好きでもない男に身体を弄られるなど絶対に嫌だ。シルヴィはゲームのヒロインとは違い、魔術が使える。それを駆使して、なんとしても襲われないようにしなくてはならない。

そんなことを考えていると、ゲイルが言った。

「安心して下さい。今のコーデリアは、愚かな真似はしませんよ。父と二人で何度もカウンセリングをして、自分の考え方がいかに歪んでいたのか、認知させましたから」

「え……」

「妹はきちんと身のほどを弁えています。確かに態度はああですけど、少なくとも、逆恨みや嫉妬で、あなたをどうこうしたりはしない。今、殿下と二人で過ごしたいと言っているのだって、自分の思いにケリを付けたいからだ。それ以上の企みはない。そこは僕と父が保証しますよ」

きっぱりと告げるゲイルに驚く。ゲイルを凝視すると、彼は眉を下げながら言った。

「……妹が愚かな真似をすれば、僕や父にまで影響が出ます。僕たちは代々王族の主治医を拝命してきたという自負がある。その栄光を妹のせいで失いたくない。今日も明日も明後日も、僕らは医学の最先端に、自信を持って立っていたいのですよ。僕と父が望むことなんてこれくらいだ」

「……」

「無関係なあなたには迷惑を掛けました。だけど、妹が殿下を好きだったのは本当のことです。今までの愚かな自分には気づいた。だけど、一度で良いから殿下と二人きりで過ごしたい。そう娘に言われた父が、僕を連れていくという条件をつけはしたものの頷いたのは、仕方ないことではないでしょうか」

（なんか……こっちも話が変わってるんだけど……）

ゲイルの話を聞きながら、シルヴィは内心仰天していた。

コーデリアの愚かな所業、それを実行する前にカウンセリングで止めたという父と兄。

ゲームではあり得ない話だ。

確かに、ゲームでゲイルは「妹があんな愚かなことをすると知っていれば、父と二人でなんとしても止めたのに」と悔いていたが、まさかそれを実行していたとは思わなかった。

目をぱちくりさせるシルヴィに、ゲイルが「歩きましょうか」と促す。それに頷きながらも彼に言った。

「その……じゃあ、今日のコーデリア様は、ただ、殿下に会いたかっただけ、なんですか？」

「ええ。そして二度とお目に掛かることはないでしょう。妹は結婚が決まっていますからね。相手は僕と妹の幼馴染み。彼は妹のことを心から愛していますから、妹はきっと幸せになると思います」

「そう……ですか」

ゲームのコーデリアは修道院へ送られたけれど、現実のコーデリアは幼馴染みと結婚しようとしている。そのあまりの変化にシルヴィは頭がクラクラした。

（もう……訳が分からない）

だけど、良い方向に変わったのは間違いない。シルヴィは襲われなくて済むし、コーデリアも修道院へ送られずに済む。ゲイルやその父親も、誇りを持って仕事に取り組むことができるのだ。全員にとっての良い変化に、拍手喝采しても良いはずなのに、素直に喜べないのは、この変化がどこから来たものなのか疑ってしまうからだろう。

（こういうの、駄目。おめでたい話なんだから、素直に喜ばないと良くなっていることを喜べない屑にはなりたくない。シルヴィは笑顔を作り、ゲイルに言った。

「おめでとうございます」

「ありがとうございます。これで僕も、安心して医学に没頭することができますよ。ああそうだ。来年からにはなりますが、僕も王家の主治医の一人として、父と一緒に城に勤めることが決まりましたので、どうぞよろしくお願いいたします」

「えっ……は、はい」

王家の主治医ということは、間違いなくシルヴィにもかかわってくる話だ。慌てて頭を下げるとゲイルが笑いながら言った。

「殿下との御子ができたら、僕が主治医になると思いますから。妃殿下が無事、御子をお産みになれるよう、サポートさせていただきますね」

「あ、ありがとう、ございます」

かかわってくるどころの話ではなかった。今後、ものすごくお世話になることが確定しているではないか。

アーサーとの子、と聞き頬を染めながらも頭を下げるシルヴィに、ゲイルは「任せて下さい」と自信たっぷりに頷いた。

◇◇◇

「殿下、花がとても綺麗ですわよ」

「……そうだな」

シルヴィがゲイルと共に去っていったのを呆然と見送ったアーサーは、コーデリアに連れられ、城の庭へと足を運んでいた。

正直言って、気分はかなり悪かった。

コーデリアと名乗った、王家主治医の娘と一緒にいなければならないのも業腹だし、彼の愛するシルヴィが彼女の兄と行ってしまったことについては、嫉妬と怒りしか覚えなかった。

(シルヴィの奴、断れば良いものの)

まさか、シルヴィが連れていかれるとは思ってもいなかったのだ。

夕食までのほんのひと時の時間をコーデリアと過ごすこと。それを了承したのは確かにアーサーではあるが、シルヴィは部屋で待っていてくれるものだと思っていた。それが、コーデリアの兄であるゲイルに連れていかれるとは誰が想像しただろう。

今頃シルヴィはゲイルとどこにいて、何を話しているのか。考えただけで腸(はらわた)が煮えくりかえってくる。

「……」

「ご機嫌斜めですわね、殿下」

「そう思うのなら、もう帰っても構わないだろうか」

楽しげな声で尋ねられ、アーサーの眉が中央に寄った。優しくするつもりは最初からなかった。

元々アーサーは、女性にはかなり冷たいところがあるし、今までも近づく令嬢たちを冷徹に追い払っていた。父からは、一緒に過ごせとしか命じられていないし、いつもの対応で良いだろうと、特に気を遣ったりはしなかったのだ。

(私が優しくしたい女はシルヴィだけだ)

好きな女だから優しくしたいし、言うことも聞いてやりたい。それ以外の女など、どうでもいい。

そんな気持ちで発した言葉だったが、コーデリアは堪えなかった。むしろクスクスとおかしそうに笑っている。

「駄目ですわ。わたくしに与えられた大切な時間なのですから。でも本当、シルヴィア様と一緒におられる時とは表情が全く違いますのね。是非わたくしにもあのお顔を見せていただきたいものですけど」

「断る」

「あらまあ、即答ですの」

アーサーの突き放すような言葉にもコーデリアは動じなかった。花壇の前にしゃがみ込み、赤い花に触れている。そうしてポツリと言った。

「……わたくしとシルヴィア様。一体、何が違うのでしょうね。わたくしもあなたを、あの方に負けないくらい思っている自信はあるのですけど。出会うのがもう少し早ければ、あなたはわたくしを見て下さったのかしら」

「勘違いしているようだから言っておくが、シルヴィと私は幼馴染みだ。少々、早くなったくらいでは何も変わらない。それに、私には最初からシルヴィしかいなかった。彼女以外に、私が愛せる女性はいない。お前には万に一つの可能性も存在しない」

きっぱりと告げる。

アーサーにとって、シルヴィは己が愛する人であると同時に、恩人でもあった。

母と仲直りする切っ掛けをくれた人。

人間不信に陥っていたアーサーを無自覚にでも立ち直らせてくれた人。

そのシルヴィをアーサーはずっと思い続けてきた。彼女以外はあり得ないと探し続けてきた。そして見つけ出した今は、自分のその思いは正しかったのだと確信している。

「シルヴィは私の唯一だ。彼女と共にあることこそが私の幸せであり、それ以外に望みはない」

「まあ」

大袈裟に驚いた顔を作り、コーデリアが立ち上がる。そうして眩しげに目を細め、アーサーを見た。

「わたくしでは、どう足掻いても無理、ということですわね？」

「お前だけではない。シルヴィ以外に意味はないと言っている」

「そう、ですか」

ほう、と息を吐き、コーデリアは再度アーサーを見た。その顔は妙に晴れ晴れとしていた。

「ありがとうございます。これで未練なく、思いを断ち切ることができそうですわ。実はわたくし、もうすぐ結婚するのです。ですからその前に、アーサー様にお会いしたいと思っていましたの」

「結婚？」

「はい。幼馴染みと。ふふっ、アーサー様と同じですわね」

楽しそうに笑うコーデリアは、どこか吹っ切れたようにアーサーには見えた。笑顔のまま、コーデリアが言う。

「わたくし、本当にあなたが好きでしたの。あなたが手に入るのなら何を犠牲にしても構わないほどに。シルヴィア様を傷つけて、いいえ、殺してでもあなたの隣に立ちたいと思っていましたわ」

「そんなことをすれば、私はお前を殺しただろう」

シルヴィを傷つけられるのは許せない。そんな気持ちを込めてコーデリアを睨みつけると、彼女は真面目くさった顔をして頷いた。

「ええ。そうでしょうとも。でも、その時のわたくしには、そんな簡単なことすら分からなかったんです。そうすれば未来が開けるとさえ思いましたわ。苦しかったんです。この行き場のない思いをどうすれば良いのか分からなかった。吐き出す場所を求めていたのかもしれませんわね。……実際、実行しようと準備さえ始めました。だけど、それを察知し、父と兄がわたくしを止めたのです」

「止めた？　どういうことだ？」

怪訝な顔でアーサーが尋ねると、コーデリアは「そのままの意味です」と答えた。

「二人は、わたくしを諌めましたわ。いいえ、医者として側にいて、根気よく話を聞き、そして最後には歪んでしまった考えを元に戻してくれたのです。今のわたくしは、愚かな真似をしようとは思いません。だって、一番辛かった時に側にいてくれた家族を裏切りたくありませんもの。わたくしが馬鹿なことをすれば、お父様たちに迷惑が掛かる。それに、こんなわたくしを愛していると言ってくれる幼馴染みもいますし。実らない恋に縋るよりも、新たな恋に生きたいと思うのは、おかしなことですか？」

「いや、それができるのならば、素晴らしいことだと思う」

コーデリアの問いかけに、アーサーは素直に答えた。

どうしたって、彼がコーデリアに応えることはできないのだ。だから、他で幸せになれるのならなって欲しい。

アーサーの答えを聞き、コーデリアは微笑んだ。

「ありがとうございます。わたくしもそう思いますわ。これも全部父の——いいえ、兄のおかげ。最初に私の心の叫びに気づいてくれたのも兄でしたし、その幼馴染みのことを教えてくれたのも兄でしたのよ。彼ってば口下手で、ずっとわたくしのことを思っていたくせに何も言ってくれないんですもの。兄様が教えてくれなかったら、求婚されたところで受けようなどと思いませんでしたわ。実際、最初は同情はいらないって断るつもりだったんですから」

「そう……なのか」

シルヴィを連れていったゲイルの姿を思い出す。

女性と間違われそうな優男だった。妹と比べても、あまり積極的な性格にも思えない。だけどその彼が、コーデリアを救ったのだ。

「兄様は、来年にはお父様と同じく、医者として城に上がりますわ。おそらくシルヴィア様の主治医となられるでしょうから。兄様のことをよろしくお願いしますわね」

「……何？」

思わず眉が上がった。

父親と年齢の近いライカールト公爵なら、まだ許せた。だが、アーサーと近い年齢の男性がシルヴィの主治医としてやってくると聞けば、さすがに放ってはおけない。

「父上は何を考えていらっしゃるのか」

「将来、殿下の御子を産んでいただくシルヴィア様に、一番良い医者を付けようという親心だと思いますわ。だってうちの兄様は自慢ですけど、本当に優秀ですもの。お父様も敵わない時があるって絶賛していらっしゃるくらい。ですから、怒るのではなく、感謝するべきだと思います」

「……」

正論を返され、アーサーは黙り込んだ。

一番良い医者をと言われれば、それはさすがに拒否しにくい。だけど、何もそれが若く見目の良い男性でなくても良いと思うのだ。

「……お前は医学を勉強してはいないのか」

女性なら我慢できると思った故の発言だったのだが、それには否定が返ってきた。

「無理ですわ。わたくしは兄様と違って、医学なんて好きでもなんでもありませんもの。一応習いはしましたが、それは子供の時の話ですし、すぐに飽きましたから。その時覚えていたことだって、すっかり忘れています」

「そうか」

「兄でなくわたくしを、というお考えでしたら、やめておいた方がよろしいかと。だって、シルヴィア様ったら、わたくしに妬いていらっしゃいましたから」

「え……？」

妬くという言葉に、アーサーは一瞬時が止まったような気がした。

コーデリアは実に楽しそうだ。

「気づいていらっしゃいませんでしたの？　わたくしを見るシルヴィア様の顔。それは恐ろしいことになっていらっしゃいましたわよ。あのお顔を拝見できただけでも、父に我が儘を言った甲斐があったと思いましたわ」

「シルヴィが……本当に、か？」

「ええ、間違いありません。ふふ、愛されておいでですわね、アーサー様」

「……」

揶揄うような声音だったが、アーサーは何も言い返さなかった。

それどころではなかったからだ。

（シルヴィが……嫉妬してくれた？）

いつもいつだって、好きなのは自分ばかりだと思っていた。アーサーが追いかけるばかりで、シルヴィも振り向いてはくれたけれども、自分が抱えるほどの気持ちは傾けてもらえていないだろうと思っていたし、それで良いと思っていた。

好きになってくれただけで十分。

結婚して、側にいてくれると約束してくれる程度には好いてもらえているのだからと、もっと欲しいと強請りたい気持ちを堪えていた。

それで嫌われでもしたら、目も当てられないと思ったから。

嫉妬だってそうだ。いつもするのはアーサーばかり。

ディードリッヒに妬き、クロードに妬き、やきもきするのはアーサーばかりで、シルヴィはヤキモチなんて妬かないのだろうと思っていた。

だけどそうではなかった。

アーサーが思っていた以上にシルヴィは彼のことを好きでいてくれているのかもしれない。

「っ！」

ボッと顔が赤くなったのが自分でも分かった。

シルヴィに愛されている。それも嫉妬されるほどに強く。

そう思うと嬉しくてたまらなくて、歓喜の渦が押し寄せてきた。

「あらあら。嬉しそうなお顔をなさって。本当、嫌になってしまいますわね。今となっては、どうして、自分のことなんて見てもくれない男のことを、自らの破滅も厭わないほど好きだと思えたのか、不思議でたまりませんわ」

「うるさい」

「そんなお顔で言われても怖くありませんわ。あら、もうこんな時間。楽しい時間は過ぎるのが早いというのは本当ですわね。アーサー様、今日はわたくしのくだらない感傷にお付き合いいただきありがとうございました」

「……ああ」

いつの間にか約束の時間になっていたことに気づき、アーサーは目を瞬かせた。

コーデリアは笑みを浮かべながら、アーサーに向かって淑女らしくお辞儀する。

「どうか、殿下の大切な方とお幸せに。送っていただく必要はありませんわ。兄が待っていると思いますから」

「兄？　いや、私も行こう。ゲイルはシルヴィと一緒にいるはずだ」

「いいえ。兄は時間を稼いでくれただけですから。きっとシルヴィア様はもうご自分の部屋にお戻りになっていることと思います。どうぞそちらへ行って差し上げて下さい」

「……分かった。そうさせてもらおう」

一瞬、コーデリアの言うことを疑ったが、すぐに嘘はないと思い直した。今までの話を聞き、アーサーなりに彼女を信じられると判断したのだ。彼女が言うのなら、シルヴィは自分の部屋でアーサーが戻ってくるのを待っているのだろう。

(早く行ってやらなければ)

すぐにでも顔を見て、シルヴィを抱き締めたかった。

コーデリアは送らなくて良いと言っているし、遠慮なく帰ろうと踵を返す。

アーサーの背中に声が掛けられた。

「一つだけ。ねえ、アーサー様。多分なのですけど、兄様ってシルヴィア様のこと、かなり好みのタイプだと思いますわよ。兄様のことですから、妙な真似はなさらないと思いますけど一応、お気を付けになって」

「は？」

「ふふ、話はそれだけですわ」

語尾が弾んでいたので、絶対アーサーの反応を楽しんでいる。

それは分かっていたが、抑えつけていた嫉妬がまた浮かび上がってくるのをアーサーは止めることができなかった。

◇◇◇

ゲイルと別れ、自分に与えられた部屋へと戻ってきたシルヴィはアリスとのんびり話しながら、アーサーが帰ってくるのを待っていた。

ゲイルとコーデリアがいたという話をすると、アリスは驚き、興味津々という顔でシルヴィに聞いた。

「ゲイルって、確か2の攻略キャラだったわよね？　すごい。このタイミングで出てくるなんて！」

「まさかいるとは思わなくて本当にびっくりしたわ。しかも、向こうでも話が変わってるみたいで……」

コーデリアの修道院送りがなくなりそうだと説明する。話を聞いたアリスは考え込むような表情になった。

「うーん。まあ、あんたみたいに最初から原作ぶっ壊してるヒロインもいることだしね。攻略キャラが同じことができたとしても不思議はないんじゃない？」

「うん。ここはゲームじゃない。現実なんだものね。私たちが知っている話に進む必要なんてないってことか……」

「ま、わりと性格はそのままのことが多いけどね。関わり方はほぼ全員違うでしょう？」

「それは、うん」

指先シリーズの攻略キャラたちを思い出す。

アーサーは、シルヴィと幼馴染みになったし、ディードリッヒとはイベント自体、発生しなかった。ジェミニは、今は音信不通だが、昔からの友達で、クロードに至っては、よく分からない。

隠しキャラの国王。相変わらず、義母のことを大切にしているようで何よりだ。

レオンだけが同じだが……彼もある意味、違うルートを辿った。

「……そうよね。もともとぐちゃぐちゃなんだから、今更気にする方がおかしいのよね」

「そういうこと」

もしかして、2のヒロインでも側にいて、未来を変えたのかなとも思ったのだが、さすがにそれは発想の飛躍が過ぎる。

アリスが室内着を用意する。それに腕を通していると、彼女が笑いながら言った。

「風が吹けば桶屋が儲かるっていう諺もあるじゃない。案外、あんたが最初に原作を壊したことで、全部が狂ったのかもね。ゲイルやコーデリアが変わったのは、その影響。そう考えるのが一番ありそうじゃない？」

「それなら、まあ良いのかな」

シルヴィが行動したことで、皆が自由に動くようになったのだとしたら、それはそれでめでたいことだ。特に、コーデリアのことは可哀想だとゲームでも思っていたから。

彼女は悪い女性ではない。ただ少し、思い込みの激しいところがあって、それが裏目に出てしまっただけなのだ。

　幼馴染みと結婚するという話だし、時間が経ってみれば、良い形に落ち着いて良かったと本心から思えた。

「だけど、２のキャラか。ね、真面目な話、２って覚えてる？」

「うっ……」

　アリスに問いかけられ、シルヴィは言葉に詰まった。それでも正直に告げる。

「ゲイルはわりと好きだったから覚えているけど、あとは曖昧。コンプはしたはずなんだけど、実は、２って一番印象が薄くって」

「あ、あんたもか。それ、私もなのよね……」

「アリスも？」

「だって、３があまりにも神ゲーだったから、そっちの印象が強すぎて。いや、２も良かった記憶はあるのよ？　でもさ……指先シリーズって何作もあるから、やっぱり印象の強いものと弱いものがあるというか……」

「うん、分かる。私もだわ」

　転生前は、指先シリーズをこよなく愛していたシルヴィではあるが、やはりストーリーの好みというものはある。２も良かったという感覚はあるのだが、じゃあどんな話だったかと言われると、途端、記憶が曖昧になるのだ。

「もう一度やれば思い出す自信はある。でも、今思い出せるかというと……ゲイルみたいに実際に会えばまた違うんだろうけど、難しいなあ」

彼に会ったことで、色々と思い出したのだ。同じことが他のキャラにも言える可能性がある。

「だよね。2。確か『彼の指先で淫らに喘ぐ』だったかしら」

「そうそう。で、3が『あの人の指先で～』だった」

二人で話すも、やっぱり詳細までは思い出せない。とはいえ、思い出す必要はないのかもしれないけれども。

だってシルヴィはもう、この世界を現実だと認識しているから。

現実なら、先が見えないのは当たり前。どんなことになるのか、予想しない方向に進むのだって人生なら当たり前のことだから。

「今まで、答えが分かってるのが当然だったから、ちょっと不安よね？」

アリスがシルヴィの心の中を読んだように言ってくる。それをシルヴィは否定した。

「何言ってるのよ。アーサーもレオンも、一度だって私の思うとおりに動いてくれたことなんてなかったわ。今更じゃない」

「確かに言われてみればそっか……2のヒロインだっていないかもしれないしね」

「そうよ」

言いながらもふと思う。2のヒロインのデフォルト名が全然記憶にないのだ。それどころかどんな立場だったかも思い出せない。

「……アリス。2のヒロインって覚えてる？」

「それが全然なんだな」

流れるように返され、シルヴィは考えることを放棄した。分からないものは分からない。なるようにしかならないと思ったのだ。

アリスが茶化すように言う。

「とにかく、嫉妬イベも無事発生前に終わったみたいで、おめでとー！　あのイベント嫌いじゃなかったんだけど、私はくっついてから喧嘩して距離を置くっていう展開、あんまり好きじゃないから、ないならない方が良いわ」

「……イチャラブが皆無になるからね」

「そう！　指先シリーズはエロが楽しいのに、『冷静になろう』って距離を置くイベントとか誰得なのかって真面目に思ったわ」

不満げに文句を言うアリスを見て、苦笑した。言いたいことは分からないでもない。

「プレイヤーを焦らしたかったんじゃない？　もしくはシナリオライターの性癖」

「ライターの性癖に一票」

アリスが手をあげる。シルヴィもそうかも、と思った。

エロが楽しいゲームなのに、コーデリアが出てきている時は、わりと二人は離ればなれで過ごしていることが多かった。シルヴィも、「焦れじれする！　はよ！　イチャラブ！」と画面の向こうから叫んだものだ。

アリスが気楽な声で言う。

「ま、あんたとアーサーならこのままでなんの問題もないでしょ。ゲームの話なんてそれくらいで、あとはエンディングの結婚式までイチャエロしかなかったはずだし」

それはそうだが、ゲームと現実では違うのだ。

シルヴィは恨めしげにアリスに言った。

「ゲームでは、クロードもジェミニも出てこなかったでしょ……そんなに上手いことといくわけないじゃない」

「ああ、すっかり忘れてた。現実の方が大変って、辛いね」

「うう……本当よ……」

コーデリアの件が終わったとしても、ジェミニとクロードの二人については、まだ何も解決していないのだ。シルヴィが振り回され続ける未来は見えている。

とはいえ、頑張るしかないのだけれど。特にジェミニのことは放ってはおけない。彼は、前回は退いてくれたが、また次の機会がないとは限らないからだ。そして、もう一つ。シルヴィとアーサーが恋人になった時に襲ってきた暗殺者たち。彼らについても何も分かっていない。

暗殺者たちは皆、情報を吐く前に自殺してしまったらしいし、それ以降、アーサーから何も話を聞いていない。シルヴィが気にしていることは知っているので、進展があれば教えてくれるはずだ。それがないということは、何も分からないまま。そういう話なのだと思う。

「色々……考えることが多いわ」

愚痴るように呟く。

　それとほぼ同時に扉がノックされ、女官長の声が聞こえた。

「シルヴィア様。アーサー殿下がいらっしゃいました」

「わ、分かったわ。ちょっと待って」

　慌てて自分の格好を確認し、頷く。わざわざ女官長が声を掛けてくれたのは、シルヴィが着替え中だった時のことを考慮してくれたからだろう。

　アリスが急いで扉を開けに行く。シルヴィも立ち上がり、アーサーを出迎えるべく扉近くに向かった。アリスがアーサーを部屋に迎え入れ、深く頭を下げる。

「シルヴィ」

「お帰りなさい、アーサー」

　微笑みを浮かべ、婚約者に挨拶をする。

　シルヴィの姿を見たアーサーはホッとしたような顔をし、いきなり彼女を抱き締めた。

「っ!?　えっ……！」

「良かった……」

　どういう意味で言われた言葉なのか分からず、シルヴィは抱き締められたまま近くに控えていた女官長に目を向けた。だが、彼女が知るはずもなく、首を横に振るだけだ。

（何？　なんでいきなり抱き締められているの？）

　嫌なわけはないが、理由が分からないのも怖い。

「アーサー？」

強い力で自分を抱き締めるアーサーを恐る恐る窺うと、彼は大きく息を吐いた。

「良かった……いてくれた」

「な、なんのこと？」

「いや、なんでもない」

絶対に何でもなくないと思ったが、問い詰めるのもどうかという気持ちになる。しばらくアーサーの好きにさせておこうとシルヴィが諦めると、目の端に、アリスと女官長の姿が映った。

二人は笑顔で頭を下げ、外に出ていく。

（あ……）

扉が閉まる。アーサーも彼女たちが出ていったことには気づいていたのだろう。ようやくシルヴィの身体を離し、口を開いた。

「……お前が、ゲイルと一緒にいたらどうしようかと思っていたのだ」

「え？」

予想外の言葉に驚く。

だけどもアーサーの表情は真剣で、本気でそう考えていたのは間違いなさそうだ。

「えっと、確かに一緒に行きはしたけど、すぐに別れたわ。特に話すようなこともなかったし」

「そう……か」

「もしかして、アーサー、ゲイル様にヤキモチを妬いたの？」

「ああ、そうだが」

「っ」

真顔で肯定を返され、冗談交じりに言ったシルヴィは息が止まるかと思った。

「お前が私以外の男と一緒にいて、妬かないわけがないだろう」

「そ、そんなの……先に、コーデリア様と一緒に過ごすって決めたのはアーサーなのに……ずるい」

「あれは――いや、そうだな、私が悪かった」

「えっ……」

素直に頭を下げられ、シルヴィは戸惑った。

「お前には、さぞ嫌な思いをさせただろう。父上の命令とはいえ、申し訳なかった」

「そ、そんな……謝らないでよ」

まさか謝罪されるとは思わなかった。

だって、あれは仕方のないことだ。すごく嫌な気持ちになったし、したくもない嫉妬だってした。だけど、アーサーが断れないことだってちゃんと分かっていた。アーサーは謝る必要なんてないのだ。

「ち、違うの。アーサーは悪くない、私が……ヤキモチを妬いたから……」

「お前が？」

「う、うん……」

自分から嫉妬したと告白するのは勇気がいったが、それでもシルヴィは頷いた。アーサーに謝罪し、嫉妬したと正直に告げる。そう決めたのは自分だったからだ。

「ごめんなさい。アーサーは悪くない。私が、勝手に嫌な気持ちになってしまっただけ。ゲイル様と一緒に行く私を止めてくれなかったことに、私が勝手に腹を立てていただけだから。……アーサー、ショックだったわよね。嫌な思いをさせてごめんなさい」

今度は自分の番だとばかりにシルヴィは頭を下げた。そんな彼女をアーサーはどこか唖然とした顔で見ている。

「シルヴィ……」

「嫉妬って本当に嫌な気持ちになるわね。私、実は嫉妬されるのって嫌いじゃなかったんだけど、こんな気持ちになるって知った今は、アーサーにも妬いて欲しくないいって思うわ」

相手を独占したい気持ちが強すぎて、辛くなる。自分がどんどん嫌な人間になっていく気がする。嫉妬なんて何も楽しくない。辛いだけだ。

「だから――きゃっ」

更に言葉を紡ごうとしたシルヴィをアーサーが我慢できないとばかりに再び抱き締めた。アーサーの腕の中で目を見開くシルヴィに、彼は掠れ声で告げる。

「……本当に、妬いてくれていたのだな」

「え?」

「コーデリア殿に言われたのだ。お前が、嫉妬していたと。それを聞いて、私はすごく嬉しかったのだが、どこかで信じ切れていない気持ちがあった。お前は――それほど私のことを思ってくれているのだろうかと」

「な、何それ……」

「いつも嫉妬するのは私ばかりだからな。お前はきっと、私がお前を思うほどには思ってはくれていないのだろうと半ば諦めていた」

「わ、私、アーサーが好きよ！」

思わずシルヴィは叫んだ。

「そ、そりゃあ、自分の気持ちに気づいたのは、あなたと二度目の出会いをしてからだけど、でも、アーサーのことはちゃんと好き。でなければ、結婚を承諾なんてしないわ」

結婚も、身体を重ねることだってそうだ。

シルヴィは、その全てをアーサーとしかしたくないし、アーサーにも自分以外とはして欲しくない。好きになったのは確かに遅かったかもしれないが、彼女はきちんとアーサーを好きだと自覚している。アーサーが嫌がっていると分かっているにもかかわらず、相手の女性に嫉妬してしまうくらいには。

「お願いだから、私の気持ちを疑わないで」

真っ直ぐにアーサーの目を見て言う。それを彼は同じく正面から受け止め、頷いた。

「分かった。二度とお前を疑ったりしない。お前は、私のことを愛してくれているのだな」

「そうよ。アーサー以外は絶対に嫌だって思っているくらいには好きなんだから、勝手に私の気持ちを決めつけないで欲しいわ」

「すまなかった」

謝罪の言葉だったが、その言葉には紛れもなく喜びの感情が乗っていた。

アーサーがシルヴィを抱き締める力を強くする。その力強さに陶然としつつもシルヴィは、ここまで来たら、もうはっきりと言っておかなければと決意し、彼に向かって口を開いた。

もっと素直にならなければ、アーサーは分かってくれない。それを理解したからだ。

「私はアーサーのもので、アーサーは私のものでしょう？　嫉妬なんてするに決まってるじゃない。馬鹿」

直接的すぎる言葉に、アーサーは面食らったような顔をしたが、すぐに頷いてくれた。

「ああ、そうだな。お前は私のもので、私は――お前のものだ」

「そうよ。……もう、私、ちゃんとアーサーに好きって言ってるのに、どうしてそんなに疑われていたのよ」

「好かれているとは思っていた。だけど、妬いてくれるほどだとは思っていなかったからな」

（やっぱり）

そうだろうと思った。だからこそ、今まで以上に、気持ちを告げる必要があるのだ。

「私……多分、あなたが思っている以上に、あなたのことが好きだと思うけど」

「ほう？」

楽しげに顔を覗き込まれ、シルヴィは真っ赤になりつつも再度自らの腹をくくった。

ここまで来れば意地だった。

大丈夫。問題ない。だって、アーサーはシルヴィのことが好きで、受け止めてもらえるのは確定しているのだから。

百パーセント勝ち戦なのだから、攻めるべきだ。

前世風に言うのならば「ガンガン行こうぜ」だ。防御も回復も気にせず、とにかく攻撃あるのみ。そう気持ちを定める。

「愛してる、アーサー。ねえ、お願いだから私を嫌な気持ちにさせないで。私もあなただけを見るって約束するから、あなたも私だけを見て。私を、愛してくれているんでしょう？」

「もちろんだ。約束する」

「え」

少しくらい、躊躇されるかなと思った。だってシルヴィが言ったのは、かなり重い、執着の言葉だったからだ。好きな人を独占したいという醜い気持ち。引かれてしまう可能性だって十分にある。それは分かっていたけれども、シルヴィには言わないという選択肢はなかった。

自分がどれだけアーサーを好きなのか、分かって欲しい。信じて欲しいという思いしか今の彼女にはなかったからだ。

それにアーサーは一瞬も迷わず頷いた。彼の出した答えが、気持ちを全て表しているようで、シルヴィはどうしようもなく嬉しくなってしまった。

「アーサー……」

「好きだ。シルヴィ。お前の全部をもらえるのなら、私だけを見てくれるのなら、私に頷かないという選択肢はない。大体私は最初からお前しか見ていないのだ。こんな約束にもならない約束で私に縛られてくれるのならいくらでも頷くぞ」

「……うん」

アーサーの胸にもたれ、シルヴィはただ、頷いた。

歓喜が込み上げ、不覚にも泣きそうになってしまう。温かいアーサーの腕の中は心地よく、心臓のバクバクいう音にすら涙ぐみそうになった。

「……私には、あなただけ」

他の誰かなどいらない。彼だけで十分すぎるほどだ。

「私も、お前しかいらない」

感極まったアーサーがシルヴィを抱き上げた。

「あ……」

浮遊感に声を上げると、アーサーが見覚えのある熱の籠もった視線を向けてきた。

「――抱きたい。お前が私のものだと言うのなら、もう遠慮しなくて良いだろう?」

アーサーの優しい問いかけに、目を瞬かせる。

遠慮とはどういう意味だろう。そんな風に少しだけ思ったが、すぐにどうでもいいかと思考を放棄した。だってシルヴィも、アーサーと抱き合いたいと思ったから。

気持ちをぶつけ合いたいと思ったから。

だから少し間を置きはしたが、彼女は素直に「うん」と小さく首を縦に振った。

「ひあっ……！　んっ……！」

アーサーが肉棒を深い場所に押しつけると、シルヴィは実に可愛らしい声で啼いた。

肉壁がギュッと締まり、アーサーのものを痛いくらいに押し潰す。その感覚があまりにも気持ち良くて、アーサーは達しそうになるのを堪えるのに必死だった。

「あっ……やっ……」

アーサーがあぐらをかき、その上にシルヴィが乗る、いわゆる対面座位という体位だ。その体位で二人は交わっていたのだが、目の前で乱れるシルヴィの痴態にアーサーは理性というものを全て持っていかれてしまいそうな心地になった。

甘い声で乱れるシルヴィは、アーサーの欲を煽り続ける。普段よりも積極的にアーサーに腰を押しつけ、気持ち良いと喘ぐ彼女は彼にはとんでもなく魅力的な存在に映った。

「シルヴィ……可愛いな」

「ひぅんっ」

緩く腰を揺らす。

シルヴィの豊かな胸部が目の前で揺れる。ピンク色の突起が自分を誘っているように見えたアーサーはその膨らみを口に含んだ。途端、シルヴィはビクンと身体を震わせる。

「ふあっ……！　あっ……！　吸っちゃ……！　ンンッ」

硬くなった突起を強めの力で吸い上げる。どろりと彼女の中が潤った。心地よいと思ってくれているのが分かり、嬉しくなったアーサーは更に小さな突起を舐めしゃぶった。

「はあっ……んんっ……気持ち良いっ」

か細く高い声が彼女の感じている様を伝えてくる。

身体を重ねて初めて知ったのだが、シルヴィは快感に酷く敏感で、僅かな刺激にさえ、簡単に反応する。肌は柔らかく、吸いつくようで、いつまでも触っていたい心地だ。

そして中に入ると無数の襞がアーサーを歓迎し、包み込む。少し奥にある場所はザラザラとしていて、そこを擦り上げると、シルヴィも気持ち良さそうだが、アーサーもすぐに達してしまいそうになるのだ。しかも何度しても、雄を締める力は緩まない。むしろ強まっている気さえするのだから驚きだ。そして、アーサーのものに完璧に馴染んだ彼女の中は、正に彼専用と言わんばかりに、的確にアーサーを喜ばせるのだから、彼が何度もシルヴィに挑んでしまうのも仕方なかった。

（シルヴィは……本当に、やみつきになる……）

子供の頃にシルヴィに出会い、惚れたこともあり、アーサーはこれまで性交渉をしたことがなかった。結婚したい女性がいるのに他の女性と交わるなどアーサーには考えられなかったからだ。

閨の教師に実地訓練を告げられた時も、アーサーは即座にそれを拒絶した。まず触れたいとも思わなかったし、物理的に勃たなかったのだ。これではどうしようもないと教師は諦め、そしてその話を聞いた国王は青ざめた。

息子が不能かもしれないと思ったのだろう。もちろん、妙な誤解をされては困るので、そこは否定したが、もう少しであらぬ噂を立てられるところだった。アーサーは初恋の少女以外には触れたくなかった。それだけのことなのだ。

とにかく、時折唐突にやってくる性交渉の機会をアーサーは上手く躱し、王族としてはあり得ないことだが、この年まで女性を知らずに過ごしてきた。とはいえ、彼も男性。溜まるものは溜まる。そういう時は、初恋の少女が成長した姿を想像して自己処理をしていたのだが——そのせいで余計に思い詰めてしまったというのはあると思う。

十年以上が経ち、ようやく再会し、恋人となったシルヴィを初めて抱いた時、アーサーはあまりの快感に本気で驚いた。

一人で処理していた時とは何もかもが違う。こんなに幸福を感じられる行為があるのかと、これは癖になってしまうと危惧したのだが……想像したとおりになってしまった。

初恋の少女を探していたから他に興味を抱かなかっただけで、アーサーの性欲は元々かなり強い方だ。ようやく出口を見つけた彼の性欲は見事に愛する女性に向いた。

一日に数回程度では全然足りない。いつもアーサーは飢えていて、シルヴィが側にいれば、すぐに彼女を抱きたくなってしまうのだ。

今だってそうだ。もう何度も彼女の中に吐き出した。それでもまだ足りなくて、シルヴィの細い腰を掴み、潤みきったその場所を己のもので何度も突き上げてしまう。

「……シルヴィ、愛している」

強烈な圧搾に顔を歪めながら、アーサーはシルヴィの深い場所を肉棒で突き上げた。その場所は、シルヴィが特に感じるところで、思ったとおり、彼女はあっという間に達してしまう。

「あああああっ！」

桃色に染まった肌が目の前で跳ねる。先ほどしゃぶった胸の先端が、唾液のせいでテラテラといやらしく光っていた。その場所を指でキュッと摘まむ。その瞬間、無数の襞肉がアーサーの分身に絡みついた。背筋がゾクゾクするような快感に今度こそ逆らわず、アーサーは己自身を解放した。熱い飛沫を吐き出す瞬間、最大の悦楽が彼を襲う。

「くっ……」

「ひゃああ……！　あああっ……！」

アーサーの精を受け、シルヴィの中が嬉しげに何度も収縮する。全てをこそぎ取るような動きが気持ち良い。

「はあ……」

白濁を全て流し込み、息を吐いた。余韻に少しだけ浸る。シルヴィはまだビクビクと快感に震えている。その様子が艶めかしく、見ているだけでまた腰を無心に振りたくりたくなってくる。

「シルヴィ……」

彼女を抱き締め、耳元で熱く囁くと、達した影響かぼんやりしていたシルヴィが彼を見た。

「アーサー……」

「愛している。もう少し、お前を抱いて良いか」

酷い言葉だ。

彼女を思うのなら、休憩するなりやめるなりする方が良い。それは分かっていたが、アーサーはそれ以外の言葉を言うつもりはなかった。

だってようやく、二人の心が本当の意味で繋がった気がしていたから。

ずっとアーサーは不安だった。シルヴィと婚約しても、自分ほどに彼女は自分のことを思ってくれない。そんな彼女なら、いつか自分の強すぎる思いに嫌気が差して、逃げてしまうのではないかと危惧していたから。

だけど——。

(もう、そんなことは思わない)

シルヴィも、同じように自分を思っていてくれると納得することができたから。

嫉妬し、アーサーを自分だけのものだと所有権を主張してくれるほどに好いてくれているのだと知ることができたから。

(私は、シルヴィに愛されている……)

アーサーが向けるのと同等の強さで愛されていることが嬉しくてたまらない。

喜びが全身に広がり、昂(たか)ぶる気持ちを抑えられない。

シルヴィには悪いが、それこそ今日は何度しても満足などできないだろう。そんな気がしていた。

「アーサー……」

シルヴィが掠れた声で、彼の名を呼ぶ。その目には甘い欲が灯り、彼女もアーサーを欲してくれているのだと理解するには十分だった。

「——して。私も、もっとあなたが欲しい」

「シルヴィ」

愛しい人からのお強請りの言葉に、身体が更に熱を持つ。

「愛してるの。だから、私に嫉妬させないで。もっと私を安心させて」

「っ！」

まさか、シルヴィがそんなことを言ってくれるとは思わなかった。

愛されていると実感できる言葉に、胸の奥が熱くなる。

（嫉妬もたまには悪くない）

するのは、たまらなく嫌な気持ちになるけれど。

そんな勝手なことを思いつつ、アーサーはシルヴィに甘い口づけを贈り、己の愛を伝えることに専念した。

ライカールト兄妹の訪問は、結果としてシルヴィとアーサーの結びつきを強めることとなり、彼らの仲は今まで以上に良くなった。そしてそれを見た周囲の反応も更に協力的になっていった。

アーサーは仕事のない時は、常にシルヴィの側にいたがったし、またシルヴィも同様だった。二人の会話は以前のものとは比べようにならないくらいに甘く、互いが互いを大切に思っていることは明白で、その様子には、揶揄（からか）うのが趣味と言えるアリスでさえ文句を言ってくるくらいだった。

「最近のあんたたち、甘すぎて見てられない」

真顔でそう言ったアリスに、シルヴィは赤くなるどころか自信に満ちた笑顔で答えた。

「そう？　普通だと思うけど」

「は？　あれが普通と言えるとかどういうことなの」

「アーサー、優しいから」

「優しいで片付けるあんたが怖いわ」

こりゃ駄目だと肩を竦（すく）めるアリスだったが、その表情は穏やかだった。

「良かったわね。幸せそうで。あんたが幸せで私も嬉（うれ）しいわ」

「ありがとう」

心底幸せそうに微笑（ほほえ）むシルヴィを見て、アリスも満足げに頷（うなず）くのだった。

だが、そんな幸せで穏やかな日々も長くは続かない。

ぬるま湯に浸かるような幸福を享受していたシルヴィは、ある日、アーサーから彼女がすっかり忘れていた話を聞くことになった。

彼女の部屋にやってきたアーサーは、シルヴィをソファに座らせると、前置きをせず、ズバリ言った。

「シルヴィ、よく聞いてくれ。ジェミニが、最近やけに活発に動いている」

「えっ……」

ジェミニ、とかつては友人だった存在の名前が飛び出し、シルヴィは目を見張り、アーサーを見た。

「ま、また……？　ここのところ、大人しくしていたんじゃなかったの？」

最後にシルヴィが彼の姿を見たのは、レオンを殺しにやってきた時だ。あの時シルヴィはレオンを守るべくジェミニに立ち向かった。殺されるのも覚悟したが、異変を察知したアーサーが助けに来てくれたことで彼はやる気をなくし、立ち去ったのだ。

あの時彼は『正式な仕事ではないからもういい』と言っていた。『別で機嫌を取ればいい』とも。その言い方で、レオンが完全に彼のターゲットから外れたと確信したのだし、実際、弟の身にはあれから特に異変は起きていない。それは実家の父からたまに来る手紙に書かれているレオンの様子からも明らかだった。彼の脅威は去ったのだ。

とはいえ、ジェミニ自身がいなくなったわけではないし、彼には去り際に『近いうちに会おう』とも言われている。今は潜伏していても近々姿を現すのではと覚悟していたけれども、すでに活動を再開していたとは知らなかった。

自らの驚きを正直に告げると、アーサーは視線を絨毯の上に落とし、言いづらそうに口を開いた。

「できればお前には知らせたくなかった。いたずらに不安を煽るだけだし、黙っているのが正解かもとも考えた。だが、ジェミニはお前の前に現れると宣言したのだろう？　それなら、奴に関する情報はお前も共有した方が良いと思い直したのだ」

「……うん」

確かに不安にはなるが、知らないよりは知っていた方が良い。硬い表情ではあったが頷くと、アーサーは視線を上げ、シルヴィを見つめた。

「それに、腹立たしい話ではあるが、お前はジェミニとは友人関係にあったのだろう？　何か、奴に関する情報はないか？　ジェミニは一人で活動しているにもかかわらず、痕跡を消すのが上手い。奴を捕らえたくても、なかなか上手く行かないのだ」

「ジェミニの情報……」

アーサーの役に立つのなら提供できるものは提供したい。だが、シルヴィはジェミニとは、ジェミニとしてしか付き合いがないのだ。

ゲームの知識を教えることはできるが、どこから得た情報かと聞かれると答えられないし、情報が正確かどうかも自信がない。

（だって、色々なものが変わりすぎているんだもの。私が知るままだという保証はどこにもないわ）

未確定の情報を伝えるわけにはいかない。だからシルヴィが言えることなど何もないのだ。

「ごめんなさい。私、アーサーが求めているような情報は何も持っていないと思う。偶然出会って、町で話す程度だったから……あ、でもあの日、ジェミは王都にいたのよね」

　話しているうちに思い出した。

　シルヴィがアリスと町に出かけた日。アーサーと偶然出会い、何故か一緒に町を歩く羽目になったあの日、彼女はその直前に、ジェミニに会っているのだ。

「アーサーは凶悪犯を探してる、とか言ってたじゃない？　あの時はジェミがジェミニだなんて知らなかったから言わなかったんだけど、実は私、彼と話してるの。あと、アーサーが王太子だって告白してくれた夜会。あの日もジェミニに会ったわ。庭にいるのを発見して、少しだけ話したんだけど、確か、仕事の下調べだって言っていたような気がする……」

　かなり前の話だ。参考にならないのではと思ったが、アーサーは興味深げに身を乗り出した。

「詳しく教えてくれ」

「詳しくって……」

　それ以上の話などない。だが、彼の助けになるのならと思ったシルヴィは、一生懸命その日のことを思い出し、できる限り詳細に話した。

「仕事の下調べ、か。少し前、城でジェミニに殺されたと思う遺体が見つかった。彼の言う下調べとはそのことだったのかもしれないな」

「……もっと早く言えば良かった。ごめんなさい」

「いや、お前は知らなかったのだから仕方ない」

慰められたが、シルヴィは複雑な気分だった。

だって本当は、ジェミがジェミニであることをシルヴィはゲーム知識で知っていたのだ。知っていたのに、彼女はジェミニを放置する選択をした。諫めなかった。自分にその牙が向くことを恐れ、見ない振りをしたのだ。

(全然、仕方なくなんてないわ)

それが、前世を思い出す前ならその理由にも頷けたかもしれない。確かにジェミニと知り合いになったのは記憶を取り戻す前だが、思い出したあとだって、彼女は何もしようとはしなかった。関わり合いたくなかったのだ。

暗殺者と関わって、目を付けられたくはない。

誰もが抱く当然の思いだが、シルヴィは酷い罪悪感に苛まれた。

「シルヴィ」

「……え？　何？」

なんとなく俯いてしまったシルヴィにアーサーが声を掛けてきた。返事をすると、アーサーが心配そうな声音で言う。

「あまり言いたくはないが、私は、ジェミニが宣言通りお前にコンタクトを取ってくると思っている」

「……そうね」

「だから、城の中でも可能な限りは護衛を付けようと思う。暗殺者と二人きりで対峙するなど危険すぎる」

「分かったわ」

アーサーの提案に、シルヴィは素直に頷いた。

シルヴィは魔術が使えるので自衛はできるのだが、城内ではそれは当て嵌まらない。

城には特殊な結界が張られていて、魔術が発動できないようになっているのだ。

つまりシルヴィには身を守る手段がないということ。

魔術がなければ、シルヴィはただの貴族女性。暗殺者に対抗できる手段など持っていない。もしもの時、逃げることすらできないのだ。

「すまない。護衛と一緒では気を抜く暇もないとは思うが、これもお前の安全のためなのだ」

「分かってる。大丈夫よ、従うから」

アーサーの心配は当然のものだ。シルヴィとしても守ってくれようとする彼の心は嬉しいし、確かにプライベートがなくなってしまうようで少し辛いが、どうしようもないことだ。

「護衛はいつから？」

「今日中に、お前専属の護衛を兵士たちの中から選抜する。明日の朝には間に合うだろう」

「そう」

「技量の劣っているもの。心根の良くないものをお前に近づけるわけにはいかないからな。お前も、護衛が配属されるまではできるだけ大人しくしておいてくれ」

「分かったわ。でも、お義母様との散歩は構わないでしょう？」

すでにシルヴィの日課となっている義母との散歩。それも今日は控えた方が良いのかと心配になったが、アーサーは安心させるように微笑んだ。

「ロイヤルガーデンは大丈夫だ。あそこは、特殊な魔法を使っていて、外部からの侵入ができなくなっている。正しい入り口は一カ所だけで、そこは常に兵士が詰めているからな。お前もそれは知っているだろう」

「あ、あの入り口にいる兵士たちのこと？」

「そうだ」

毎日、シルヴィと王妃を見ては笑顔で中に通してくれる兵士たち。彼らを思い出し、シルヴィは頷いた。

「なら今日も約束通り行くことにするわ」

「ああ、母上も喜ぶ」

どうやら特別、行動を制限されるわけでもないらしい。そのことにホッとしていると、アーサーが言った。

「部屋も、本当は隣か、それこそ一緒にしてしまいたいところなのだがな。そうすれば直接お前を守れる」

真剣な響きに、シルヴィはアーサーを見つめた。アーサーが口の端をつり上げる。

「それともお前は嫌か？　このままの方が良いか？」

「それは――」

少しだけ考えた。

以前までのシルヴィなら躊躇したし、一緒の部屋なんて嫌だと言ったと思う。だけど今のシルヴィは、少しでもアーサーと共にいたかった。

アーサーには執務があり、共にいられる時間は限られる。だからシルヴィは正直に自らの気持ちを告げた。

「私も、一緒にいたいって思ってるわ」

「シルヴィ」

アーサーが立ち上がり、シルヴィの側にやってくる。彼女を立たせ、その身体を抱き締めた。

「結婚式の準備もあり、今すぐには難しい。だが、結婚後は同じ部屋で暮らせるように手配しよう。お前と離れていることが耐え難い」

「ん、私も」

目を瞑ると口づけが降ってくる。それをシルヴィは陶然と受け止めた。何度か唇が触れ、そうして離れていく。柔らかな唇が触れあう度に、身体が期待を持ち始めた。

(アーサーとのキス、気持ち良い)

背中に両手を回す。いつだって彼とするどんな行為もシルヴィには心地よいものでしかなくて、すぐに全身が蕩けてしまう。

「んんっ……」

何度目かの口づけのあと、舌が割り込んできた。強引な動きではなく、シルヴィに協力を促す動きだ。それに気づき、彼女は唇を開き、彼の舌を招いた。舌はすぐには彼女の舌に絡まず、弱い上顎の裏をくすぐり始める。その場所を刺激されると、すぐにシルヴィは気持ち良くなってしまって、身体から力が抜けてしまうのだ。

「んっ……んんっ……」

舌を吸われた瞬間、蜜口からとろりと愛液が零れ落ちたのが分かった。キスだけではなく、抱いて欲しい。そんな気持ちでシルヴィは自らの身体をアーサーに押しつけた。

「アーサー……」

「……そんな顔をするな。抱きたくなってしまう」

「え……しないの？」

当然、続きがあるものだと思っていた。だって最近のアーサーは、それこそどこででもシルヴィを抱きたがったから。驚くシルヴィを見下ろし、アーサーは残念そうに言った。

「仕事がまだ残っているのだ。お前を抱きたいのはやまやまだが、終わらせるべきことを終わらせなければならないからな。今はやめておく」

「そう。……頑張ってね、アーサー」

仕事なら仕方ない。火照る身体を宥め、息を整える。いつの間にか、キスだけで蕩けてしまうようになってしまった自らの身体が酷く恨めしかった。

なんとかアーサーから身体を離す。

甘い吐息を零すシルヴィの頬をアーサーが撫でた。

「なんだ。……物足りなかったのか？」

「んっ……」

「シルヴィ……」

官能的な声を出してしまったシルヴィをアーサーは驚いたように見つめ、もう一度、濃厚な口づけをしかけてきた。

「んんっ……んんんんっ……！　な、何するの、アーサー！」

唇を離し、満足そうな顔をする男をシルヴィは涙目で睨みつけた。ただでさえ身体が疼いていると いうのにこんなことをされては我慢できなくなってしまうではないか。

「……いや。素直なお前は可愛いなと思ってな。夜には戻る。シルヴィ、大人しく待っていろ」

「……部屋に来てくれるの？」

「いいや。お前が、私の部屋で待っていろ。女官長には伝えておく」

「～!!」

それはものすごく恥ずかしい。

だけどそれ以上に嬉しいと思ってしまったシルヴィは、顔を真っ赤にしつつも頷くのだった。

「殿下、気をつけて下さい」

「分かっている」

シルヴィの部屋を出たアーサーは、外出の準備を整え、ディードリッヒと一緒に城の外へ出た。予め用意させておいた馬に乗り、目的地を目指す。町の裏通りに入ると、ガラリと人の種類が変わった。

武器を身につけた厳つい男が難しい顔で闊歩し、裸同然の格好をした女性が客引きをしている。暗い路地では、陰鬱な表情をした男たちがボソボソと何かのやりとりをしていた。

建っている家も、表通りとは全く違う。全体的に薄汚れ、まるで廃墟のようだ。そんな中でも居酒屋や武器屋といった店舗はしっかりと営業している。

普通の宿もあるが、娼館も数多く建ち並び、アーサーたちがその前を通ると、女たちが秋波を送ってくる。

「綺麗なお兄さん、ちょっと寄っていかない？　サービスするよ」

「お兄さんならまけてあげる。満足するまで抱いて良いよ」

そんなあからさますぎる誘い文句を聞かない振りをしてやり過ごし、アーサーたちはようやく目的の屋敷に辿り着いた。周囲とは明らかに一線を画している屋敷だ。この周辺だけ小綺麗で、まるで貴族の屋敷のようにも見える。

だが、入り口には明らかに裏の人間だと分かる屈強な男たちが何人も配備されているし、実は、かなりガチガチに防御結界が張られている。入り口以外から入ろうとする者がいれば、結界はその人物を弾くどころか攻撃する。そんな物騒な屋敷、本来なら近づきたくなどなかったが、来ないわけにもいかなかった。定期報告の義務があるからだ。

「当主にお会いしたい。約束はしている」

馬から降りたアーサーが、門番の一人に声を掛けると、門番全員がアーサーとディードリッヒを値踏みするような視線で見てきた。声を掛けられた門番が面倒そうに口を開く。

「イース様から話は聞いている。通れ。場所は分かっているな？　余計なことはするなよ」

「ああ。承知の上だ」

アーサーがディードリッヒに目配せすると、彼は頷き、黙ってアーサーの後ろに付いてきた。

この屋敷の中で、ディードリッヒに発言権はない。話して良いのはアーサーだけ。そう決まっている。

屋敷には何度か来ているので勝手は分かっている。目つきの悪い男たちがすれ違う度に睨みつけてきたが、アーサーは意に介さなかった。気にしていても仕方ないし、これくらいで驚いていては、目的の人物と話すことすらできなくなってしまう。

「はあい。よく来たわね」

いつも会合を行う部屋へ行くと、約束していた人物は王族が使うようなソファで寛ぎ、白ワインを飲んでいた。

髪色は真っ赤で腰まである。白いバスローブ姿だった。チラリと見えた胸元には斜めに大きな傷跡が覗いている。

女性のような口調だが、間違いなくアーサーより年上の男。彼こそが、ストライド王国の裏組織、ウロボロスを纏める首領、イース・ラカンィエだった。

イースは持っていたワインを飲み干すと、グラスをガラスでできたテーブルの上に置いた。立ち上がり、アーサーの前にやってくる。その全身を舐めるようにじろじろと無遠慮に眺めた。

「相変わらずイイ男ね。でも、聞いたわ。婚約しちゃったんだって？」

「……ああ」

全身に虫が這いずるような気持ちになりつつも、アーサーは素っ気なく答えた。イースはいつも女性のような話し方をする。だが、服装は男性用のものだ。恐ろしいことに、性の対象は男女両方。男では、特にアーサーのような見目が好みらしく、半ば本気で誘われることも多い。

「ざーんねん。アーサーちゃんも、ついに一人の女のものになっちゃうのかー。ね、アタシ、愛人でも構わないわよ？　どう？」

「断る」

「アタシを愛人にすれば、ウロボロスを自由にできるって言っても？」

「断る」

悩む間もなく拒絶の意思を見せたアーサーをディードリッヒがどこかホッとしたような目で見る。

イースは「なーんだ」と肩を竦めた。

「ウロボロスで釣っても頷いてくれないのね。でも、それでこそアーサーちゃんだわ。これで頷くような男なんて、最初からお断りだもの」

軽い口調だが、目が笑っていない。本気で言っているのは明白だった。

「で？　アタシの依頼は？　ちゃんと調べてくれたんでしょうね」

「……ジェミニに関しては、調査を続行中だ。どこに潜伏しているのかまでは分からない。あと、彼本人に遭遇した」

「ジェミニに？　あら、よく無事だったわねえ」

「ターゲットは私ではなかった」

「そう。なら、納得」

優雅に頷き、イースは近くにあった椅子に腰掛けた。アーサーとディードリッヒにも座るように目線を向ける。

アーサーが一人掛けのソファに腰掛ける。ディードリッヒは座らず、彼の斜め後ろに立った。

「護衛ちゃんは、ちゃんと護衛してるのねー。ま、あなた一人が暴れたところで、ここから抜け出せるわけがないから好きにすれば良いと思うけど」

蛇を連想させるような笑い方をするイースにディードリッヒが嫌悪感の滲んだ顔をする。気持ちは分かると思いながら、アーサーは話を続けた。

「こちらの方こそ聞きたい。会ったジェミニは、その時の仕事のことを『正式に頼まれた仕事ではない』と言っていた。そう言うからにはかなり変則的な受け方をしたのだろう。依頼人に思い当たる節はないか」

「あるわけないじゃない。もしウチで、ジェミニを使うようなのがいれば、殺すわ。あいつは、殺しのルールを何も守らない。アタシたちの敵よ」

「そうか……」

何かしらの情報を掴めたらと思ったが、イースは知らないようだった。もしかしたら、アーサーたちを謀っているのかもしれないが、彼らウロボロスが、ジェミニを嫌っているのは本当だ。この件に関しては嘘を吐かないという確信もあった。

「分かった。何かあれば教えてくれ。それと、これも頼みたい」

「何よ」

怪訝な顔をするイースに、アーサーは今回の本題を告げた。

持ってきた手紙を彼に渡す。手紙を見たイースが「これ……」と片眉を上げた。

「前にうちに持ってきた手紙の二通目ね。……筆跡は、前と同じなのかしら？」

「そうだ。誰かまでは分からないが、同一人物だという結果は出ている。どうやらわざと筆跡を変えているようだ」

「そりゃそうよね。――ええと、ジェミニが現れる、か。ふうん、で、アーサーちゃんはこれを信じて、行ったたってわけ？」

「ああ」

頷くと、イースは揶揄うような口調で言った。

「リーヴェルト侯爵家って、アーサーちゃんの婚約者のおうちだもんねー。そりゃ行くわよね。大好きな彼女が狙われてるかもって思えば、アーサーちゃんも動くしかないってことよね」

「……そうだ」

「あら、否定しないの？」

「事実だからな」

「なんだ。面白くないの。顔色の一つも変えてくれれば楽しかったのに」

唇を尖らせるイースだが、彼の本性を知っているアーサーは、一言交わすだけでも相当に精神を摩耗させていた。

軽い口調で話すこの男は、社会の害悪を凝縮したような存在なのだ。どんな陰惨な真似でも眉一つ動かさずに実行する。ある意味ジェミニよりも質が悪い。その男を捕まえられない自分に腹が立つが、彼がいるからこそ、裏社会の規律が保たれていることを知っている。彼は、身内の裏切りにも敏感なのだ。自らが定めたルールを破る者には制裁を。その苛烈さは有名だ。

実際、ウロボロスがなくなれば、犯罪は多分、増えるだろう。最初は減るかもしれないが、一時的なものだ。方向性を失った力は、より凶悪な犯罪を生む。それくらいアーサーにだって分かっていた。時には、王家に協力することもあるウロボロスの全てを憎むのではなく、利用するべきところは利用し、切り捨てるところは切り捨てる。こういう組織と上手く付き合っていくのも、上に立つ者に求められる資質だ。清濁併せ呑んでこそ。清いだけでは国は守れない。

「……一枚では何も分からなくても、二枚ならまた違う事実も分かるだろう。イース、その手紙について調べて欲しい」

「ま、良いけど。期待はしないでよね。前回も何も分からなかったんだし」

「絞り込めなかった、の間違いではないか？」

アーサーの言葉に、イースはにんまりと笑った。それこそ獲物を見つけた蛇のような表情だ。

「んっふふっ。だからアーサーちゃんって好きよ。そう、分からなかったんじゃないの。情報が多すぎて、絞れなかっただけ。だから……良いわ。この手紙でもし、情報を絞り込めたのなら、分かったことを教えてあげる」

「……頼む」

今、教えろと迫ることに意味はない。それが分かっていたアーサーは頷き、イースに言った。

「最近のジェミニのターゲットは、城の人間が多い。それと彼に関する情報提供者を得た。その人物について詳しくは言えないが、もちろん手紙とは別の人物だ。ジェミニに関し、何か分かればそちらにも知らせると約束する」

その言葉に、イースが敏感に反応した。

「ジェミニに関する情報提供者？　何よ、それ！　アタシ、知らないわよ！」

「……今は違うが、ジェミニをジェミニだと知らず、友人関係を結んでいたらしい。かなり長い付き合いのようで、私たちが血眼になって奴を探していた時も、会っていたようだ」

アーサーが言っているのは、もちろんシルヴィのことだった。

本当なら、シルヴィのことなど教えたくはない。だが、ウロボロスからは、ジェミニのどんな些細な情報も教えるようにと言われているし、それに対し、王家はかなり前に同意している。

向こうから情報をもらうのなら、こちらも与えなければならない。

対等の条件で結ばれた契約なのだ。違えることは許されない。

とはいえ、アーサーはイースとシルヴィを引き合わせる気などなかったが。

情報は、アーサーが伝えれば良い。彼女には、こんな世界を知って欲しくない。

そして危険な目にも遭って欲しくないのだ。

(シルヴィには綺麗なところだけを見ていて欲しい)

そのために、自分が汚れるというのなら、いくらでも汚れるから。

イースがアーサーを感心したように見つめた。

「ふうん、アーサーちゃんもやるようになったわねえ。まさか、ジェミニに近しい人間を懐柔できているなんて思わなかった。やっぱり対等な関係っていうのはこうでないといけないわよねえ。ふふふ、ジェミニの件、アタシの知らない新情報、手に入ったら教えてちょうだい。あれは、アタシ自身の手で殺さなきゃ気が済まないのよね」

「分かった」

元々、ジェミニを捕らえれば、ウロボロスに引き渡す契約だ。それに今更文句を言う気はない。

手元の時計を確認し、アーサーは立ち上がった。

「時間だ。それでは手紙の件、よろしく頼む」

「ええ、任されたわ。何か分かれば連絡するわね」

上機嫌でイースも立ち上がる。

アーサーは持ち時間きっかりで、ウロボロスの巣の外に出た。

◇◇◇

ウロボロスの屋敷を出て、表通りに出るまで、二人は一言も喋らなかった。

アーサーは硬い顔をしていたし、ディードリッヒも気鬱な表情を崩さなかった。

それが変わったのは、明るい大通りに出てからだ。

「……はあ」

溜まり溜まった緊張を吐き出すかのような溜息を、ディードリッヒが馬上で吐いた。

それに気づいたアーサーが、ニヤリと笑う。

「なんだ。疲れたのか」

「そりゃあ疲れますよ。ずっと、殺気の中にいるようなものですから。彼だけでなく、部屋の外からも殺気を常にぶつけられて、剣を抜きそうになるのを何度我慢したと思ってるんですか」

「ウロボロスの巣だからな」

「あなたは、動じませんね」

「動じれば、あそこから帰ることができなくなる。あの場所はそういうところだ」

「……ええ」

ディードリッヒがしみじみと頷く。

「二度と足を踏み入れたくない場所ですね」

「残念ながら、今後何度も通うことになるだろうな」

正直なところを告げる。ディードリッヒは「でしょうね」と遠い目になった。

「関わり合いになりたくないところですが、そうも言ってはいられませんか」

「お前が嫌なら、今度からは一人で行く」

「ご冗談を」

きっぱりと言い、ディードリッヒはアーサーを見た。

「どんな場所だろうと、ご一緒いたしますよ。——私は、あなたの側近で、騎士ですからね」

「ああ、そうだな」

頷き、アーサーは空を見上げた。もう日は落ち、そろそろ夕食の時間と言っても良い頃合いだ。

「これ以上遅くなるのはごめんだ。帰るぞ」

シルヴィがアーサーの帰りを待っているのだ。書類仕事だってまだ残っている。さっさと残りを片付け、彼女と夜を一緒に過ごしたい。

アーサーが何を考えているのか分かったのだろう。ディードリッヒが呆れたように言った。

「最近の殿下は、すっかりシルヴィア様に骨抜きにされましたね」

ディードリッヒとしては嫌味のつもりで言ったのだろう。だが、アーサーは動じなかった。それどころか何を当たり前のことをという顔で言い返した。

「何、元からだ。気にするな」

「……」

アーサーの予想外の返しに、ディードリッヒは目を瞬かせ「婚約してから、殿下は強くなったような気がします」と真顔で言った。

「ええ、いつもありがとう、シルヴィ。気をつけて戻るのですよ」

「はい」

「お義母様。ではまた明日」

夕方の散歩を終えたシルヴィは、一人中庭を歩いていた。いつもなら王妃と一緒に城館まで戻るのだが、なんとなくたまにはロイヤルガーデン以外の庭も見たいと思い、入り口で別れてきたのだ。

シルヴィが今歩いている庭は、城に来ている者なら誰でも来ることができる場所だ。心を許せる人以外との接触を避けるよう主治医から言われている王妃にはまだまだ難しい。ちなみにその主治医とは、もちろんコーデリアとゲイルの父である、ライカールト公爵のことだ。

優秀な医者で、確かに彼の願いなら国王も聞き届けなければならないだろうなと納得できる結果を次から次へと叩き出している。王妃の体調が良くなっているのも、間違いなく彼のおかげだった。

「……たまには、こういうところに来るのもいいな」

城の中庭はロイヤルガーデンほどの規模はないが、それでも一般開放されている場所ということもあり、綺麗に整えられている。

ロイヤルガーデンは特別な庭だ。あそこばかり散歩していると自分の感覚が狂ってしまいそうになる。特殊な魔法が掛けられた庭は非常に美しいが、季節感には乏しかった。

その季節感を求め、シルヴィは中庭にやってきたのだが、悪くはない選択だったようだ。いつもは出会うクロードと会わないどころか、彼女以外に人がいない。ちょうど空いている時間帯だったようで、あまり気にせず花を観察することができた。

「せっかくだから、また花図鑑で何か調べてみようかな」

図書室で借りた花図鑑は分かりやすく、シルヴィは暇さえあればめくっていた。庭にある花の名前を少しずつ覚えていくのも楽しいし、アーサーに尋ねるのもそれはそれで楽しい。そんな風に思った彼女は、近くにあった、自分が名前を知らない花をじっと観察した。

「花の色から調べられるから便利よね。ええと、この花はピンクで……」

「花なんて好きだったじゃん？　シルヴィ」

「っ！」

突然、後ろから声を掛けられ、シルヴィはバッと振り返った。

特徴的な口調に相手など最初から分かっていたが、慎重にその名を紡ぐ。

「……ジェミニ」

「久しぶりじゃーん」

振り返った先には、思ったとおり、ジェミニが立っていた。

いつもと同じ、ガリガリの身体。目を猫のように細めている。

無駄だと分かってはいたが、咄嗟に戦闘態勢に入る。そんなシルヴィを見たジェミニは目を丸くした。

「何してるじゃん、シルヴィ」

「え……何って」

「シルヴィと戦う気なんてないじゃん。今のところ、シルヴィを殺せって依頼は受けてないし」

「……それ、受けていたら殺すって言っているみたいよ」

真顔で突っ込みを入れると、ジェミニは小首を傾げながら言った。

「へ？ そりゃそうだろ。仕事は仕事じゃん。俺、基本的に公私混同はしない主義だし。あ、でも友達だってことで、苦しまずに殺してやるじゃん。親切だろ」

（親切って……）

どうやら本心で言っているらしいと気づき、シルヴィは脱力した。恐る恐る構えを解く。

ここは城の敷地内で、魔術の類いは使えない。彼が殺す気になれば、どうせ一瞬で殺されるのだ。戦う気がないと言っているのなら、信じるしかなかった。

「……で？ 一体私に何の用なの？」

「ん？ いや、最近、俺、城での仕事が多くってさ。シルヴィは王子様と婚約して城に住んでるじゃん？ たまたま見かけた友達に話しかけようって思うのは普通じゃん」

「……普通」

ジェミニにだけは『普通』を語られたくない。そう思いながらもシルヴィの頭は様々なことを考えていた。

城で遺体が見つかったとアーサーが話していたことを思い出す。ジェミニの仕事はそれだけかと思っていたが、どうやら彼は他にも色々と暗躍していたようだ。

「……やめてよね。私、暗殺者を友達に持った覚えはないわ」

線引きはきっちりしておかなければ。

そう思ったシルヴィは、無関係であることを告げたのだが、ジェミニは真面目に受け取ってはくれなかった。

「えー、そういう差別、良くないと思うじゃん。シルヴィは俺の数少ない友達なんだから、これからもよろしくして欲しいじゃん」

「嫌よ」

互いに正体を知ったからには、友人でなどいられるはずがない。今、ジェミニと会ったことだって、シルヴィはすぐにでもアーサーに報告するつもりだった。

「私は、人を殺して平然としている人と友達になんてなれない」

これを言えば、ジェミニを怒らせるかもしれない。そうは思ったが、シルヴィは己の立ち位置をはっきりさせておきたかった。

アーサー側とジェミニ側。どちらにもフラフラしているようには思われたくなかったのだ。

シルヴィはアーサーと生きると決めた。だから彼の敵は自分の敵だし、実際、シルヴィの感覚では、暗殺者と友人になんてなれない。

（ゲームのヒロイン、すごすぎるでしょ。私には無理）

ゲームのヒロインは、彼のルートでジェミニの全てを受け入れ、結ばれた。

プレイをしている時には何とも思わなかったが、現実世界でその人物が現れた時、受け入れられるかと聞かれれば、答えはノーだ。

シルヴィはゲームのヒロインではない。彼女には彼女の常識があり、その常識から外れた存在を受け入れられるようにはできていないのだ。

人を笑いながら殺し、返り血を好んで浴び、愛する女の首を絞めながら致すような男と、どうして友人関係でいられるのか。

どう考えても不可能一択。だからシルヴィは、彼を拒絶するしかない。たとえそれで、ジェミニを怒らせることになったとしても。

決死の思いで告げたシルヴィの言葉を、ジェミニはキョトンとした顔で聞き、困ったように言った。ポリポリと頬を掻く。

「そう言われても、仕方ないじゃん。それが俺の仕事だし。俺はそれで飯食ってんだしさ。でもさ、そんな風に言ってくれるのシルヴィとあいつくらいだよなあ」

「……あいつ？」

ジェミニの言葉が誰を指しているのか分からず、シルヴィは眉を寄せた。彼は嬉しそうに頷く。

「そうじゃん。本当は俺、シルヴィを彼女にしたいって思ってたんだけど――」

「絶対に嫌」

光より早く拒絶した。

「私は、アーサーが好きなの。あなたなんてお断りなんだから」

「分かってる、分かってるって。つーか、シルヴィ、必死すぎ。ウケルじゃん」

「うるさい。私は、絶対に誤解されたくないの。必死になって何が悪いの？」

アーサーに勘違いされたり、嫌われたりするのだけは嫌だ。

そういう思いを込めてジェミニを睨む。彼はケラケラと笑った。とても楽しそうだった。

「やっぱり、シルヴィはシルヴィじゃん。俺が暗殺者だって分かっても、全然態度が変わらない。シルヴィなんて俺がその気になれば一瞬でミンチになるのに、それを分かってるのに、言いたいことずけずけ言うんだもんなあ。そういうの、俺、好き」

「マゾね」

言いながらも、シルヴィは内心悲鳴を上げていた。

（ミンチとかやめて！　怖いから！）

連鎖的に彼の血塗られたゲームスチルを思い出してしまい、心底ゾッとした。全身を真っ赤に染め上げて、狂ったように笑うジェミニのスチルだ。あれはバッドエンドの一つだったが、笑えない。

絶対に、絶対に関わり合いたくないと思ってしまう。

震えを必死で押し隠していると、ジェミニが陶然とした表情で言った。

「どっちかと言うと、俺はサド」

（知ってる）

人を笑いながら殺し、首を絞めながら女と致す男がマゾなものか。顔を歪めるシルヴィを見て、ジェミニはしみじみと言った。

「でも、シルヴィになら、俺、マゾでも良いかなあ。ま、でもそれは過去の話。今の俺は違うじゃん」

「……どういう意味よ?」

過去の話と言ってもらえたことには心の底から安堵したが、ジェミニの言葉には疑問を持った。

ジェミニは妙に弾んだ声で言う。

「俺、今、本気で好きな子がいるじゃん。その子のためなら何でもしてやりたいって、早く恋人にして、泣かせたいって思ってるじゃん」

(絶対、今、啼くじゃなくて泣くだったでしょう)

ジェミニに惚れられた女性が気の毒すぎる。

だが、自分が彼の恋愛対象から外れていたことには心の底から安堵した。

(ジェミニ、好きな子がいるんだ。良かった……私、セーフ。助かった……)

涙が出るほど嬉しいと思いながらも、シルヴィはツンとした態度で言った。

「せいぜいその彼女に暗殺者ってバレないようにね。でなければ、あっという間に逃げられるわよ」

その彼女に頑張って逃げて欲しいという思いを込めながら悪態を吐くと、ジェミニは細い目を更に細めた。

「残念。その子は、俺の職業を知ってるじゃん」

「え……。まさか、相手も暗殺者とか?」

ジェミニの正体を知っていて付き合えるような女性が他にいるとも思えない。だがジェミニは否定するように首を横に振った。

「いんや。一般人。結構前からの知り合いだったんだけど、最近良いなって思い出して。気づけば本気になっていたじゃん」

「お約束ね」

心底嫌そうな顔をしながらシルヴィが言うと、ジェミニは真面目くさった顔で頷いた。

「そうなんじゃん。俺も自分がそういう惚れ方をするとは思ってなかったから、新鮮な驚きだったじゃん。でもその分、どうしてもモノにしたくってさあ」

「私は心からその彼女が逃げられることを祈っているけど」

「俺が逃がすわけないじゃん」

さらりと告げられる。その顔がゾッとするほど怖くて、シルヴィはジェミニが本当に暗殺者なんだと実感してしまった。

「初めて俺が本気で惚れた女じゃん？　絶対に逃がさない。でもさ、どうせなら両想いになりたいじゃん。セックスだって両想いでした方が断然気持ち良いって聞くし。なあ、シルヴィ、その辺りどうなんだ？」

「知らないわよ！　私に聞かないで！」

アーサーとしか経験のないシルヴィが他を知っているはずがない。だから、比較で尋ねられても答えられるわけがないのだ。もちろん、たとえ答えられたとしても言う気など微塵もなかったが。

「なあんだ。シルヴィなら知っているかと思ったのに。ま、とにかく、だ。俺はそいつを落としたいの。でも、なかなか落ちてくれなくてさあ。シルヴィと一緒。俺みたいなのは絶対に嫌だって言うんだ。俺、本気で惚れたら一途なのに」

一途というか、殆どヤンデレレベルである。

ジェミニは本気で好きになると、執着が激しくなる。自分が仕事に行く時も、恋人を一人家に残すのが心配で、帰るまで鎖に繋いでおくような執拗さだ。更には精神も従属させ、自分以外は必要ないと思わせる。ジェミニルートのヒロインは、心身共にジェミニに囚われるのだ。

しかも、これがハッピーエンドの一つというのだから恐ろしい。

「ただの女でさ、俺が惚れてるから無事なだけなのに、すっげー強気なの。でも、振り回されてやるのも楽しくてさ。今は、面白いからあいつの言うことをなんでも聞いてやって、最終的に俺に依存させてやろうって考えてる。気づいたら、俺以外周りに誰もいなくなってるの。頼れるのは俺だけ。そういう風に仕向けていこうって。これぞ正しく愛！　って感じだろ？」

「……そんなの、愛とは言わないと思う」

気持ち悪い執着であり、酷く歪んだ何かだ。顔を青ざめさせながらも否定するシルヴィに、ジェミニはむくれて見せた。

「それはシルヴィの意見じゃん。愛なんて、人それぞれ違うもんじゃねえの？」

「それは……そうだけど」

ジェミニの語る『愛』を肯定したくはなかった。

確かに彼のルートは、彼が言ったとおりのものだ。彼女もゲームをした時は、それはそれとして楽しんだ。だけど現実となると駄目だ。認めることはできない。

「あなたの言う愛を私は認めることはできない」

「別にシルヴィに認めてもらわなくても構わないじゃん。これはただ、俺が好きな子ができたって、単なる報告なだけだし。友達には好きな人ができると一言言うものなんだろ？　シルヴィは友達じゃん？　だから教えた。それだけ」

「私はもう、あなたを友達だとは思っていない」

「俺は思ってる。だから良いんじゃん」

シルヴィの言葉を笑って流し、ジェミニは「あ」と声を上げた。

「もうこんな時間じゃん。実は俺、今日も仕事なんじゃん。そろそろ行かないとじゃん」

「仕事⁉　仕事って、ジェミニ、誰か殺すの？」

シルヴィが目の色を変えて尋ねると、ジェミニは不思議そうな顔をした。

「？　何言ってるじゃん。俺は暗殺者。殺すのが仕事なんだから当たり前じゃん」

「誰⁉」

思わず叫んだ。

「誰がターゲットなの⁉」

必死に尋ねるシルヴィを、ジェミニは、今度は面白そうな顔で見ていた。

「それを、俺があんたに言う理由はないよな。あんたは俺を友達とは思っていないって言ってるわけだし」

「そ、そうだけど……！」

聞いてしまった以上、無視はできない。これ以上自分が嫌な奴にならないためにも、できるだけジェミニから情報を引き出したかった。

「誰を狙ってるの……」

「守秘義務じゃん」

「ジェミニ！」

「ははっ……！」

声を荒らげるシルヴィを見て、ジェミニは楽しそうに声を上げた。

「教えるわけないじゃん。だって、どうせ俺と話したこと、あとであんたの婚約者に全部話すつもりだろ？」

「当たり前よ！」

得られた情報は全てアーサーに話す。最初から彼に秘密にする気はない。

一瞬も迷わず答えると、ジェミニは目を丸くした。

「見事なくらいに即答されたじゃん。ま、どうせそうだろうと思っていたから良いんだけど」

ジェミニが一歩下がる。そうして、細い目を更に細め、シルヴィを見た。

「じゃ、ヒントだけやるじゃん。対象は、今日、城にいる奴らの誰か。男で、爵位は……上の方じゃん。で、これが一番重要な情報だけど、俺は寝静まって、騒がない奴を殺すのは好きじゃない。せっかく殺すなら、相手には派手に暴れて、抵抗して欲しいんだよな。だから、俺が動くのは、日が落ちきったあとから、ターゲットが眠るまでの間だ」

「……」

思いのほか色々と話してくれたジェミニをシルヴィは信じられない気持ちで見つめた。

「嘘だと思ってるじゃん？　それならそれで良いじゃん。あんたはどう思ってるか知らないけど、俺はシルヴィのこと友達と思っているから。可能な限りの情報を教えてやった。それだけ。信じるか信じないかはお任せじゃん」

「そう……ありがと」

今のジェミニの言葉から、シルヴィは信じることを決めた。

ジェミニはくだらない嘘は吐かない。それを彼女はゲームでも、現実の付き合いでも知っていたからだ。……わざと言わないことはあるけれど。

「今の話だけでも十分だわ」

ジェミニに背を向ける。暗殺者相手に愚かな行動だと分かっていたが、ジェミニはその気になればどんな状況だろうがシルヴィを殺せるのだ。魔術という対抗手段すら封じられている彼女が警戒したところで、意味がない。

「なあ、シルヴィ。あんた、王太子と婚約して幸せじゃん？」

後ろからジェミニが声を掛けてくる。それにシルヴィは振り返り、はっきりと言った。

「当たり前よ。私は、最高の男を選んだと思ってる」

どんなに探しても、アーサーほどにシルヴィを愛してくれる男はいないだろう。そして、アーサー以上にシルヴィが愛せる男もいない。

シルヴィの答えを聞き、ジェミニがにんまりと笑う。

「そっか。――じゃあ、その大事な王子様。俺のターゲットにならないよう祈っとくんだな」

「そんなこと、させないから」

ジェミニを強く睨みつける。彼女の目を見て、ジェミニは「その強気な目、めちゃくちゃ好きなんだけど。アイツがいなかったら、絶対に俺、あんたをモノにすると決めたと思う」と非常に余計な一言をくれた。

部屋に戻ったシルヴィは、すぐさまアーサーに連絡を取るように、アリスに言った。

「お願い、アリス。ジェミニの暗殺を阻止したいの！」

「ちょっと……どういうことよ」

意味が分からないという顔をするアリスに、シルヴィはできるだけ急いで詳細を伝えた。アリスに秘密にする必要性は感じなかったし、何らかの助けを得られれば有り難いと思ったからだ。

「……なるほど。ジェミニが今夜暗殺する人のヒントをくれたんだ。……普通に疑わしくない？」

アリスの疑問はもっともだったが、シルヴィは首を横に振った。

「ジェミニはこんなつまらないことで嘘を吐かない。それはアリスだってゲームをしていたんだから知ってるでしょ」

「それはそうだけど。依頼を邪魔されるようなことをジェミニが言うかなって思ったの」

「……考え出すときりがないから。私は信じることにする」

一瞬、アリスの言葉に気持ちが揺らいだが、シルヴィはそれを振り払った。

ジェミニはシルヴィを友人だと思っている。その彼が嘘を吐くなどあり得ない。

「とにかく、アーサーに教えたいの。お願いだから、彼に連絡を取って」

「はいはい。分かったわ。じゃ、私、アーサーの執務室にお伺いを立てに行ってくるわね」

「お願い」

硬い表情でアリスを送り出す。

アーサーが夜、シルヴィの部屋を訪れる時まで待っていては間に合わない。伝えることはたくさんあるし、できるだけ急ぐべきだ。

しばらくしてアリスはアーサーを連れて部屋に戻ってきた。ちょうど城に戻ってきた彼と、アーサーの部屋の前で鉢合わせしたらしい。非常にラッキーだった。

シルヴィから緊急の話があると聞いたアーサーは、残りの仕事をディードリッヒに振り、彼はアリスと一緒にシルヴィの部屋へと向かった。

そこで聞かされた話に、アーサーは目をクワッと見開いた。

「なんだと？　ジェミニと会った？」

「え、ええ。つい、さっき。庭で」

アーサーの剣幕に、怒られるだろうなと思っていたシルヴィは大人しく、沙汰が下されるのを待った。

「ごめんなさい。明日から護衛も付くし、ほんの少しの距離だからって、護衛を頼まなかった私のミスだわ」

まさか、そんな隙間時間を狙ってくるとは思わなかったのだが、それは言っても仕方のないこと。悪いのは自分なのだから、怒られるのも大人しく受け入れようと思っていた。

アーサーが、酷く怖い顔で言う。

「どうして誰か呼ばなかった。ジェミニは殺し屋だ。いつ殺されてもおかしくなかったのだぞ」

「そう、ね」

アーサーに指摘され、初めてシルヴィは、今の今まで自分が兵を呼ぶという可能性を考えていなかったことに気がついた。だけどアーサーの言うとおりだ。大声で呼べば、誰か一人くらいは来てくれただろう。どうして気づかなかったのか。自分でも分からなかった。

「ごめんなさい。全くその、考えもしなくて……」

「ジェミニと友人だったことは聞いている。だからといって、無防備な状態で対峙していいわけがないだろう」

「その通りだわ」

深く反省し、シルヴィは謝罪の言葉を紡いだ。とはいえ、謝ってばかりでは話は進まない。

シルヴィはアーサーに、ジェミニから伝えられたことを一言一句漏らさず彼に教えた。

もちろん、今日、彼が誰かを殺そうとしていることもだ。

そしてどうにかヒントをもらったのだと話し、その詳細を告げる。全部を話し終わったところで、アーサーがシルヴィを抱き締めた。

「あ……」

「恐ろしい真似は、金輪際よしてくれ」

「……ごめんなさい」

アーサーの身体が震えていることに気づき、シルヴィは素直に謝った。

アーサーに心配を掛けたことが申し訳なかった。それでも、自分が思ったことを言う。

「ジェミニが人を殺すことを知って、知らなかった振りをしたくなかったの。自分の身の安全を考えれば余計なことを聞くべきではなかったと思うわ。でも私、自分を嫌いになりたくなかったから……！」

今までずっと知らない振りをしてきた。それは、彼女が前世を思い出していなかったからであり、思い出してからは、ジェミニの職業を知らないはずだったからだ。

だけど、彼がどういう人か、互いに身バレしてしまったあとで、見なかったことにはできない。

「誰かが死んでしまうと分かっていて、無視なんてできなかった。だから、ヒントだけでも欲しかったの。そうしたら少しでもあなたの助けになれる。ジェミニの仕事だって、未遂で終わらせることができるかもしれない。そう思ったら――」

「分かった。もういい。――怒って悪かった。よく、頑張ったな」

「っ！」

ポンと背中を労るように叩かれ、涙腺が決壊した。そんなシルヴィの背をアーサーは優しく撫で続ける。

「うん……」

「大丈夫だ。あとは私に任せておけ。お前が身体を張って得た情報は絶対に無駄にはしない」

「今、城に滞在している男でそれなりの爵位持ち。狙いは夜。そこまで絞れれば、兵も詰めさせやすい。シルヴィ、お手柄だ。よくやったな」

「……アーサーお願い。その人のことを守ってあげて」

ジェミニはただ依頼された仕事をしているだけ。それは分かっていたが、だからと言って、誰かが死ぬのを分かっていて、放っておける訳がない。シルヴィが涙ながらにアーサーに頼むと、彼はしっかりと頷いた。

「分かった。私にできる最大限のことをしよう。シルヴィ、お前は今夜は私と一緒にいろ。ジェミニの狙いがお前ではないとしても、今夜お前を一人にしておくのは不安だ」

「うん……」

どうせ今夜は眠れない。それを察していたシルヴィはアーサーの指示に首を縦に振った。一人で待っているより、二人の方が安心できる。それに王族であるアーサーだけは、城内でも魔術を使うことができるのだ。それだけでも、彼と一緒にいるのが一番だと断言できる。

「アーサー……」

ギュッと己の胸元に頬を擦り寄せてきた婚約者を抱き込み、アーサーは、臨時の会議を招集しなくてはと思いを新たにしていた。

その日の夜、シルヴィはアーサーと共に、部屋に二人でいた。もうそろそろ眠る時間だ。アリスも先ほど就寝の挨拶をして下がっていったし、本当に二人しかいない。

いつもなら抱き合っている時間帯。それなのに起きていたのは、ジェミニの殺人予告を聞いてしまったからだった。

誰かが狙われていると分かっていて、眠れるわけがない。

夜着にも着替えずドレス姿のまま、シルヴィはソファでアーサーに寄り添っていた。その手は彼と繋がれていて、少しだけ不安を払拭することができた。

「……誰が、狙われるのかしら」

話題になんてしたくないのに、そのことしか考えていないせいか、勝手に話し始めてしまう。

「分からない。だが、該当者には全員警備を付けた。少なくともいきなり殺されるということはないだろう」

狙いが誰か分からない以上、条件に合う人物全員を守るしかない。アーサーは、最初該当者全員を一部屋に纏めようとしたらしいが、ほぼ全員に拒絶され、諦めた。今回のターゲットは高位貴族ばかり。皆、自分には絶対の自信を持っている。暗殺者が自分を狙っているのなら、返り討ちにしてくれると、アーサーの提案を受け付けなかったのだ。なんとか護衛だけは付けさせたが、高位貴族特有の傲慢さがこういう時に出るのは困る。

「世の中を騒がせている暗殺者を自分の家が捕らえれば、一躍脚光を浴びる、というのもあるのだろうな。普通は、暗殺されるまで狙われているとは分からないものだが、今回はお前のおかげで前もって情報を得ることができたから」

「でも、信用できない、という方もいたのでしょう?」

「……ああ」

本当に残念な話だが、中には、ジェミニに狙われている可能性があると言っても取り合ってさえくれない者もいた。そんな者に狙われる覚えはない。自分以外の貴族だろうと鼻で笑い、護衛を受け付けなかった。もちろん、それでアーサーが退くはずもなく、彼らの気づかないところで、目を光らせているのだが。

「ジェミニから直接聞いた、なんて言ったって、誰も信じないのが普通よね。アーサーは信じてくれたけど」

「私はお前がジェミニと実際に会話しているところを見ているからな。それに、一生を共にすると決めた相手の言うことを信じないようでは、結婚しても上手く行くはずがないと思うのだ。お前はどう思う?」

「そう、そうね……そうかもしれない」

　勇気を出して打ち明けたことを本気に取ってもらえないようでは、今後共に生きていけるのか不安になってしまう。これからも同じことがあるかもしれないという不信感は募り、どこかで爆発するだろう。

　それは、分かる。

　だから、素直にシルヴィの言ったことを信じてくれたアーサーに、彼女は心から感謝していた。

「ありがとう。アーサーが信じてくれて嬉しい」

　他の誰が馬鹿にしても、アーサーが信じてくれるのならシルヴィは戦える。好きな人が信じてくれるというのはそれだけの力を秘めているのだ。

「……でも、本当は何も起こらないのが一番良いんだけど」

「そうだな」

　そう言いながらも、無理だろうなとは分かっていた。

　だって相手はジェミニだ。ジェミニが狙うといった相手を、何もせず見逃すなんてことあり得ない。

　そして連鎖的に、アーサーもジェミニではないが、暗殺者に狙われたことがあったなと思い出した。

「そういえば、あなたを狙った暗殺者たち、彼らは全員自害したのよね？　結局あの後、彼らがどこから雇われた、とか分かったの？」

　まだアーサーが狙われている可能性を危惧しただけなのだが、アーサーは苦い顔になった。

「そちらも調査は続けているが、解決はしていないな。とはいえ、あれ以来私が襲われたことはないが。一つだけ分かったことと言えば、彼らはどこかの組織に所属していたわけではないということだ。全員、単独で仕事を請け負っていた、フリーの殺し屋ばかり。それを十人も雇うというのもおかしいのだが」

「フリーの殺し屋……それなのに、自殺したの？　おかしくない？」

捕まった暗殺者たちが自害するのは、大概、彼らの組織に所属する始末屋に殺されるのを恐れるがため。当然、フリーの暗殺者にはそんなものが派遣されたりはしない。

やり直しはきくのだ。わざわざ一度の失敗で自害するような真似は、余程のことがない限り、あり得ないはずだった。

シルヴィの意見にアーサーも頷く。

「その通りだ。私たちは彼らが全員自害したことで、同じ組織に所属する暗殺者だと思い込んだ。だが、実際は違う。どうして彼らが自害したのか。依頼主の情報を吐かないため、というには弱すぎる」

「そうよね」

「フリーで仕事をしている暗殺者は、組織に所属する恩恵を受けられない代わりに、組織に縛られないという強みを得られる。自らの生死もその一つだな。何人かは、自らのプライドから自害したのかもしれないが、全員が死ぬとは考えづらい……」

「フリーの暗殺者が全員自害を選んだ理由……」

「しかも一切躊躇（ためら）わずに、だ」

「普通なら、組織に所属していて、やってくる始末屋が怖いから、で済むのにね。もしかして、彼らの依頼主は、始末屋より怖かったとか。でも、そんな人なら自分で手を下すよね……」

難しい。考えれば考えるほど分からなくなってくる。

首を捻っていると、アーサーが言った。

「こちらはあれから動きもないし、私が狙われているような素振りもない。調査は続けるが急ぐ必要はないだろう。それより今夜だな」

「あ、そうね」

優先順位は間違いなく今夜のジェミニだ。改めて気持ちを奮い立たせていると、廊下をバタバタと走る音が聞こえてきた。その音はシルヴィの部屋の前で止まる。すぐにノックが聞こえた。

「殿下！　いらっしゃいますか」

「入れ」

アーサーが鋭く声を上げると、兵士が四人、扉を開けて入ってきた。着ている制服から、近衛騎士団所属の兵士だと分かる。アーサーを見て、彼らは揃って跪いた。

「殿下、たった今、クロード・スレイン公爵様がジェミニの襲撃を受けたとの連絡が入りました‼」

「何？」

（えっ、クロードが？）

声こそ出さなかったが、シルヴィは驚愕し、思わず報告に来た兵士を見つめた。兵士は早口で報告を続ける。

「いつの間に護衛をかいくぐったのか、スレイン公爵様が寝室に向かった時に襲いかかったようです。公爵様は咄嗟に隠し持っていた武器で対応。兵士を呼び、撃退に成功。ジェミニは撤退しました。ただ、公爵様自身は浅くない傷を負ったようです」

「そうか。……シルヴィ。私はクロードのところへ行く。相手が相手だ。それに、ジェミニは去った。部屋で待っているというのならそれも――」

「行くわ」

アーサーが気を遣って言ってくれているのは分かったが、シルヴィには行かないという選択はなかった。ジェミニが何か言ったかもしれないし、それがシルヴィのことでないとは限らないのだ。何せ、今回護衛がわらわらいたのは、シルヴィがアーサーに密告したせいなのだから。

(余計なことを言われていたら嫌だし)

それでなくともクロードには目を付けられている。クロードの怪我(けが)の具合も心配だが、変な誤解をジェミニから植え付けられていたらと思うと、シルヴィは自らの目で確認せずにはいられなかった。

「お願い、アーサー」

必死に頼むと、アーサーは気が進まないながらも頷いてくれた。

「分かった。お前は今回の功労者だ。知る権利がある。それに、正直なところを言えば、側から離すのは心配だしな」

「ありがとう」

「礼は良い。行くぞ」

「ええ」

「お前たち、案内しろ」

「はい！」

アーサーに命じられ、兵士たちが立ち上がり先導する。急いでいるのだろう。当たり前だが少し早足だった。それについて文句を言うつもりはない。付いていきたいと言ったのは自分なのだから。

シルヴィは無言で足を動かし、兵士とアーサーのあとを追った。

クロードが滞在していたのは、王城の中にある、スレイン公爵家用の一室だった。

高位貴族は、王城内に自分の部屋を賜っている者が多い。

謁見の待合室に使ったり、城内でお茶会を開いたり、ちょっとした休憩所に使ったり、今回のように宿泊に使ったりと、部屋の用途は自由だ。もちろんシルヴィの父も部屋は賜っていて、城に呼ばれた時などは、たまにそちらに宿泊してくることがある。

スレイン公爵家に与えられた部屋は、当たり前だがリーヴェルト侯爵家の部屋よりも広く、豪奢だった。部屋の家具類は、各自の好きにして構わないことになっている。スレイン公爵が自分好みに変えたのだろう。贅を尽くしたソファやチェスト、テーブル、花瓶に絨毯、壁に掛けられた風景画に至るまで、まるで隙がなかった。王族の部屋だと言っても頷いてしまいそうな迫力だ。だが、その部屋も今は見るも無惨な有様になっている。敷かれた絨毯には血が飛んでいるし、職人が何年も掛けて作り上げた芸術的な椅子は、脚が一本取れていた。血飛沫を好むジェミニらしく、部屋は酷いものだったが、荒く呼吸をしているクロードの様子はもっと酷かった。すでに医者が到着していたらしく、絨毯の上に直接座り込むクロードの傷の手当てを始めている。肩を攻撃されたらしい。肘の辺りまで血が流れていた。

「クロード、大丈夫か」

「……殿下」

アーサーが声を掛けると、クロードが顔を上げた。後ろにシルヴィがいることにも気づいているようだが、彼は彼女の存在を無視し、アーサーに頭を下げる。

「申し訳ありません。後れを取りました」

「……殺されなかっただけで十分だ。よく、生き延びたな」

アーサーの言葉に、クロードは唇の端をつり上げ、言った。

「殿下の情報のおかげです。信じていたわけではありませんが、念のためにと武器を仕込んでおきました。あと、大体の襲撃のタイミングも聞いていましたので、咄嗟に対応できたのだと思います。……ありがとうございます」

こんな時でも彼の不遜な態度は変わらないようだ。でも、だからこそ逆に安心できるような気がする。クロードは荒い呼吸を繰り返しながらも、アーサーに言った。

「あの男は、もう一度来る、と言いました。どうやら奴の依頼人は相当に俺が憎いらしい。そこまで他人に嫌われるような真似をした覚えはないのですが」

「お前がそれを言っても説得力がないな」

アーサーもいつもの口調で答える。クロードは声を出さずに笑った。

「そうかもしれませんね。あとはそう……こんなことも言っていました。『俺の言ったこと、信じたんじゃゃん。だよな。そういう奴だよなあ。だから友達でいたいって思うんだけど』と。ジェミニに友人がいるなど到底信じられませんが、奴の口調から推測すると、ジェミニの友人が今回の襲撃を殿下に漏らした人物ということになると思われます」

（やっぱり）

そんなことだろうと思っていた。

シルヴィの名前こそ出さなかったものの、クロードに彼には『友人』しかも、『情報をアーサーに提供する敵対関係にある友人』がいると知られてしまった。

いつもシルヴィに嫌味ばかり言ってくるクロードだ。もし、シルヴィがジェミニの指す人物だと知られたら、それこそ何を言われるか分かったものではない。

「……」

黙り込むシルヴィに、アーサーがこっそり目配せしてくる。その目は『大丈夫、任せておけ』と言っていて、シルヴィは小さく頷いた。

ここは、アーサーに上手く誤魔化してもらうより他はない。シルヴィが心持ち後ろに下がる。アーサーが口を開いた。

「お前の言うとおりだ。だが、その人物が誰であるかをお前が知る必要はない。そのような存在がいるのだと、認識しておくだけでいい」

「ほう？　誰か教えないとは、被害にあった俺が可哀想だとは思いませんか？」

「思わないな。お前は——他の皆もそうだが、私が忠告した時、話半分にも聞いていなかっただろう。それを棚に上げて、実際に襲われたから教えろというのは、それこそ虫が良すぎる話だ」

「……」

アーサーに指摘され、クロードは悔しげな顔をした。さすがに反論できなかったらしい。

「情報提供者から新たな情報が入れば、また教える。秘密にするようなことはしない」

「……仕方ありませんね。くっ……」

身体を動かした時に肩に力が入ってしまったのか、クロードが苦しげに呻いた。彼の肩に包帯を巻いていた若い医師が、焦った口調で言う。

「スレイン公爵様。お動きになりませんよう。まだ治療は終わっておりません」

「……」

「クロードの怪我の具合は？」

アーサーに話しかけられた医師は、頭を下げ、問いかけに答えた。

「幸いにも神経や骨を傷つけるような怪我ではありませんでした。安静にしていれば、ひと月ほどで治るでしょう。魔術を使えば……そうですね、一週間程度で治るかと思いますが、この程度でしたら使う必要もないでしょう」

魔術で身体の傷を癒やすことはできるが、よほど深い傷でもない限り推奨はされない。人の身体というものは楽を覚えるのだ。魔術で治ると身体が覚えてしまうと、自己治癒能力が著しく低下してしまう。それは良くないと、回復魔術の使用は厳密に使い方が定められていた。

基本的に、全てを治療したりはせず、適度なところで止め、あとは自然治癒力に任せる。医者にはその見極めが求められていた。

「かなり深い傷だと思ったが、それでも魔術を使ってはいけないのか」

クロードが不快感を隠そうともせず医者に言った。

「はい。深そうに見えますが、実際はそこまでではありませんし、何も損なわれてはおりませんから。自然治癒で完治できるものは完治するべし。スレイン公爵様。受け入れて下さい」

「……ちっ」

納得し難いという顔はしつつも、クロードは頷いた。その顔を見ていれば、本当に大丈夫なのだと理解できる。

いつも余計なことばかりしてちょっかいを掛けてくるクロードのことなど好きでもなんでもないが、彼が軽傷で済んだことに関しては良かったと心から思えた。

「では、私たちは行く。クロード。このような血に汚れた部屋で寝るのはさすがに無理があるだろう。客室を用意させるから、今日はそちらを使うと良い」

アーサーの言葉に、クロードも今度は素直に頷いた。

「ありがとうございます。有り難くそうさせていただきますよ。さすがにジェミニも一晩に二度襲撃をしたりはしないでしょうし、ゆっくり眠らせていただきます」

「そうだな。だが、警備は置かせてもらう。構わないな？」

「それに関しては、こちらからお願いするところでしょう。……殿下のお話を疑ってしまい、申し訳ありませんでした。命拾いできたことを、心より感謝いたします。私がこの程度の怪我で済んだのは、冗談交じりにでも殿下の話を聞いていたからです」

今までが嘘のように、クロードは真摯な態度でアーサーに向かって頭を下げた。そんなクロードを見つめながらアーサーは鷹揚に頷く。

「許す。ではクロード。また明日にでも話を聞かせてもらうことになるが構わないな？」

「殿下のご随意に」

「シルヴィ、行くぞ」

「え、ええ」

声を掛けられ、慌てて返事をする。結局クロードは一度もシルヴィを見なかったし、話しかけもしなかった。いつもなら、絶対に声を掛けてくるのに。

ジェミニに襲われた直後まで、シルヴィに構っている余裕はなかったのだろう。それならそれで構わないが、普段も先ほどのように無視してくれると有り難いのにと思ってしまう。

無言でアーサーのあとに付いていくと、部屋を出たところで、別の声に呼び止められた。

「殿下」

アーサーを呼んだのは、今まで姿を現さなかったディードリッヒだった。アーサーの側近が何をしていたのだろうと彼と共に振り返ると、ディードリッヒは一人の男を連れていた。

　赤い髪の、派手な様相の男性だ。着流しによく似た服を着ている。その上にじゃらじゃらとした高価なアクセサリーをいくつもつけていた。大きな宝石のついた指輪を四つも嵌めており、非常に目を引く。王城では見ない格好だ。彼は金色の目をしていたのだが、妙な威圧感がある。

「？」

　どこかで見たことがあるような気がする。不思議に思い、アーサーを見ると、彼はあからさまに顔を顰めていた。唸るような声で言う。

「……イース。わざわざ王城まで何をしに来た」

「いやね。今夜、ジェミニが城に現れるって情報をくれたのはアーサーちゃんでしょ？　真偽の確認に来たのよ。ま、一歩遅かったみたいだけど」

　見た目は男性なのに、まるで女性のような話し方をする人だ。だけどその話し方にも覚えがあると言えばあった。

（誰？　どこで見たんだっけ……アーサーはイースって呼んでたけど——あっ！）

　叫びそうになるのを、シルヴィは己の根性だけで堪えた。

　彼が誰なのか、ようやく思い出したのだ。

（あーっ!!　彼、イース！　彼も２の攻略キャラ!!）

　あまりにもぼんやりとした記憶ですっかり忘れていた。だけど思い出してしまえば、間違いない。

　イース・ラカンィエ。

ストライド王国に蔓延る裏組織ウロボロスの元締め。シルヴィがヒロインの1では存在だけが匂わされ、2になり、ようやくその姿を見せる攻略キャラの一人だ。

怒濤のごとくイースのことを思い出したシルヴィは、彼とアーサーを交互に見つめつつも、頭を抱えたくなった。

それは何故かと言えば――。

（イースの話！　全く覚えていない!!）

というどうしようもない理由からであった。

イースの話は、当たり前だが、ストライド王国の裏側の話。R指定のゲームに相応しい、血みどろな展開が待ち受けているのだ。だが、シルヴィはそういう話はあまり好きではなかった。

恋愛パート以外は基本スキップをしてクリアした覚えがある。

（私の馬鹿。2もしっかりやり込んで、バッチリ記憶しておきなさいよ！）

ゲイルといいイースといい、本当に2のキャラはうろ覚えでどうしようもない。なのに、フライングとばかりに、ここに来て2のキャラたちが続々と登場しているのだ。どうしてこうなったとシルヴィが頭を抱えても仕方ないと思う。

（ジェミニくらいなら……まだなんとか読めたんだけど……）

ジェミニもかなりエグいシーンはあるのだが、裏組織の元締めという位置づけにあるイースよりは比較的マシだ。ジェミニは基本単独行動だし、ヒロインの前での暗殺シーンは数回だけだし、あと、ドン引きなのは、ヒロインの首を絞めながら致しているところだが……あれはシルヴィの中ではそういうＲシーンなのだと認識していたので、「うわあ」と思いつつも「これはこれであり」と流すことができた。

だが、イースは違う。日常シーンの半分以上が、Ｒ18Ｇ（グロ）。それをほぼ未読スキップで飛ばしたシルヴィ。詳細なルートやイベントなど分かるはずがない。

男性なのに女性っぽい話し方をしていることや、実はバイセクシャルであることは覚えているが、それ以外はさっぱりだ。

（うわあ……どうしよう……）

とは言っても、相手は２のキャラで、１のヒロインであるシルヴィとは基本的に関係がないはずだ。

（大丈夫。関わり合いにならないよう、空気になっておけば良い。それだけのことよ）

その簡単な結論に達するまでずいぶんな時間が掛かったが、それだけシルヴィが混乱していたということでもあった。

ドキドキしつつも、目立たないように後ろに下がる。アーサーの後ろに隠れていようと思ったのだが、相手はウロボロスの首領。見逃してはくれなかった。

「その子ね！　アーサーちゃんの婚約者って！　あら、可愛い。初めまして、イースよ」

わざとらしく声を上げられれば無視するわけにもいかない。仕方なく挨拶をしようとすると、アーサーが制止した。

「お前とシルヴィを関わらせるつもりはない」

「良いじゃないの。アタシ、可愛い女の子は大好きなのよ。取ったりはしないから紹介してよ」

「断る」

キッパリと告げ、アーサーはシルヴィを庇うように立った。その背中を見て安堵する。

（アーサー……）

イースから守ってくれようとしているのだ。それに気づき、嬉しくなったシルヴィは頬を染めた。

それをイースが揶揄うように指摘する。

「あら、赤くなったわ。ほんと、可愛いわね。残念だわ。お近づきになりたかったのに」

「誰が許すか」

「はいはい。アーサーちゃんの弱点が分かったたってことで、今日はこれくらいで勘弁しておいてあげる。で？　アタシ、ジェミニの情報が欲しいんだけど、誰に聞けば良いのかしら。襲われたのは誰？　死んだの？」

「怪我を負ったが死んではいない。直接本人に話を聞きたいなら聞けば良い。……ディードリッヒ。クロードのところまでイースを案内しろ」

「……よろしいのですか？」

ディードリッヒの問いかけにアーサーは頷いた。

「クロードなら構わないだろう。イース、クロードに話を聞いたあとは大人しく帰れ。分かっているな？」

「分かってるわよぅ」

「ならいい」

硬い顔でアーサーは首肯し、シルヴィの手を引いた。

「行くぞ。こいつに関わるな」

「あ……」

強引に引っ張られ、蹈鞴（たたら）を踏みつつもアーサーに従う。イースから離れたいのはシルヴィも同じだったからだ。

イースの側を通る時、彼が投げキッスをしながら言った。

「近いうち、また会いましょうね。シルヴィちゃん」

「気持ちの悪いことをするな！」

アーサーが怒鳴る。そうしてシルヴィを連れ、彼はさっさとその場から立ち去った。

◇◇◇

アーサーが向かったのは、シルヴィの部屋ではなく、彼の部屋だった。廊下を歩いている間、アーサーは一言も話さなかった。シルヴィも空気を読み、無言で彼に付いていった。

「シルヴィ」

「アーサー」

部屋に入るや否や、アーサーはシルヴィを抱き締めた。なんとなくこの展開が読めていたシルヴィもまた、己の腕を彼の背中に回す。

「どうしたの？」

「シルヴィ、先ほどの男には関わるな」

「え……」

前置きなく言われた台詞に、シルヴィは思わず顔を上げ、アーサーを見た。

「あれは裏組織『ウロボロス』の首領だ。ジェミニなんかよりももっと厄介な男。下手に目を付けられれば碌なことにならない。分かったな？」

「え、ええ」

有無を言わせない声に、シルヴィは頷く。もちろん、自分から近づく気などなかったが、それは置いておくにしても、今のアーサーには逆らい難い雰囲気があった。

「わ、分かった。でも、普段は城に来たりはしないのよね？　今回が特別なのよね？」

「……ああ」

裏組織の首領が、頻繁に城に訪れるなど普通にない話だ。彼はジェミニのことを気にしていた。ジェミニがウロボロスに所属していたなんて話はないから、きっと仕事の際にでも、ウロボロスを怒らせるようなことをしたのだろう。それくらいしか考えられない。

「私とは生きる世界が違う人だもの。理解できないのは最初から分かっているし、もし見かけることがあっても近づかないようにするわ」

「そうしてくれ」

シルヴィの答えにようやく落ち着いたのか、アーサーが大きく息を吐き出した。

シルヴィの身体を放し、疲れたような笑みを浮かべる。

「悪かった。お前に会わせるつもりはなかったのだ」

「偶然だもの。仕方ないわ。大丈夫よ、アーサー。私、あなたを不安がらせるようなことはしないから」

「頼む」

アーサーが近くのソファにドサリと腰掛ける。手招きをされたので、その隣に座った。アーサーがぼやくように言う。

「……ジェミニの次の動きについて、友人だったお前の意見を聞こうと思っていたのだが、イースが来たせいで、そんな気分も吹き飛んだ……」

「そうね……私も驚いたわ」

まさか、２の攻略キャラとあんな場所で遭遇するなど考えもしなかった。

アーサーとは違う意味でしみじみと告げると、彼の腕が伸び、シルヴィの腰を引き寄せた。

アーサーの肩にもたれかかる。イースのことは一旦(いったん)忘れようと決め、今、一番問題となっているジェミニについて考えることにした。

(どうして、ジェミニはクロードを狙ったんだろう)

シルヴィの記憶では、ジェミニがクロードを狙うような場面はなかった。それを言うのなら、以前のレオンもそうなのだけど、やはり色々と違いすぎて、もはやゲーム知識が豆知識程度にしか役に立たないレベルだ。

（各自のステータスくらいなら参考になるけど、イベントとかはもう意味がなくなってる）

だから、シルヴィには、どうしてジェミニがクロードを狙ったのか皆目見当もつかないのだ。

とはいえ、このままではクロードはジェミニに殺されてしまう。ジェミニは超一流の暗殺者だ。爵位は高くても、貴族でしかないクロードが逃げ切れる相手ではない。

だけど、今回、クロードは逃げおおせた。それはシルヴィの情報をアーサーが信じ、対策を講じたからだけれども、そうしたとしても殺されるのが普通なのだ。

（今回は、様子見だった……とか？　最初から次が本番だった？）

だからシルヴィにも色々と情報を教えてくれたのかもしれない。

だが、ということは、次は確実に殺しに来る。

（……クロードは嫌な奴だけど、死んでいい人じゃない）

助けられるのなら助けたい。

とはいえ、シルヴィにできることなど殆どない。魔術以外はさっぱりだし、その魔術も城にいては使えないからだ。

（魔術以外で、私が役に立てること……ジェミニを止めることができる何か……）

「シルヴィ？」

じっと考え込んでいると、アーサーが話しかけてきた。

「どうした？　さっきから黙りっぱなしだが……」

「ちょっと……ジェミニを止められる何かがなかったかなって思って……」

「そんなものがあるのか？」

驚きの表情を浮かべるアーサーに、シルヴィは正直に答えた。

「分からない。私、ジェミニについては友人だったし、それなりに知っていると思う。でも暗殺者としての彼のことは知らないいし、役に立つ情報を持っているのかすら分からない。だから考えてみないと分からないけど――」

「無理はしなくて良い」

シルヴィの言葉を遮り、アーサーが言った。

「お前に色々聞こうと考えていた私が言っても信じてもらえないとは思うが、本当に無理はしなくていい。本来、お前には関係のない話なのだからな」

「関係……なくはない、かな」

むしろ、ジェミニが今回の件にシルヴィを巻き込んだようなものだ。

「何もしないままだと寝覚めが悪くなりそうで。だから、考えさせて。アーサーの助けになりそうなことがあれば言うから」

「シルヴィ。だが、お前はクロードを――」

「はっきり言うと、好きじゃない。だって、会う度に嫌なことばかり言われるんだもの。でも、だからと言って、死んで良いなんて思ってない。助けられるのなら助けたいの」

「……私たちも全力でクロードをジェミニから守る。護衛は二十四時間付けるつもりだし、次こそは奴を捕らえることができるかもしれない」

「無理だと思う。だって——ジェミニだもの」

シルヴィの脳内には、ゲーム画面が映っていた。何十人という兵に囲まれ、それでも余裕綽々に笑っているジェミニ。彼はそのまま全員を殺し、ターゲットを殺して、傷一つ負わず、その場を去った。血溜まりの中で楽しそうに笑うジェミニのスチル。それを思い出しゾッとする。

(同じことが、クロードに起こらないとは言えない)

だから、シルヴィは考える。

「シルヴィ……」

「ごめん、アーサー。私、今日は、部屋に戻るね。どうしても、一人でちゃんと考えたいの」

「……分かった」

我が儘だと分かっていたが、考える時間が欲しかった。

基本、ジェミニが動くのは夜なのだ。つまり最短で、明日の夜、彼は行動を起こす。

それまでに考えられるだけ考えたかった。

アーサーの許可を得たシルヴィは、彼の付けてくれた護衛を連れ、自分の部屋へと戻った。

◇◇◇

「……朝、か」

朝日が徹夜明けの目に眩しい。

　結局、夜通し考えても何も思いつかなかったシルヴィは、落胆の気持ちを抱えながら、目覚めのためにシャワーを浴びた。徹夜でぼけてしまった頭に熱湯がやけに染みる。

「あー、もう、全然分かんない」

　頭を洗いながらも出てくるのはぼやくような言葉ばかりだ。

「ゲーム知識なんてなんの役にも立たないじゃない。そりゃ1はかなりやり込んだわよ。各キャラのステータス表を今でも覚えてるくらいだもん。確かジェミニは、獲物を必ず一度で仕留める、とかそんなこと書かれてたわよね。それくらい知ってるって――え？」

　自分の発した言葉に違和感を覚えた。

「獲物を必ず一度で仕留める？」

　シャワーを止め、壁に貼り付けられた鏡を見つめる。そこにはどこか呆然としたシルヴィの顔が映っていた。

「一度で仕留める……ええ、そうよね。そうだった。ジェミニは、予行演習なんてしない。それなのに、どうして今回は二度目の挑戦をしようとしたの？」

　言いながら、もう一つおかしなことに気づく。

「レオン……殺されなかったというのなら、レオンもそうだわ。気が削がれたって言ってたけど、そんな理由でジェミニは依頼された殺しをやめたりしない。この二つの共通点は何？」

　疲労しきった頭を強引に動かす。必死に今までのジェミニとの会話を思い出した。

「……レオンを殺しそびれた時、ジェミニは言っていたわ。正式な仕事ではない。あいつの機嫌はまた別に取れば良いって……あいつ……あ。ジェミニの好きな女の……子」

目を大きく見開く。シルヴィは浴室を飛び出し、棚の上に置いておいたバスタオルを頭から被った。ゴシゴシと髪を拭きながら考えついたことをそのまま口にする。

「ジェミニは『仕事』は必ず一度で片付ける。でも、『仕事』ではなかったら？　たとえば、好きな女の子のお願いだったとしたら？」

単に機嫌を取るために言うことを聞いているだけなのだとしたら、彼がいつもと違うスタンスで動いたとしても理解できる。レオンはおそらく、ジェミニの言う『好きな子』の望みで殺しに来たのだろう。そして、多分、クロードも同じ。

「……どうしてレオンとクロードを？」

二人の共通点なんてどこにもない。敢えて言うのならシルヴィの知り合い、と言ったところくらいだろうか。あとは、ゲームの攻略キャラという点だが、それは関係ないだろう。

もしそうだとしたら、ジェミニの好きな女の子は『ゲームを知る転生者』ということになるのだから。

「転生者がもう一人？」

まさか、と思いつつもシルヴィはその可能性を否定しきれないでいた。だって、すでにシルヴィとアリスという二人がこの世界には転生しているのだ。もう一人や二人転生していたところで驚きはしても意外には思わない。

「その転生者がレオンとクロードをジェミニに殺させようとした？　いや、さすがにそれはない、か」

言いながら、突拍子すぎるとシルヴィはその可能性を否定した。だって、もしもう一人転生者がいたとして、二人を狙う動機が分からない。まだ、シルヴィを狙うのなら分かるけれど。

そう、たとえば、ヒロイン転生した彼女を邪魔だと思ってジェミニをけしかけるとか、それなら分かる。

だけど狙われたのは攻略キャラである二人。目的がさっぱり分からない。

「……ジェミニの好きな女の子が転生者っていうのは、無理があったかな」

一応、それも視野に入れておくことにして、シルヴィは別の可能性を探ることにした。

「レオンとクロードを殺そうとしたのは別の人物だとしよう。じゃ、クロードはどうして狙われたか。公爵だから、どこかで恨みを買っているとかは普通にありそうだよね。あと、クロードは女ったらしだから、女性から恨みを……いや、ないか」

クロードは確かに女性にだらしのない男だが、その分、付き合い方もかなり上手い。基本、一時の火遊びだと理解している女性にしか手を出さないので、揉めるようなことが起こらないのだ。

「うーん。じゃあ、やっぱり政敵とかかなあ。ジェミニも普通に仕事として引き受けたとか。でもそれなら、一撃でジェミニが仕留めなかった理由が……本気の抵抗にあって諦めざるを得なかった？いや、ジェミニに限ってそれはない」

今回の件は、わざわざシルヴィに「好きな子ができた」と言ったあとで教えてくれた情報なのだ。その女の子と無関係とは思えない。

「それに、ジェミニはプロフェッショナルよ。本気の仕事なら、冗談でも私に教えてくれるはずがない……教えられる程度の仕事だった。邪魔されてもまあ良い程度の……あー!!　もう、分からない!!」

いくら考えてもさっぱり分からない。情報が足りない。

ジェミニが何を考えているのかも、その好きな女の子が何者なのかも、情報が少なすぎて全く分からなかった。

「とりあえず、仮定だけど、今回のジェミニの仕事は、報酬が絡むようないつもの仕事とは違うと考えよう。そう、いつもよりも軽い気持ちでやっていると。なら、何かで釣ることはできないかしら……」

レオンの時、ジェミニはあっさりと退いた。そのあと、もう一度殺しに来るようなこともなかった。クロードも同じことが言えるかもしれない。何か別のもので気を引くなり、気持ちを削ぐなりすれば、クロードのことも諦めてくれるかも。

「ジェミニが諦めそうなこと……か」

レオンの時は、思ったより大人数でやる気が削がれた的なことを言っていた。だが、それは想定していなかったからだろうし、今回、その手は使えないだろう。アーサーはクロードを守るために護衛をしっかりと用意するはずだし、それをジェミニも分かっているだろうから。

「……ゲームで、何か参考になるイベントとかなかったかな」

結局、ゲーム知識に頼る自分を情けないと思いつつ、それでも何も考えないよりましだと思い直し、考える。

「ジェミニ……ジェミニ……拷問(ごうもん)好きで、趣味は……あっ!! そうだ!」

パッと目を輝かせる。

ジェミニが退いてくれそうな方法を、一つ、思い出したのだ。

「うん……うん……これなら、多分……いける……」

少なくともゲームのジェミニと現実のジェミニの性格は同じだ。それならこの方法で引っかかってくれるはず。

「……とりあえず、アーサーに相談してみよう」

一つだけだけれども、手が見つかった。

まずは己の婚約者に言わなければとシルヴィは焦ったが、自分がまだバスタオル一枚の姿だったことに気づき、専属メイドであるアリスを慌てて呼んだ。

◇◇◇

シルヴィの話を聞いたアーサーは、朝から彼女を伴って、クロードの部屋を訪れた。

今夜にもジェミニは来るかもしれない。対策を立てたのなら、できるだけ早く教える必要があると判断したのだ。

クロードは昨夜とは別の部屋に移動しており、ベッドの上で二人を迎えた。

身体を起こしてはいたが、まだ傷が痛むのだろう。チラリと見えた包帯は痛々しかったし、時折顔を歪めていた。

白いナイトローブを着たクロードは、ベッドの上で紅茶を飲んでいる最中だったらしい。あからさまに不機嫌な顔でアーサーとシルヴィを見た。二人に椅子を勧めつつも、嫌味を言う。

「まさか朝からいらっしゃるとは思いませんでしたよ、殿下。肩の傷が痛んで昨日はあまり眠れなかったのです。訪問ならせめて午後以降にお願いしたかったですな」

貴族の朝は基本的に遅い。例外的にアーサーはわりと朝早くに起きるが、夜遅くまで仕事や夜会などで精力的に動いている貴族たちの殆どは、午前中はのんびり過ごすことが多かった。

クロードも例に漏れずそのタイプだったのだろう。

昨夜のこともあり、追い返しこそしなかったが、顔が明らかに迷惑な訪問だと言っている。のんびり朝の紅茶を楽しんでいたところに来たのだから、その気持ちは分からないでもないが、そんなことをいちいち配慮している時間はなかった。

「お前がジェミニの牙に掛かって死にたいと言うのなら、いくらでも時間を考慮してやったが」

クロードの嫌味にアーサーが淡々と言い返すと、さすがにクロードの表情が変わった。

紅茶のカップをサイドテーブルに置き、身を乗り出す。その瞬間、肩を押さえたのは、力が入ってしまったからだろう。

「何か、ジェミニを止める方策でもありましたか？」

「ああ。思いついたのは私ではなく、シルヴィだがな」

「シルヴィア殿が？」

胡散臭そうな顔でクロードはアーサーの後ろにいたシルヴィに目を向けてきた。それに動揺しつつも彼女はしっかりと頷いた。

「はい。私は、ジェミニの友人でしたから。彼のことなら皆様よりも知っています」

「……」

無言でクロードがアーサーに視線を戻す。アーサーは温度の感じられない声で言った。

「昨夜は言わなかったが、そうだ。シルヴィはつい最近までジェミニとの付き合いがあった。もちろん、暗殺者とは知らなかったみたいだがな。昨夜の襲撃の情報提供者もシルヴィだ」

「なるほど。暗殺者とお友達でしたか」

あからさまなクロードの嫌味に、反応したのはアーサーだった。

「クロード、そういう言い方はやめろ。お前がそんな態度を取ると分かっていたから昨日は言わなかったのだ」

アーサーの叱責に、さすがに言いすぎたと悟ったのか、クロードは頭を下げた。

「申し訳ありません……」

「シルヴィにとってお前は、迷惑でしかない男だ。だが、それでも見捨てるのは寝覚めが悪いと言って、一晩寝ずに考えてくれたのだぞ。その意味をよく考えるのだな」

「……」

クロードの視線をシルヴィは静かに受け止めた。

ジェミニの対策を話した時、最初、アーサーはシルヴィがジェミニと繋がりがあったことを言わない方が良いのではないかと言った。それは、今のようにクロードがシルヴィを傷つける発言をするのではないかと考えたからだったのだが、彼女は頷かなかった。

言い出しっぺは自分だ。実行してもらうのなら、顔を出すのが当たり前だろう。

そう考えたからだ。

そうしてアーサーを説得したシルヴィは、彼と一緒にやってきたのだ。

シルヴィはアーサーに代わり、口を開いた。

「私のことをお疑いならそれはそれで構いません。信じてもらわなくても結構です。それでスレイン公爵様がお亡くなりになっても、私のせいではありませんから」

信じてくれない人を助けることなどできるはずがない。そうはっきりと告げると、クロードは苦い顔をした。

「言ってくれる」

「私にはあなたを助ける理由もなければメリットもありません。まず、それを忘れないでいただきたいのです」

「メリットなら俺の愛を得られるかもというのがあるぞ」

ここまで来てもまだふざけたことを言うクロードに、シルヴィの眉がつり上がる。

「お断りです。私はアーサーがいてくれるのならそれで十分なんです。あなたのことなどいりません」

「ほう？」

一瞬も迷わず告げたシルヴィに、クロードが初めて感心したような顔を向けた。

その表情の変化が気になりつつも、今はそれどころではないとシルヴィは思い、話を続ける。

「……ジェミニには、趣味があります。その趣味を利用しようと思います」

「趣味？」

興味を引かれたような顔をしたクロードに、シルヴィは頷いてみせた。

「そうです。彼の趣味は『拷問道具を集めること』。古今東西様々な拷問道具を彼は自分の部屋に集めています。彼が今欲しがっている拷問道具、これを交渉材料にするのです」

ゲームで見たのだ。ジェミニが欲しがっている拷問道具。それがスレイン公爵家の地下にあるという話を。どこのルートだったかは忘れてしまったが、クロードからジェミニが譲り受け、非常に喜んでいたという展開だった。その拷問道具が実際のスレイン公爵家にあるかは分からない。だけどあるのなら十分交渉材料になるのではないかと思った。

ゲームで譲っている場面があったことを考えると、スレイン公爵家にとっては大事なものではないはず。手放すのも問題ないのではないだろうか。

「……確かに、公爵家の地下にそういう拷問道具ならあるが……よく知っていたな」

シルヴィから拷問道具の特徴を聞いたクロードが眉を顰めながらも尋ねてくる。それにシルヴィは早朝、アーサーにもした同じ言い訳を使った。

「ジェ、ジェミニに聞いたことがあるのです。スレイン公爵家に自分が欲しい拷問道具がある、と。

その時は彼が暗殺者だとは知らなかったのですが、酷い趣味だと思い、それ以上は聞かなかったのですが……その、衝撃的な話でしたので覚えていました」

シルヴィの答えに、クロードは顔を歪めながらも同意した。

「確かに、友人とはいえ、女性にするべき話題ではないな。まあ、ジェミニほどの暗殺者なら、我が家の内情くらいはお見通しか」

「そ、そうだと思います」

「……その拷問道具を譲ると言えば良いのか？　代わりに俺の命を狙うのをやめろと？　そんなことでジェミニほどの暗殺者が頷くか？」

クロードの疑問は当然だったが、シルヴィは動揺せず話を続けた。

「……これは、私の推測でしかありませんが、おそらくは、今回のスレイン公爵様の件、ジェミニの正式な仕事ではないのだと思います。ですから、今回に限りは効くかと」

「正式な仕事ではない、という根拠は？　単なる推測にしても、それに至った理由くらいはあるだろう」

「それは――」

クロードの質問はもっともなものだった。分の悪い賭けなど誰がしようと思うものか。しかも命が懸かっているのだからなおさら。

シルヴィは、ジェミニに好きな女性がいること。そしてレオンのことも話し、このタイミングでジェミニがクロードの情報を漏らしてきたことこそがおかしいのだと説明した。

「ジェミニはプロです。『仕事』なら、私にたとえ僅かとはいえ、情報を漏らすとは思えません。それに、彼が『もう一度来る』なんてあり得ません。その時点で、ずいぶんと遊んでいるのだと思うのです。交渉する余地は十分にあるかと」

「なるほどな」

シルヴィの説明を聞いたクロードは今度こそ納得したように頷いた。

「そういうことなら交渉材料に使えそうだな。お前の言う拷問道具は、悪しき過去の遺物。処分に困って地下に置いてあるだけで、持っていってもらえるのならその方が有り難いくらいだ」

「……では」

「お前の言うようにやってみよう」

了承の言葉を引き出し、シルヴィは安堵の息を吐いた。

どうやら試す価値はあると判断してもらえたようだ。

「良かった……」

「シルヴィ」

胸を撫で下ろしていると、それまで黙っていたアーサーが彼女の手を握った。

「よく頑張った」

「アーサー……ええ、ありがとう」

最初から、説明は自分でするつもりだった。

アーサーが話すとも言ってくれたが、自分が言い出したこと。責任逃れをするように、全部をアーサーに押しつけるような真似はしたくなかった。

「……シルヴィア殿」

安堵の笑みをアーサーに向けていたシルヴィに、クロードが話しかけてきた。

「はい」

声に返事をし、振り返る。クロードはじっとシルヴィを見つめ、居住まいを正すと、深々と頭を下げた。

「これまでの数々の失礼な態度を謝罪する」

「えっ……？」

突然の謝罪に、シルヴィは硬直した。目を見開き、頭を下げるクロードをまじまじと見つめる。

「スレイン公爵……様？」

「お前も、今までアーサー様に近づこうとしていた女たちと同じだと思っていた。アーサー様の見目と地位だけが目当て。更に言えば、俺が言い寄れば、俺にもしな垂れかかるような女に決まっていると。今は大人しくしていても、そのうち襤褸（ぼろ）を出すに違いないとそう思っていた」

思わずシルヴィはアーサーと目を見合わせた。アーサーが、ハッと何かに気づいたような顔をする。

「お前。まさか今までお前が付き合ってきた女性たちは——」

「そうです。皆、アーサー様の正妃の座を狙っていた女ばかりです。アーサー様を本心から慕っていたわけではない。金と権力と美貌（びぼう）の夫が欲しいだけの女たち、アーサー様は一顧（いっこ）だになさいませんでしたが、全員、一度はアーサー様に突撃していますよ」

「……」

「その女たちは、一度や二度、アーサー様に振られたくらいでは諦めませんでした。それほどに王太子妃という立場は魅力的だったのでしょう。アーサー様の見ていない場所で互いを潰し合い、牽制し合い、それは見苦しい争いを繰り広げていました。……放っておけば良かったのですけどね、その中の女の一人が俺に声を掛けてきたんです。女は言いました。王太子妃の立場も欲しいが、身体はあなたの方が好みなのだ、と。驚きましたよ。王太子の妻の座を狙おうという女が、他の男を食おうと言うのですから。貞操観念とはなんだと思いました」

クロードだけには言われたくないだろうな、となんとなくだがシルヴィは思った。

アーサーもどこか微妙な顔をしている。

「女の誘いに、俺は応じました。どういうつもりなのか、とことん見定めてやろうと思ったのです。女は何度か相手をしてやっているうちに、振り向いてくれないアーサー様よりも俺の方が良いと思うようになりました。アーサー様はもう良い。公爵のあなたと結婚したいのだと厚顔無恥もほどがある言葉を言ってきさえしました。もちろん、俺は断りました。俺はすぐにその女性の父親に連絡し、そちらの娘は王子を好きだと言っておきながら、俺に股を開く阿婆擦れ。そんな女を娶るつもりはない。二度と王城に顔を出させるなと伝えました」

スレイン公爵家に睨まれて、抵抗できるほどの家柄は早々ない。女性の父親は醜聞が広がることを恐れ頷き、その女性は二度と社交界にも、城にも現れなかったそうだ。

「そうして一人追い払い、俺は思ったのです。まさか、アーサー様に近づく女、皆が皆、あんなのではないのかと。俺には俺のプライドがある。誰にでも股を開くような女を将来の国母として敬う気などない。だから、試しました。アーサー様を慕う女全員に声を掛ける。俺の誘いに応じるのか、応じないのか。今までは、見事なくらい全員が引っかかりましたがね。……シルヴィア殿を除いて」

「……」

凄まじい話に、開いた口が塞がらなかった。

「女たちは、皆、俺の言うことなら何でも聞きましたよ。咥えろと言えば、喜んで咥える。誰が見ているか分からないような場所でも、一切気にせず俺を誘い、下着を脱ぎ、肉棒を咥え込む。その行動は、俺を愛しているから行っているものではない。ただ、俺に気に入られたいから。俺の背後に見える公爵家の妻という場所を手に入れたいと思っているからというそれだけです。女たちは、俺自身を見ていたわけじゃない。そして、もちろんアーサー様を見ていたわけでもない。彼女たちにとっては見目の良い夫と権力、そして金が手に入ることが全てだったんです。ははっ……！　この数年で俺も随分と女に嫌気が差しましたよ」

「クロード……」

アーサーが痛ましげな顔でクロードを見た。

「俺は俺なりの忠節を持って、王家に仕えているつもりです。将来の国王であるアーサー様にはそれに相応しい女性を娶ってもらいたい。見目の良い爵位の高い男なら誰でも構わないのだと股を開く女ではなく、あなた一人を愛してくれる女性と結婚して欲しかった」

「それは……私の子が、どこの男の子供か分からないようでは困る、ということか？」

アーサーの直接的な問いかけに、クロードは頷いた。

「ええ、そうです。愚かな妃のせいで、国の血が知らない間に途絶えてしまったら？　気づけば、王家と何も関係のない国王が誕生し、そしてそれを知らないまま、その国王に仕えることになったら？　冗談ではありません。俺はストライド王家に仕えているのであって、それ以外を容認するつもりは一切ない！」

クロードの言葉に、シルヴィは何も言えず、ただただ驚いていた。

クロードが、王家に忠節を持って仕えているのはゲームでも見たから知っていた。だけど、彼のルートの最初の女遊びが、こんな意味を持っていたなんて知らなかったのだ。

クロードは派手な女遊びをしていたが、やがて女たちとは関係を絶ち、ヒロインだけを愛するようになる。クロードルートはそういう話で、何故女遊びをしていたかについてまでは触れられていなかったのだ。

（じゃあ……もしかして、ゲームのクロードもアーサーに近づく女を、彼に近づけさせないよう代わりに食ってたってだけだった？）

真偽のほどは分からない。だってゲームと現実は違う。だが少なくとも現実のクロードは、アーサーのためにと、彼なりに世継ぎの王子を守っていたらしい。

そのやり方は、さすがクロードとしか言いようがないが。

初めて知ったクロードの真実にシルヴィのみならずアーサーも驚いていたが、ハッと何かに気づいたような顔をした。

「お前、先ほどシルヴィに謝罪したな。つまりお前は、シルヴィを私の婚約者として――将来の妻として認めたということか」

「はい」

クロードは頷き、シルヴィに目を向けた。視線が合い、戸惑う。普通の視線だった。

今まで、どこか挑むような視線しか向けられたことがなかったからか、妙な気分だ。

「シルヴィア殿は、一度も俺の誘いに頷かなかった。いつだってアーサー様しか見ていなかった。そして――俺を嫌っているくせに、私情を挟まず、助けの手を差し伸べてくれた」

「そんなの……当たり前だわ」

嫌がらせをされたから、死んでも良いなんて思うはずがない。

シルヴィの言葉にクロードは頷き、彼女に言った。

「今まで悪かった。もう二度と、お前のことは口説かないと約束しよう。お前は良い女だ。アーサー様の婚約者でなければ、俺がもらい受けたいくらいだ」

「口説かないって言った側からつまらないことを言わないで下さい」

冗談とも本気ともつかない言葉にシルヴィが眉を寄せる。クロードは「そうだな」と初めて彼女に笑顔を向けた。

「今のは、つい、出てしまった本音だ。だがまあ、実際のところ、お前に惚れるようなことはないだろうな」

「私もあなたなんてお断りです」

今更謝罪されたところで何も変わらないし、シルヴィは最初からアーサー以外好きではない。

ツンとそっぽを向くと、クロードは声を上げて笑った。アーサーがシルヴィを引き寄せながらもクロードに言う。

「お前の考えは理解した。もう二度と、シルヴィを煩わせたりしないな？」

「はい、アーサー様」

「そうか、それならいい」

「ねえ、アーサー」

頷くアーサーに、シルヴィが声を掛けた。

「なんだ」

「スレイン公爵様の、ジェミニとの取引の件なんだけど、お願い。私に任せてくれない？　私がジェミニを説得する」

「何を言っている！　駄目に決まっているだろう！」

アーサーが大声を上げた。反対されることは分かっていたシルヴィは咄嗟に両手で自らの耳を押さえる。

「ジェミニがどれほど危険なのか、お前は分かっていない。友人だと言っても、あれはその気になれば一瞬でお前を殺せる。そんな相手との交渉をお前に任せるなどできるはずがない！」

クロードさえ眉を顰めた。

「それは俺も頷けない。お前は俺が認めたアーサー様の伴侶だ。お前に何かあればどうする。お前にはアーサー様の御子を産むという使命があるだろう」

「それは……そうなんだけど」

仕方ないことなのだろうが、クロードの掌(てのひら)をひっくり返したような言葉にどうしても微妙な顔になってしまう。

だが、二人の言い分はそれぞれもっともで、シルヴィとしてもなかなか反論はしづらい。だけどここは退けないところだった。

シルヴィは二人の顔を見ながら決意を込めて言った。

「多分だけど、私が交渉した方が、成功率が上がるような気がするの。向こうはまだ、私のことを友達だと思ってくれているみたいだったし。それに、スレイン公爵様には交渉する暇は殆どないと思う。だって、次は多分、ジェミニは一撃必殺で来ると思うから。遊び半分で来るのは一度だけ。二度目は真剣に狙ってくると思う」

それは、ジェミニという男を知っているシルヴィならではの言葉だった。シルヴィの言葉を聞き、アーサーもクロードも考え込む。

「……一理ある」

クロードがポツリと言った。それにアーサーが反射的に返す。

「何を言っている、クロード！　シルヴィに任せるということは、夜にお前と一緒にシルヴィを置いておくということと同義だぞ！　許せるはずがないだろう!!」

カッとなったアーサーが今度はシルヴィを睨む。

「お前もお前だ！　私というものがありながら、私以外の男と夜を過ごすつもりか！」

「……いや、アーサー、それは語弊があると思うの。それに私、スレイン公爵様と一緒にジェミニを待ち伏せする気はないわよ？」

「は？　そう、なのか？」

アーサーの問いかけるような視線に、シルヴィは頷いた。

「ええ。さっきも言ったじゃない。部屋に入ってこられれば、ジェミニのことは私がいようが多分、防げない。だから、部屋で待っていることに意味はないわ」

「それなら――どうするつもりだ」

今度はクロードが尋ねてきた。それにシルヴィはにっこりと笑って言った。

「決まってるじゃない。直接、彼の家に行って交渉するの。多分、昼間ならジェミニもいるんじゃないかしら」

第十三章・交渉

「まさか、シルヴィがジェミニの家を知っているとは思わなかった……」

「ごめんなさい、アーサー。隠していたわけではないの。さっきようやく場所に思い当たって……」

まだ呆然としているアーサーと一緒に町を歩きながら、シルヴィは彼に謝罪した。

あれからクロードとアーサー、そしてシルヴィの三人で話を決め、シルヴィはアーサーと一緒に、ジェミニの家に行くこととなった。

二人で歩いてはいるが、もちろん二人きりというわけではない。ディードリッヒと、彼が連れている兵たちが少し離れた場所から二人を護衛していた。

「疑っているわけではない。お前が私に嘘を吐くはずがないし、ただ、驚きすぎて何と言ったら良いのか分からないだけだ……」

「そう……よね」

アーサーの言葉に、申し訳ない気持ちになりつつシルヴィは項垂れた。

シルヴィが、ジェミニの家について思い出したのは、アーサーに直接自分が交渉に行くと告げた少し前だ。

もちろん実際のシルヴィは、ジェミニの家になど行ったことがない。だけど、ゲームの中で、何度か彼の家の描写があったのだ。しかも、家の中だけではなく外も。その時の背景を必死で思い出し、現実の該当する場所がどこか、ようやく見当がついたのがつい先ほどのことだったというわけだ。

（地図なんてなかったもの。思い出せなくてもしょうがないじゃない）

うろ覚えの状態で「分かります！」なんて大見得を切ることはできない。だから今までは言わなかった。ようやくジェミニがどこに住んでいるのか思い出したシルヴィは、自分の記憶力に本気で感謝していた。

（ありがとう、私。そしてできれば、２についても思い出せますように！）

なかなか調子の良い願い事である。大体、２、特にイースルートについては未読スキップしていたので、殆ど読んですらいないのだから思い出しようもない。

無茶ぶりにもほどがある願いだが、シルヴィは真剣だった。

（イベントとかルートとか関係なく、参考になることが意外にあるんだもの。情報は少しでも欲しい……！）

たとえば、今回のジェミニの家のことのように。

ゲームの話とは何も関係はないが、彼の家の目印を思い出したおかげで、こうして直接会いに行くことができる。ゲーム知識は決して無駄ではないのだ。

（アリスも覚えててくれれば良かったんだけど……）

アリスもゲーム知識はあるが、シルヴィほどではない。少し前、ジェミニの家について思い出せなかった時、もちろんアリスにも尋ねてみた。それに対し、返ってきたのが「そんなの覚えているわけないでしょ。現役でやってた時でもそこまで見てなかったわよ」という答えだった。シルヴィはガッカリしたのだが、覚えていないものについて文句を言っても仕方がない。それに、確かに、全部を覚えているかと言われればシルヴィだって曖昧だ。(その最たるものが2)こんなスチルがあったな……くらいは思い出せるが、細部まで覚えているのかと聞かれれば答えはノー。今回、シルヴィが思い出せたのは本当に運が良かったのだ。

「で？　ジェミニの家はこちらであっているのか？」

「あっているというか……彼の家の近くに青い屋根が見えたから、とりあえず青い屋根の家を探して欲しいというか……」

「曖昧だな」

「ごめんなさい」

任せて欲しいと偉そうに言ったくせに、「こっちだ」としっかり案内できないのが悔しい。

だけどジェミニの家の外観が描かれたスチルには、屋根が青い家がすぐ近くにあったのだ。それを目印にして探すしかない。幸いなことに外観は覚えているから、近くに来れば絶対に分かると思う。

「まあ良い。青い屋根、だな。……それなら平民街の方が多かったような気がする」

「平民街」

治安の良くない場所だ。シルヴィが近づかないよう厳命されているところでもある。だけど、ジェミニの住処と考えれば妥当だと思った。

「屋根、屋根、屋根……と」

平民街に入り、各家の屋根を見る。青い屋根はいくつかあったが、記憶しているものとは違うように見える。首を横に振るとアーサーは「そうか」と言って、次の場所に連れていってくれた。

アーサーは平民街では騎士として知られている。見るからに怪しい男たちもいたが、アーサーに気づくと皆、去っていった。

そうして、何軒目かで、ついにシルヴィは、記憶と一致するものを見つけた。

少しくすんだ青い屋根は、色といい形といい、覚えているそのままだ。

「アーサー。この屋根で間違いない」

少し緊張しつつもそう告げると、アーサーも頷いた。

「そうか。では、この辺りにジェミニの家があるのだな？」

「ええ」

アーサーと、青い屋根の家の近辺を捜索する。ジェミニの家は、思いの外簡単に見つかった。

「ここだわ」

どこにでもありそうな平民が住む一軒家。少なくとも築三十年くらいは経っているのではないだろうか。あまり手を入れられた形跡のない、外壁が半分くらいはげた家だった。

こんなところに稀代の暗殺者が住んでいるのかと疑念に思うような場所だったが、シルヴィには、絶対にここだという確信があった。

だって覚えている。この家の正面が映ったスチルを。だから間違いないのだ。

「アーサー」

「……分かった。気をつけろよ」

アーサーが頷き、シルヴィから離れていく。

交渉は最初からシルヴィ一人だけですると決めていた。でなければジェミニは応じてはくれないと思ったからだ。更に言うのなら、アーサーはジェミニをこのまま捕まえたかったみたいだが、もしそれで逃げられてしまえば、クロードの命が狙われたままになってしまうということから今回は諦めた。

確実に捕まえられるのならアーサーも退(ひ)かなかったが、その自信はさすがにジェミニ相手ではなかったらしい。

「八割方は捕まえられると思っている。だが、残り二割で逃げられ、その上クロードを殺されでもしたら、そちらの方が問題だ。今回は我慢する」

まずはクロードのことをなんとかする。アーサーの判断に、全員が頷き、今回は黙って見ていることとなった。

「……」

玄関の前に立つ。大きく深呼吸をして、扉を叩(たた)いた。

どうせジェミニはシルヴィが来たことに気づいているだろう。暗殺者が外の気配に気づかないはずがないからだ。

「ジェミニ。シルヴィよ。いるのは分かってるわ。話に来たの。開けてちょうだい」

何の反応もない。留守かなと思ったくらいだ。いると思い込んでいたから、留守なら出直さなければならないかと困っていると、唐突に扉が開いた。

「まさか直接家に来られるとか、思わなかったじゃん……」

「ジェミニ……」

複雑そうな顔をしながらジェミニが出てきた。彼は寝起きなのか、非常にだらしのない格好をしている。

「俺、シルヴィに家のこと、教えたっけ……？」

「む、昔にね！　それより話があるの！」

ゲームの知識だなんて言えるわけがないシルヴィは、慌ててジェミニの問いかけを誤魔化した。

ジェミニは不思議そうな顔をしたが「ふうん、そうだったかな」ととりあえずは納得し、首を傾げた。

「で？　話って何？　後ろでこそこそ隠れてる、あんたの婚約者とかそのお付きの兵士たちのことじゃないよな」

「……」

無言になった。

アーサーたちは隠れて様子を窺っているという話だったが、どうやらジェミニにはバレバレだったようだ。端から、見つからないわけがないと思っていたので、それはもう気にしないことにして、シルヴィは言う。

「ね、ねえ、ジェミニ。昨日、あなたが狙ったのはスレイン公爵様だったのね」

「ん？　ああ、そうそう。シルヴィが王太子に言うから、ガッチガチの警備でやりにくかったじゃん」

「あなたがヒントをくれたんじゃない。それに私はアーサーに言うって告げたはずよ」

　嘘なんて吐いてないと堂々とシルヴィが言うと、ジェミニはどこか呆れたように言った。

「それはそうなんだけど。で？　わざわざウチまで来たのは、そのスレイン公爵の件？　殺すのをやめろって言われるのはちょっと困るぜ？」

「でも、絶対ってわけじゃないんでしょう？」

「ん？」

　ジェミニが話を促すような仕草をする。周りに兵士がいると分かっているのに緊張感の欠片もない。それだけの実力が彼にあるということなのだろうけど。

　そしてシルヴィも、彼がその気になれば一瞬で殺されてしまう。ここは慎重に話を進めなければと思っていた。

「レオンの時と一緒なんじゃない？　あの時あなたは、『別で機嫌を取ればいい』と言って、レオンを殺すのをやめたわ。仕事ならそんなことは絶対にしない。今回も同じ。正式な仕事ではなかった。だから私に情報を漏らしたり、一度でスレイン公爵様を殺さなかったりしたのよ」

　シルヴィの言葉を聞き、ジェミニはびっくりしたような顔をした。

「……シルヴィ、頭良いじゃん。まさかシルヴィに気づかれるとは思ってなかったじゃん」

「馬鹿にしないで。で？　正解なの？」

　答えは出たようなものだったが、それでもシルヴィは尋ねた。

「さ、どうだろうな？　これ以上は依頼人の情報になるから言わないじゃん」

「そう。なら仕方ないわね。無理だって言うのなら、依頼人の話は良いわ。ただ、私の言う取引にあなたが応じてくれるか、そういう話よ」

「取引？」

興味深そうな目を向けてきたジェミニに、シルヴィは頷いた。

「私はね、さっきも言ったとおり、今回のスレイン公爵様の件は正式な仕事ではないと思ってる。だから交渉も可能なんじゃないかって」

「……ふうん。続けてみるじゃん」

ニヤリと笑うジェミニ。否定も肯定もしない態度に苛立ちはするが、それを堪え、シルヴィは口を開いた。

「スレイン公爵様を狙うのはやめて。でも、タダでとは言わないわ。実は、スレイン公爵様の屋敷の地下に、古い拷問道具があるの。それをあなたに譲る。スレイン公爵様にはすでに了承をいただいているわ」

「は？」

ジェミニが目を丸くする。

シルヴィが言い出したことが理解できないという顔だ。シルヴィがどんな条件を出しても、平然としていただろう表情が分かりやすく変わった。

「拷問道具？　スレイン公爵邸にある？」

「そうよ。暗殺者なんてやっているくらいだもの。あなた絶対に好きだと思ったんだけど、違う？」

彼の趣味のことは知らないはずなのでそういう言い方をすると、ジェミニの顔がみるみるうちに輝いた。

「えっ……あの？　あっ……あれ、俺がめちゃくちゃ欲しかったやつじゃん！　ほ、本当にくれんの⁉」

「……スレイン公爵様を殺すのを諦めてくれるのならね」

予想していたことだがものすごい食いつきだった。シルヴィが冷静に交渉すると、ジェミニは本気で頭を抱え、悩み出した。

「あの拷問道具はマジで欲しい……でも……前回も面倒になって殺すのやめたし、二回目ともなるとさすがに……いやでも、あれは絶対に欲しい。うあああああ!!　悩む!!」

どうやら効果は抜群だったようで、ジェミニはシルヴィそっちのけで悩み続けた。

「あいつに聞いてみるか？　別に『邪魔』って言われただけで、はっきり『殺せ』って言われたわけじゃないし……いやでも、俺に言うってことは『殺せ』ってことだよな？　いやでも、もしかしたら……前みたいに別のもので機嫌を取るって方法もあるかもじゃん……どうしよう……どうしよう……でも、欲しいじゃん……」

ブツブツ言っている内容が丸聞こえだ。

ジェミニの独り言から、レオンとクロードの殺害を依頼した人物と、彼の思い人が同一人物であることをシルヴィは確信した。

(やっぱり、二人を殺せって言ったのはジェミニの思い人。一体何者なの？)

二人の殺害をジェミニに依頼する動機がさっぱり分からない。

シルヴィが黙って考え込んでいると、同じくずっと悩んでいたジェミニがようやく結論を出したのか顔を上げた。

「シルヴィ」

「何？」

「この話、一旦、持ち帰らせてくれ。ちょっと……その、だな、依頼主に相談してみる。いや、絶対に『うん』って言ってもらうけど。とにかく少なくとも今夜は手を出さない！」

「え、ええ」

ものすごく真剣な顔で言われ、怯えつつもシルヴィは頷いた。どうやら交渉はほぼ成功といったところのようだ。

絶対に『うん』と言ってもらうという辺りで、彼の拷問道具に対する執着が見て取れる。だけど、『持ち帰る』と彼は言ったが、一体どこに持ち帰るつもりなのか。ここが彼の家ではないのか。

そんなことを思っていると、ジェミニが自らの胸に手を当てて言った。

「はあー。シルヴィ、一体どこから俺が拷問道具を集めるのが趣味だって分かったじゃん？　めちゃくちゃピンポイントで突いてくるから、マジでビビったじゃんよ……」

「別に。さっきも言ったじゃない。あなた、わりと好んで暗殺者をしているように見えたから。そういう人なら、もしかしてって思っただけよ」

「もしかして、ねえ……それでぴったり当ててくるのがシルヴィじゃんよ……家に訪ねてくるわ、俺の趣味と欲しいものを当ててくるわ、今日のシルヴィめちゃくちゃ怖いんだけど……」

「暗殺者として有名らしいあなたを驚かせられたのなら良かったわ」

言いながらもシルヴィは、内心胸を撫で下ろしていた。

彼がゲームと同じものを欲しがるかどうかは、完全に賭けだったからだ。

（良かった……知識通りだった）

家の場所も、ジェミニの欲しがるものも。おかげで、彼と直接交渉することができた。

ホッとしたシルヴィは、なんとなくジェミニに聞いた。友人だった頃の、気安さから来た言葉だった。

「ね、ところで、あなたの好きな人ってどんな人なのか、もう少し詳しく教えてよ。中途半端に聞いたせいで、ずっと気になってるの」

あまりにも自然に出た言葉だったからだろう。ジェミニも笑顔で応じた。

「どんな人ってなあ。あいつは……あっ！　と、危ねえ。情報は漏らすなって言われてるんだった。悪いな、シルヴィ。教えてやりたいのはやまやまなんだけど、俺、これ以上あいつの機嫌を損ねたくないじゃん」

「……そう」

何らかの情報を得られれば良かったのだが、やはりそう上手くはいかないようだ。

クロードの件もある。これ以上は深入りしない方が良いだろう。

とりあえず、交渉することはできた。あとは結果を待つだけだ。

「じゃ、私は帰るわね。ジェミニ、あなたが私の取引に応じてくれることを祈ってるわ」

くるりと踵を返す。ジェミニの視線を痛いくらいに感じながら、シルヴィはアーサーが待っているところまで堂々と歩いた。

「シルヴィ！」

「アーサー！」

待ちかねたとばかりに民家の陰に隠れていたアーサーが飛び出してきた。その胸の中にシルヴィは遠慮なく飛び込む。

受け止めてくれるアーサーの感触に、知らずしていた緊張が緩んでいくような気持ちになった。

「大丈夫か、シルヴィ」

「ええ……平気よ。まだ交渉中だけど、多分、あの感じなら上手くいくと思うわ」

シルヴィの言葉に、その場にいた全員がホッとした顔をした。

アーサーがシルヴィの背を優しく撫でる。

「そうか。よくやってくれた、シルヴィ。話を聞きたいが、とりあえずは城に戻ろう。ここは治安が悪すぎるからな。皆も、退くぞ」

「ですが、殿下。せっかくあの家にジェミニが住んでいることが分かったのに……」

アーサーに反論したのは護衛として付いてきた騎士の一人だった。今回は見逃すと納得していたはずだったのだが、実際にジェミニがいると分かると意見も変わるのだろう。事実、彼に賛同するように何人かも頷いていた。

だが、アーサーは頑として認めなかった。

「お前たちも納得したことだろう。駄目だ」

「ですが！」

「確実に捕らえられる自信があるというのなら考えても良いが、少しでも不安要素があるのなら、やるべきではない。せっかくシルヴィが交渉してくれたことも無駄になるし、クロードが殺される。それは避けたいと私は言ったはずだぞ。それともお前たちは、絶対にジェミニを捕らえられると言えるのか？」

「それは……」

さすがに「はい」とは言えなかったのだろう。勢いをなくした騎士たちが返事を濁す。アーサーは「そういうことだ」と苦い顔をした。

「ジェミニの実力はずば抜けている。行くのなら、もっと完全武装して、退路を断ち、念入りに作戦を立てるべきだ。ついでに言えば、別の部署とも連携する必要がある。それはお前たちも分かるな？」

「……はい」

「浮き足立つ気持ちも分かるが、今は、何を最優先するべきか考えてくれ。帰るぞ」

アーサーの命令に、今度は誰も逆らわなかった。口惜しそうにジェミニの家を見てはいたが、仕方がないと己を宥め、皆、城に戻っていく。

「ジェミニの件については、今回のことが終わってから、また考える。各自勝手な行動を起こさないように。奴は一人で敵うような相手ではない。全員が協力する必要がある」

解散する時、アーサーはそう言い、皆に釘を刺していた。騎士たちは頷き、各自持ち場へと帰っていった。

「シルヴィ、疲れただろう。本当に今日はよくやってくれたな」

シルヴィの部屋ではなく、アーサーの部屋に通され、ソファに座らされる。シルヴィはすぐにアーサーにジェミニとのやり取りを説明した。

アーサーは一つ一つ頷きながら聞いていたが、ジェミニの好きな子、という辺りで眉を顰めた。

「ジェミニの好きな女。シルヴィは思い当たるような人物はいないのか？」

「聞いてから、ずっと考えているけど残念ながら。どうも、前からの友人みたいなんだけど、私、そもそもジェミニとは道で偶然会って話すだけが基本だったから、彼の友人関係まで把握していないの」

こんなことならもっと交流を持っておくのだったと思ったが、すぐにないなと否定した。暗殺者と分かる前ならまだしも、分かってから（記憶を取り戻してから）仲良くなどできるわけがない。

「それもそうだな」

アーサーもそれ以上はシルヴィには聞かず、疲れた二人はその日はアーサーの寝室でぐっすりと眠った。

ジェミニから返事が来たのは、予想より遥かに早く、なんと次の日の午後だった。

シルヴィではなく、クロードの部屋に直接現れたというジェミニは、驚くクロードに、暗殺は諦めたから、約束のものを渡せと要求してきたのだという。

もちろん『約束のもの』が何なのかすぐに察したクロードは屋敷に連絡し、彼にそれを引き渡した。

ジェミニはほくほく顔で「またよろしくな」と言いながら去っていったらしい。

「突然、ジェミニが現れて、びっくりしました……」

報告に来たクロードは、未だ包帯を巻いていたが、安堵の表情を浮かべていた。

自分が暗殺のターゲットから外れたことが嬉しいのだろう。シルヴィもホッとした。

アーサーと一緒に報告を聞いていたシルヴィに、クロードが顔を向ける。

「……シルヴィア殿。どうやら俺はお前のおかげで命拾いしたようだ。危険を顧みず、交渉に当たってくれたこと、感謝する。俺にできることがあれば何でも言ってくれ」

「ありがとうございます。そう言っていただけただけで十分です」

クロードは、前回彼がシルヴィに謝ったとおり、その態度を完全に改めていた。その表情に、シルヴィを嘲るようなものは見えない。シルヴィはそのことが何よりも嬉しかった。

ジェミニが暗殺を諦めたことで、クロードは屋敷に戻った。無駄に城にやってきて、シルヴィを揶揄うこともうない。

ようやく訪れた平穏をシルヴィは心から楽しんでいたのだが、すぐに別の嵐はやってきた。

ジェミニのことを聞きつけた、イースである。

イースはアーサーの執務室にやってくると、彼に言って、シルヴィを呼びつけた。

「何、アーサー……あ」

「ヤッホー。シルヴィちゃん」

アーサーに呼ばれていると聞き、執務室にやってきたシルヴィは自分に向かって手を振っているイースを見て、渋い顔をして執務机に座っているアーサーを凝視してしまった。

「すまない、シルヴィ。どうしても呼べと言われて断れなかった」

不本意だという態度を全身に滲ませ、アーサーが言う。イースは逆にとても楽しそうだ。

「んっふ。ジェミニの家の場所を知ってたなんて。それならもう少し早く教えてくれたら良かったのに」

「臣下の命が狙われている状況で、言えるわけがないだろう。全部終わった暁には、お前に話そうと思っていた。大体、どこから知った」

「情報を隠されていると困るじゃない？　だから、自分でも収集するようにしてるだけ。ね、ジェミニの家を知っていたの、あなたの婚約者なんでしょう？　以前言っていた情報提供者も彼女。是非、直接話を聞かせてもらいたいわ」

「……」

どう返事をすれば良いのか。助けを求めてアーサーを見ると、彼は首を横に振った。

変なことを話すなという意味だろう。了承するように頷くと、それを見ていたイースが唇を尖らせながら言った。

「いやあね。隠し事ってアタシ、好きじゃないわ」

「どの口がそれを言う」

「アタシ？　アタシがいつ隠し事をしたって言うの」

どっかりと我が物顔でソファに腰掛けるイースは、さすがウロボロスの首領と言うべきか、王太子の執務室だというのに、とても堂々としていた。その態度にいっそ感心していると、アーサーが苦虫を噛み潰したような顔でイースに言った。

「重要な情報は殆ど話さず、自分の知りたいことだけ攫っていく。お前はそういう奴だ」

「あら？　褒められちゃったわ～」

アーサーは絶対に褒めていないとシルヴィが思っていると、イースが目を向けてくる。

その目が蛇のように見え、ゾクッとした。

「ねえ、あなた、ジェミニの友達、なんですってね。何かジェミニの新情報持ってない？　アタシ、ジェミニをどうしてもこの手で殺してやりたいのよ」

「……し、知りません。アーサーに話した以上のことは何も。友達だったのは事実ですが、彼は自分のことを殆ど話さなかったので……」

慎重に答えた。

嘘は吐いていない。吐いたとしてもこの相手にはすぐにバレてしまうだろうと分かっていた。

（イースの情報！　何か、何かなかったっけ。わーん！　本当に全然覚えてないっ！）

彼について少しでも情報を持っていれば、それを使っての会話もできたかもしれない。だが、彼のルートをほぼ未読スキップで飛ばしていたシルヴィには、何も思い出すことができなかった。

（ううう……怖い）

笑っているのに、その金色の目は笑っていない。どんな人物だったのかも覚えていないので、何が彼を怒らせるのか、逆に何をすれば喜ばれるのか、本当に不明なのだ。

「イース、シルヴィを怖がらせるな。妙な真似をするようなら、シルヴィは部屋に戻すし、私もお前との契約を破棄する」

「あら？　アタシが結んでいるのは国との契約よ？　あなた一人が決めていいものではないでしょう？」

「ウロボロスとの交渉は私に一任されている。契約も然りだ」

「へえ？」

すうっとイースの瞳が細まる。その目をアーサーは全く動じず受け止めた。

しばらく二人は睨み合い、やがて勝者が決まった。

先に視線を逸らし、ソファから立ち上がったのはイースだった。

「分かったわ。シルヴィちゃんのことは、とりあえず今は、ちょっかい出さないであげる。でも、情報を隠されるのは困るわ」

「先ほども言った。こちらは隠しているつもりはない」

「つもりはなくとも、情報は速度なのよ。あなた、知ってる？　もう、あの場所にジェミニはいないわよ？　当たり前よね。国に居場所を知られたのだもの。誰だって引っ越すに決まっているわ」

「なんだと？」

「あら、その様子じゃ、知らなかったのね」

「当たり前だ」

せっかく居場所が特定できたのに、とアーサーは本当に悔しそうだった。

「……近々、面子を揃えて乗り込むつもりだった」

「ま、普通、そこまで待っていないわよねえ。だから、アタシは文句を言いに来たのよ。情報が遅いって。綺麗に引っ越されたあとに教えてもらったって、何の役にも立たないじゃない」

「ジェミニがどこに行ったのか、分かるか？」

「アタシが教えて欲しいくらいよ。ね、シルヴィちゃん、あなた、知ってる？」

突然話を振られたシルヴィは、慌てて首を横に振った。

「し、知りません。本当です」

「イース、シルヴィは嘘を言っていない。大体、あの交渉に行った日から、シルヴィはずっと城にいるのだ。分かるはずがないだろう」

「分かってるわよ。……はあ。あ、そうだ、これ」

「ん？」

はい、とアーサーにイースが何かを渡す。メモ帳みたいにシルヴィには見えた。

「これは？」

「あなたに頼まれていた件。依頼人、知りたかったんでしょう？」

「分かったのか！」

「残念ながら。少なくともこっちで該当する人物はいないわ」

「……そう、か」

あからさまにがっかりした声を出したアーサーに、イースは肩を竦めてみせた。

「仕方ないじゃない。アタシたちだって、国中の人間全ての筆跡が分かるわけじゃない。分かったことと言えば、前回も今回も、書いたのは左利きの人物だってことくらいよ」

「左利き？」

「ええ。ま、左利きの人間なんて珍しくもないけどね。アタシだって左利きなわけだし。ああ、分かっているとは思うけど、もちろんアタシが犯人とかそんなオチはないわよ」

イースの軽口に、アーサーは重々しく頷いた。

「分かっている。お前が犯人なら、ジェミニの動向をわざわざ不審な手紙にして送ってくるはずがないからな」

「そういうこと」

「……結局、誰が書いたか分からないまま、か」

捜査が進展することを期待していただけに、ガッカリした。アーサーの態度はそんな感じだった。

「少なくとも、アタシの関係者でないことだけは確かね」

付け足された言葉に、アーサーも渋い顔で言った。

「それを言うのなら私の方も違う。うちにも該当者はいなかった」

「じゃ、それ以外ってことになるんじゃない？　ほら、大分絞り込めたじゃない」

「これが絞り込めたと言えるものか……」

うんざりした様子のアーサーだったが、考えても答えは出ないと分かっているのだろう。気持ちを切り替えるように一瞬だけ目を瞑った。

それを見ていたイースが「さて」と言う。

「アタシの用事はこれで済んだから帰るわね。答えは出なかったけど、それでもちゃんと調べてあげたんだから、あなたも今度はジェミニの情報、さっさと寄越しなさいよ」

「分かっている」

「次、すぐに寄越さなかったら――そうねえ、契約違反として、あなたの大切な騎士をもらうことにするわ。確か、ディードリッヒ、だったっけ？　彼、結構良い身体しているわよね。前からアタシ、あの身体、好みだって思っていたの。啼かせてみたいわ」

とんでもないことを言い出すイースに、アーサーのみならず、シルヴィまでもギョッとした。

（ディ、ディードリッヒを？　嘘でしょ……！　い、いや、でも、美形同士だし、ありと言ったらありり？　いや、ないない！）

思わず想像してしまい、シルヴィはぶんぶんと不埒な妄想を振り払った。アーサーが顔を真っ青にして声を上げる。

「必ずすぐに伝えるようにする！」

「あら、ゆっくりでも構わないのに」

非常に意地の悪い笑い方だ。これは半分以上揶揄っていると見て間違いないだろう。

アーサーの焦りを見て満足したのか、イースは上機嫌に手を振った。

「じゃ、待ってるわね。シルヴィちゃんもまたね」

そうして、アーサーの返事も待たず、勝手に部屋を出ていった。イースに全く付いていけなかったシルヴィは呆然としつつもアーサーの側に駆け寄る。

「アーサー……ディードリッヒのこと、冗談……よね？」

「あいつがバイセクシャルというのは本当だ」

「う、うん……」

「だから、百パーセント冗談とは言い切れない」

「……」

黙り込むしかなかった。

アーサーが仕切り直すように咳払いをする。

「と、とにかくだ！　こちらも約束を守れば問題ない」

「そ、そうよね……！　で、アーサー。さっきの話は何だったの？　もちろん、私に言えないならそれはそれで構わないんだけど」

気になっていたので、とりあえず聞く。

駄目なら駄目だとアーサーは言うだろうし、聞くくらいは構わないだろうと思ったのだ。

シルヴィの問いかけに、アーサーは先ほどイースから受け取ったメモを広げて見せた。

「手紙の調査報告について、だ」

「……手紙？」

「覚えていないか？　お前の屋敷にお前を助けに行った日、差出人不明の手紙にジェミニが来ると書いてあったから来た、と言っただろう？」

「ああ！」

アーサーが言ったことには心当たりがあった。シルヴィがレオンに攫われそうになり、あげくに何故かジェミニまでやってきたあの日、アーサーが兵を引き連れて来てくれたことでジェミニは撤退し、レオンを殺すことを諦めてくれたのだ。

「あの時の手紙、か……。誰が送ってきたのか結局分からなかったって話？」

「そうだ。誰が、何のために手紙を寄越したのか知りたかったのだがな。うちでは分からなかった。だが、ウロボロスでは分かるかもと思ったのだ」

「そっか……」

「お前は、心当たりはないか？」

「ううん」

記憶を漁ってみたが、アーサーの元に差出人不明の手紙が来た、などというイベントはなかった。

そうなるとシルヴィにはお手上げだ。

「ごめんなさい。私は役に立てそうもないわ」

「気にするな。一応、聞いてみただけだ」

どんな小さな情報でも欲しいというところなのだろう。悩んでいるアーサーの力になれないのが申し訳なかった。

「シルヴィ、気を取り直して、少し庭でも散歩するか？」

何か助けになれることはないか。落ち込みつつも一生懸命考えていると、アーサーが執務室から立ち上がった。

シルヴィが落ち込んでいる空気を察したのだろう。アーサーにはそういう優しいところがある。

それに確かに、今考えても何も答えは出てこない。少し散歩でもした方が、良いアイデアが浮かぶかもしれないと思ったシルヴィは頷いた。

「ええと、二人だけ？」

庭を散歩と聞くと、どうしても義母と三人で、と思ってしまう。義母との散歩の時間はまだ先だが誘うつもりなのかと聞くと、アーサーは笑って言った。

「たまには、二人でというのも悪くないだろう」

「そうね」

シルヴィが同意すると、アーサーは彼女をいつもの中庭へと連れ出した。

二人だけの散歩はなんだかデートをしている気分になる。だけど、それまでしていた会話が会話だからか、甘い雰囲気にはなれなかった。

「ねえ、アーサー」

「なんだ」

大人四人ほどが通れる小径を歩きながら、シルヴィが隣を歩くアーサーに話しかけた。

「ジェミニの好きな子って、誰だと思う？」

「また、その話か」

「うん……」

呆れたようなアーサーに、そう思われても仕方ないと思いつつ、シルヴィは言った。

「だって、気になるんだもの。一体どういう子なのか……」

転生者なのか、そうではないのか。そして今回の事件に関係があるのかないのか。

ジェミニの発言を聞いていても、無関係ではないと思うのだが、動機がさっぱり分からない。

「ジェミニは、その子の機嫌を取りたいって言ってた。色々話を繋げると、ジェミニは、その機嫌取りのために、レオンやスレイン公爵様を殺そうとしていたのかなって思って。もしそうだとしたら、何のためにって……」

「しかも、結局は殺さなかった。殺さなくても良かった、というところか……」

「うん……」

レオンは、別に機嫌を取るから、クロードは、拷問道具をもらうからという理由で、ジェミニは二人から手を引いてくれた。だけど、本来ならそんな簡単に上手くいくものではないのだということくらいは知っている。

「どういうことなんだろう……」

小さく溜息を吐く。次の瞬間、アーサーが鋭い声を上げて、シルヴィの背中を強く押した。

「危ない!!」

「っ!!」

何が起こったのか分からなかった。

突然思いきり背中を押され、シルヴィは地面に転がった。

痛みがあったが、何とか手を突いて、上半身を起こす。振り返ると、アーサーがシルヴィを庇うように立っていた。彼の目の前にはジェミニがいる。

「ジェミニ!?」

驚きすぎて声がひっくり返った。地面に手を突いたまま、ジェミニを凝視する。彼は非常にリラックスした体勢で、ナイフを持ち、シルヴィを見つめていた。

アーサーが鋭く声を発する。

「どういうつもりだ。今、シルヴィを狙ったな？」

その言葉に、シルヴィは目を見開いた。何故、自分が狙われたのか。つい先日、互いに笑顔で会話をしていたというのに。

何がどうなって、ジェミニから刃を向けられているのか。シルヴィには皆目見当もつかなかった。

「ジェミニ……どうして……」

「あんたには別に恨みはないじゃん。でもさ、これくらいしないと、アイツ、俺が本気だって分からないじゃん。だから、死んでくれじゃん」

「な、何を言って……きゃっ！」

ジェミニが消えた。

消えたようにしかシルヴィには見えなかった。動けないシルヴィの前に立ったアーサーが腰に下げた剣を引き抜き、ジェミニのナイフを止めた。

金属と金属のぶつかる音に、シルヴィは咄嗟に目を閉じてしまった。

「あ……」

「シルヴィ、逃げろ」

アーサーの切羽詰まった声に、シルヴィは目を開けた。

アーサーが、ジェミニの攻撃を渾身の力で受け止めている。攻撃しているジェミニはと言えば、随分と余裕そうな表情だった。

「俺もな、友達を殺したくなんてないじゃん。でも、アイツとシルヴィじゃ、優先順位が違うじゃん。俺はアイツを手に入れると誓った。そのために、シルヴィには死んでもらうしかないじゃん」

「意味の分からないことを……」

アーサーがジェミニのナイフを弾き返す。後ろに飛び退いたジェミニは、すぐに二撃目を繰り出した。アーサーが前に出て、攻撃を凌ぐ。それが何度も繰り返された。

金属音が連続して響く。それをシルヴィは、ただただ目を大きく見開いて見つめていた。

「あ……あ……」

信じられなかった。シルヴィは、こんな時にもかかわらず、自らの頬を抓りたい衝動に駆られていた。だって、二人の動きが全く見えないのだ。

魔術が使えるから、戦えると思っていた。そんな風に考えていた自分がどれだけ甘かったのか二人の戦いを見ていると否応なく思い知らされる。

（私なんて……何もできないのと一緒だ……）

二人の覇気に気圧され、動くことすらできない。アーサーは逃げろと言ってくれたが、身体が全く動かないのだ。

（悔しい。逃げることもできないなんて……）

動け、と必死で自らを奮い立たせようとする。だけどやっぱり身体は動かなくて、ただ、無様に震えるだけだった。

自らに刃を向けてくる、暗殺者としての本分を全面に押し出してきたジェミニが怖くて、そしてそのジェミニと対等に戦っているアーサーの動きにも驚くしかなくて、起き上がろうと思っても、身体に力が入らない。

「シルヴィ！」

「駄目……力が、入らないの……」

なんて、情けない。

泣きそうになるのを、シルヴィは必死で堪えた。

アーサーが自分のために戦ってくれているのに。それに応えるのなら今すぐ立ち上がって、彼の言うように逃げるべきなのに、身体はピクとも動かなくて、叱咤しても震えるだけで、自分が情けなくてたまらない。

少し前、アーサーと一緒に暗殺者たちと対峙した。その時は、自分の思うとおりに動けた。レオンを守るためにジェミニに立ち向かった時だってそうだ。

シルヴィは自分の意思で立ち、戦うことができた。

ならどうして今はできないのか。

決まっている。ジェミニの覇気が違うからだ。そして、彼の攻撃を凌ぐアーサーの覇気も恐ろしいほどで、シルヴィなんかが逆立ちしても出せないものだと分かっているからだ。

(動け、動け、動け……！)

必死に自らを鼓舞する。

足手まといなのは仕方ない。だけど逃げるくらいは何とかしたい。まるで何かに魅入られたように動けないシルヴィに、ジェミニはアーサーを攻撃しながらも目を向けた。

「ふうん。やっぱり動けないいんじゃん。戦えるって言ったって、所詮はその程度だよなあ」

「っ！」

馬鹿にされた、と思うと同時に、頬に朱が走る。シルヴィは唇を噛みしめると、根性で立ち上がった。侮られるのはどうしたって許せない。ちっぽけな彼女のプライドだった。

「へえ、立ち上がるんだ」

「シルヴィ！　城の中に逃げるんだ。誰でも良い、兵を呼べ！」

「ええ！」

馬鹿にしたようなジェミニの声と、焦るアーサーの声が入り混じる。アーサーの指示に従い駆け出そうとした時、すぐ近くから悲鳴のような声が上がった。

「いやあああああ‼」

声のした方向に顔を向ける。

やってきたのはシルヴィのメイドのアリスだった。

そういえば、彼女には行き先を告げていなかった。アリスも今、ジェミニが城をよく彷徨いていることを知っている。なかなか部屋に戻ってこない主人を心配して、外まで探しに来てくれたのだろう。

だが、あまりにもタイミングが悪すぎた。

このままでは、ジェミニはアリスをも殺そうとするだろう。彼はターゲット外でも、自分の邪魔をするのなら躊躇なく殺人を行う男だ。アリスは、魔術も使えなければ、護身術に長けているわけでもない。今すぐ逃げるように言わなければと、シルヴィは必死で声を上げた。

「駄目！　アリス、逃げて！」

自分が逃げている場合ではない。まずは友人を何としても先に逃がさなければ。

アリスは大きく目を見開き、戦っているアーサーとジェミニ、そしてアーサーに庇われているシルヴィを見た。

どういう状況か、理解したのだろう。

もう一度悲鳴を上げるか、それとも逃げ出すか。できれば後者であって欲しいとシルヴィが思っていると、アリスは全く予想外の行動を取った。

何故か鬼のような形相でジェミニを睨んだのだ。そうして、彼を大声で怒鳴りつけた。

「何してるのよ！　どうしてアーサーとシルヴィを狙ってるの⁉　私、あんたにそんなこと一言も頼んでいないわ‼」

第十四章・小さな親切大きなお世話

アリスの言葉に、その場にいる全員が動きを止めた。

アリスは全員が自らに注目する中、ツカツカとジェミニの側まで歩み寄ると、一切の躊躇なくその頬を叩いた。

パンッという乾いた音が鳴る。

「何やってるの！　この馬鹿！」

思いきりジェミニを怒鳴る。ジェミニは片手で己の赤くなった頬を押さえた。

「……いってえ……。アリス、結構力あるじゃん……」

「本気で叩いているんだから当たり前でしょう！　さっさとナイフを退けてよ！」

「それはできない相談じゃん。俺、今からシルヴィを殺すから」

「だから、そんなことあんたに頼んでないって言ってるの！」

「ど……どういうこと……？」

シルヴィの小さな問いかけに答えてくれる者は誰もいなかった。ジェミニはムッとした顔でアリスを見ると、文句を言い始める。

「だってアリス、嘘ばっかり吐くから。俺はあんたの言うことを聞いてやったじゃん。そうしたら、俺の彼女になってくれるって言うから。それなのにあんたは約束を反故にしようとする。あんたはいつも、シルヴィ、シルヴィって、シルヴィのことばかり。シルヴィは俺の友達でもあるし、俺も大事だって思ってるけど、今の俺は、あんたの大事にしているものを全部壊してやりたいって思ってるじゃん」

ジェミニの言葉に、アリスは顔色を変えた。

「やめてよ！　シルヴィに手を出さないで！」

「じゃ、約束通り俺の彼女になってくれよ」

「良いわよ。その代わり、一瞬で別れてやるから！」

吐き捨てるように言うアリス。そんな彼女に、ジェミニは凄惨な笑みを見せた。

「あんた、分かってないじゃん。俺、本気でアリスのことが好きなんじゃん。初めて本気で欲しいと思った女を、俺が逃がすと思ってんのか？　別れるなんて許すわけないじゃん」

「あんたの都合なんて知らないわよ！　私は、あんたと恋人になる気なんてないんだから！」

ジェミニを恐れず、アリスは自らの本音を告げた。ジェミニの表情が酷く冷たいものになる。

「へえ、俺相手に嘘吐いてたじゃん。……やっぱり、シルヴィは殺すじゃん」

「やめてって言ってるでしょ！」

「……」

「シルヴィ、大丈夫か……？」

二人の言い争いにシルヴィが呆然としていると、剣を収めたアーサーがシルヴィの元にやってきた。

二人の言い争いはヒートアップし、ジェミニもアーサーの相手をするどころではなさそうだ。

「何なの……何が、どうなって……」

頭が理解することを拒否する。無意識にふるふると頭を左右に振っていると、アーサーがシルヴィをそっと抱き締めた。

「あ……」

「落ち着け、シルヴィ」

「で、でも……」

何と言えば良いのか。アーサーを見つめると、彼は苦々しい顔をしていた。

「……あれはお前のメイドだったな」

「っ！　え、ええ」

ひんやりとした温度に、シルヴィは背筋を震わせた。

アーサーが怒っている。それを肌で感じたからだった。

「アーサー……あの――」

「そこの二人。どういうことか説明してもらおうか」

シルヴィの言葉は、アーサーの凛とした声にかき消された。

彼の声に気づいた二人が、同時にシルヴィたちを振り返る。ジェミニが、平然と言い放った。

「聞いたのなら分かったじゃん？　俺は、アリスが好きなの。で、こいつを振り向かせたいから、仕事外で色々引き受けてたってわけ」

「その仕事というのは？」

「ちょっと！　ジェミニ！　言わないでよ！」

アリスが焦ったようにジェミニの口を塞ごうとしたが、彼は気にせず暴露した。

「色々って、言ったじゃん。本当に色々。カスのような技量の暗殺者をあんたたちのところへ向かわせたり、シルヴィの弟を襲ったり。今回の公爵もこいつがお願いって言うから狙ったじゃん」

「……アリス」

信じられない気持ちで、シルヴィはアリスを見た。アリスはシルヴィには目を向けず、ひたすらジェミニに向かって怒鳴っている。

「なんで言うのよ！　大体、あんた、私の依頼通りになんて動かなかったじゃない！　私はレオンが邪魔とは言ったけど、殺してなんて言ってないし、クロードだってそれは同じよ！　なんであんたはいつもいつも殺そうとするの!?　そんなこと私、頼んでない！」

「だって、俺は暗殺者じゃん。邪魔っていうのは、殺せって意味だろ？」

「馬鹿じゃないの!?　そんな意訳するのあんたくらいよ！」

カッとなったアリスを、ジェミニは愛おしげに見つめた。

「ははっ、結局、殺さなかったんだからいいじゃんよ」

「追い返されたくせに。あと、拷問道具？　しょうもないものに買収されただけでしょ！　殺さなくて良いか、なんて聞かれてびっくりしたわよ。そんなこと誰も頼んでないのに！」

「結果としてアリスの望み通りになったんだから良いじゃん」

「良くない！」

ハアハアと肩で息をしながらアリスがジェミニを睨みつける。ジェミニは逆に楽しそうだ。

どうにも我慢できなくなり、シルヴィはアリスに声を掛けた。

「アリス……どうして……」

「あんたが悪いんじゃない！」

「え……」

矛先が急に変わり、シルヴィは目を瞬かせた。アリスは、今度はシルヴィを睨む。

「あんたが！　素直にアーサーとくっついていれば、私だってこんなことはしなかったわ！　あんたが色々予定外の行動を取るから、話が変わっちゃったの。せっかくゲームの世界に転生したのよ？　ヒロインなのよ？　あんたには、ゲームをして、私たちを楽しませるっていう義務があるんだから！」

「ぎ、義務……？」

ギョッとしつつ繰り返すとアリスは「そうよ」と傲岸不遜に頷いた。

「あんたが誰のルートにも入らない、なんて言うから、腹が立って。だから最初はレオンとくっつけてやろうと思ったの。レオンに協力してやるって、話を持ちかけてね。だってレオンルート、私、好きだもの。でも、そっちは上手く行かなかった。あんたはなんやかんや言って、アーサーが好きなんだもん。だからその方向で協力し直すことにしたのよ。私だって、友達が好きな人と結ばれてくれるのなら嬉しいから」

レオンに話を持ちかけたと聞き、シルヴィは目を見張った。

シルヴィがレオンに狙われていた時、いつだってアリスが庇ってくれていた。それを心から感謝していたけれど、まさか彼女がレオン側だったなんて。

「アリス……レオンと繋がっていたの？」

「途中まではね。言ったでしょう？　あんたがアーサーのことを好きだと分かった時点で、そちらに鞍替えしたって。私は嬉しかった。ようやくあんたも乙女ゲーヒロインとして頑張ってくれる気になったのかって。でも！」

言葉を句切り、アリスはシルヴィを強く睨んだ。

「いくら待ってもあんたは動こうとしない。くだらない言い訳ばかりして、居竦んでる。それじゃあ仕方ないじゃない。こっちからせっつくしかないわ。だから、昔からの知り合いであるジェミニを利用したの。ジェミニは、屋敷のお使いで町に行った時に知り合ってね。すぐにジェミニだって分かったから、何かに使えるかもって友人関係を維持するようにしていたのよ。思ったとおり、彼は役に立ってくれたわ。使い捨てできる暗殺者を何人か紹介して欲しいってお願いした時も、快く引き受けてくれたもの。で、私は新しいイベントを作ったってわけ。ヒーローが命を狙われ、ヒロインも巻き込まれるイベント。鉄板よね？　こうすればいくらあんたでも、自分の気持ちを認めてアーサーとくっつくと思ったのよ。目論見通り、あんたはアーサーと恋人関係になった。我ながら大正解だったわ」

アリスが言っているのは、シルヴィが自分の気持ちを認め、アーサーと恋人関係になった時のことだろう。あの時、暗殺者がアーサーを狙った。その件については、今も迷宮入りで、全く捜査は進展していなかったのだが、アリスが語る言葉に、眩暈がしそうになる。

「使い捨てできる暗殺者って……」

何故、そんな者を。そう思ったのだが、アリスは鼻を鳴らした。

「それくらいじゃないとあんたが死んじゃうじゃない。私は、シルヴィにはヒロインとしてヒーローと幸せになってもらいたいんだから、怪我でもされたら困るのよ。ね、皆、大したことのない腕だったでしょう？　しっかり仕事をしてくれたから依頼料を払おうと思ったのに、何故か皆、死んじゃったんだけど……」

不思議そうに言うアリスに、心当たりがあるのかジェミニが言った。

「俺が紹介した仕事じゃん。失敗すれば、俺に殺されると思って、皆、自殺したじゃん」

当然のごとく告げられた言葉に、アリスはギョッとした顔になった。

「は？　何やってくれてんのよ！　それって、結局あんたのせいじゃない！」

「俺、別に、失敗したら殺すなんて言ってないじゃん。勝手に死んだのはあいつらじゃん」

言い訳をするジェミニだったが、彼以外の全員が、捕らえられた暗殺者たちが全員自死を選んだ理由を理解した。

「ジェミニに殺されると思ったのか。なるほど、それは自死の方がマシだと思うだろうな」

「……うん、そうだね」

アーサーの言葉にただ、頷く。

拷問道具を集めるのが趣味のジェミニだ。使うのだって好きなことを考えれば……誰だって、彼に捕まりたいと思うわけがない。拷問されながら殺されるより、毒であっさり死んだ方がまし。皆、そう考えたのだろう。

なんだか、アリスの話す全てのことが、現実味がなかった。シルヴィが思わずアーサーの服の裾を握ると、彼は鋭い視線をアリスに向けた。

「それで？　お前がしたのはそれで終わりか？」

「そんなわけないいじゃない。後始末だってちゃんとしたわ」

「後始末、だと？」

「そうよ」

アリスは腰に両手を当てると、実に堂々と言い放った。

「アーサーとくっついてくれてやれやれと思ったら、今度はレオンが退場しないの。退場するどころか、自分のバッドルートを捻じ込んできたのよ。このままじゃ、レオンバッドルート行きは避けられない。でも、シルヴィはアーサーを選んだ。私だって、バッドエンドよりハッピーエンドを見たいわ。友人が幸せになるところを見たいのよ。だから、アーサールートをより確実にするために邪魔なレオンを遠ざけないといけないと決意した。ちょっと強引だけど、こいつに頼んだわ。レオンが邪魔。だから痛めつけて欲しいって。動けない程度にしてくれれば十分って頼んだの。それなのにこいつと来たら……！」

憎々しげにアリスはジェミニを睨んだ。睨まれたジェミニは知らん顔をしている。

「さっきも言ったじゃん。俺に頼むってことは、殺せって意味だって。それに結局、生きてただろ？」

「特に痛めつけてもなかったじゃない。……まあ、結果としてレオンは退場してくれたから良かったけど、あの日の夜は気が気じゃなかったわよ」

「アリス、あの日は寝てたって……！」

レオンに攫われそうになったあの日、アリスはシルヴィの元には来なかった。眠っていて気づかなかったと言われ、彼女もそれなら仕方ないと思ったのだが、それは嘘だったというのだろうか。

「寝てるわけないじゃない。思ったとおりに事が進んだのか気になって、ずっと起きてたわよ。バレるわけにはいかないから、行きはしなかったけどね」

「そんな……」

ショックを受けるシルヴィに、アリスは更に続けた。

「あんたは、無事、アーサーと婚約した。私はホッとしたわ。ようやくこれで、アーサールート確定。あとはハッピーエンドまっしぐらだって。二人の行方を観察できるって嬉しかったわ。なのに、今度はクロードが邪魔をするのよ。もう、いい加減にして欲しいわ。私は！　乙女ゲームのイチャラブが見たいの！　ヒロインとヒーローがラブラブしているのを陰から眺めて、ニヤニヤしたいのよ！」

地団駄を踏むアリスを、シルヴィは何とも言えない気持ちで見つめた。

「仕方ない。他に手はないもの。私はジェミニを呼び出して、頼んだわ。クロードを退場させてって。邪魔なんだって言ったの」

全く悪びれる様子のないアリスを見ていると、足下が覚束なくなってくる。

彼女の話す言葉は、まるで現実味がない。ゲームでもしているかのようだ。……いや、実際、彼女はリアルでゲームができる、くらいにしか思っていないのだろう。そんな風にしか見えない。

（ここは現実だって、私、何度も言ったのに）

こうなったということは、笑顔で同意しつつも、アリスは分かってくれていなかったのだ。

シルヴィという乙女ゲームのヒロインを、望むヒーローとのエンディングへ辿り着かせよう。

それこそが、自分が成すべきこと。アリスからはそういう決意が見受けられた。

まるで、自分がゲームのプレイヤーのような、そんな傲慢さが浮き彫りになり、シルヴィは気分が悪くなってきた。

ふらつくシルヴィをアーサーが支えてくれる。この優しい人を、アリスはゲームのヒーローとしか認識できていなかったのかと思うと涙が零れそうだ。

（応援、してくれていると思っていたのに……）

なかなかアーサーの想いを受け入れられないシルヴィを励ましてくれたのは、いつだってアリスだった。時には呆れ、時には発破を掛けながら、シルヴィを応援してくれた。

嬉しかった。だけど、彼女は本心では全然違うことを考えていたのだ。

（アリス……）

彼女の言動には、確かに時折、気になるものがあった。今いる自分たちの世界をゲームだと思っているかのような発言に眉を顰めることだってあった。

だけど、芯の部分では分かってくれていると思っていたのに。

人間には長所と短所がある。思い込みが少し激しいところのあるアリスの短所は、あまり好ましくはなかったけれど、そんなのはシルヴィだって同じだ。

気づいてはいないだけで、彼女にも色々と欠点や短所はある。だけど、お互い様なのだから、そこはそっと目を瞑(つむ)るのがお約束。そういうものだと今まで思ってきたけれど——。

(裏切られたように感じるのは、私の勝手な感傷だわ)

アリスには昔からそういうところがあった。それを分かって付き合っていたのだから、がっかりするのはお門違いだ。ただ、シルヴィの目算が甘かっただけ。それだけのこと。

「シルヴィ」

アーサーが気遣わしげにシルヴィを見てくる。それに黙って首を横に振った。

アリスとジェミニはまだ二人で話している。

「あの公爵さんな！　良い奴(やつ)だったじゃん」

「良い奴？　殺そうとしていたくせに何言ってるのよ。レオンもそうだけど、クロードはメインキャラなんだから。殺されたら色々なところに支障が出るかもしれないじゃない。ほんと、やめて欲しいわ。ま、結果として大怪我してくれたから、私的には満足だけどね。あれで、クロードはシルヴィに——ヒロインにちょっかいを掛けられなくなった。ホッとしたわ」

そう言いながらも、アリスはジェミニを鋭い目で睨みつけていた。

「ようやく……ようやく邪魔者を全部排除した。これでシルヴィとアーサーのイチャイチャを心置きなく観察できると喜んでいたのに……何やってるのよ！　どうしてシルヴィを殺そうとするの！　私の大事な友達を、ヒロインを殺そうなんて許さないんだから！」

アリスの怒りは本物だった。目に怒りを灯し、ジェミニをしっかりと見据えている。

「は？　そんなのアリスが俺との約束を破ろうとするからに決まってるじゃん。俺、言ったよな。言うことを聞いてやっても良いけど、その代わりに恋人になって欲しいって。でもあんたはいつだって曖昧に躱すだけだった。ま、それも最初は駆け引きみたいで面白かったから許せたけど……なあ、俺、気が長い方じゃないんだ。いい加減、約束を守って欲しいんだよなあ」

「何が約束よ。私は、あんたと恋人になんてならないわ。誰が、暗殺者なんかを恋人にするもんですか。シルヴィのために、あんたを利用する必要があったから近づいただけで、本来なら、視界にも入れたくないくらいよ！」

「俺、めっちゃ嫌われてるんじゃん……」

びっくりした、とジェミニが目を瞬かせる。アリスは「そうよ！」と怒鳴った。

「あんたなんて大嫌い。私は、シルヴィが好きなの！　昔から、あの子だけが好きだったんだから！　私はシルヴィが好きな人と幸せになってくれるところが見たいの。そのためなら何だってするし、邪魔するものは許さない。全力で排除するわ！」

「わあ、逆にシルヴィがめちゃくちゃ好かれてるじゃん。やっぱシルヴィを殺そうと思ったの、合ってたじゃん」

「シルヴィを殺したら、一生あんたを恨んで、死んだ方がマシってくらいの復讐をしてやるから！」

激しい怒りをジェミニにぶつけるアリスを、シルヴィは目を丸くして見つめることしかできなかった。

勝手にゲームを楽しんでいるだけだと思っていたアリス。そのためにただ、ヒロイン転生した友人を利用しているだけど思っていた。だけど、よく話を聞いてみると、彼女の行動には、根底にシルヴィへの純粋な好意があるような気がしたのだ。

「私……アリスに好かれてるの？　嫌われてるわけでも、ただ、利用されているだけでもないの？」

「あの女の話はさっぱり分からないが、お前がものすごく好かれていることだけは、私にも分かるな」

「……そう、だね」

アーサーの言葉に、同意するように頷いた。

だが、たとえ好意があったからと言って、やって良いことと悪いことがある。

そしてアリスがしているのは悪いことだ。

シルヴィはジェミニと言い争いを続けているアリスに言った。

「アリス。お願いだからもうやめて。そんなことを『協力』なんて言われても嬉しくない」

「あんたは気にしなくて良いのよ。これは私が好きでやっていることなんだから。それに、障害は排除した。もう、何も心配いらないわ。あとはこの、腐れＤＶヤンデレ男を片付ければ何も。あんたは幸せになれるの」

シルヴィに言い聞かせるように言い、アリスはジェミニに再度向かった。

「あんたはもう用済みなの。どっか行ってよ！」

「そう言われてもな。つーか、あんたの言ってる意味が全然分かんねえじゃん」

「分かってもらおうとは思ってないもの」

ツンとそっぽを向くアリスを、何故かジェミニは愛おしげに見つめた。

「やっぱりアリスは可愛いじゃん……。なあ、シルヴィを殺されたくないんだろ？　俺が邪魔なんだろ？　じゃ、あんたが俺の恋人になってくれればいいじゃん。そうしたら俺、これから先、シルヴィは絶対に狙わないって約束するし、シルヴィが別の暗殺者に狙われたら助けてやるじゃん。なんだったら、シルヴィの婚約者の王子も狙わないっつーか、依頼が来ても断るって約束してやるじゃんよ。アリスにとって、これ以上ない条件だって思うけど？」

甘い響きだったが、アリスはその条件を鼻で笑い飛ばした。

「あんたと恋人になるってのがそもそも最低の条件なのよ！　私、首を絞めながら致すような男と恋人になんてなりたくないの！」

「俺が首を絞めながらスるの好きだって、よく知ってたな！」

「っ！　あんたが変態なのは見てたら分かるもの。どうせそうだろうって当てずっぽうで言っただけ！」

「当てずっぽうで当たるなんてすげえじゃん。やっぱアリスと俺は運命なんだな！」

「なんで、そうなるのよ。違うわよ！」

「結婚しよう！」

「絶対に嫌！」

ジェミニの求婚を全身で突っぱね、アリスは思いきり舌を出した。

「良いわ。あんたなんかいなくても、シルヴィの幸せはどうにかして私が守るから。私の人生を懸けた目的。『ヒロインとヒーローのイチャイチャを末永く見守る』を邪魔されてたまるもんですか！」

「……見守られるんだ」

思わず呟いた言葉に、アリスは思いきり反応した。

「見守るわよ！　当たり前でしょ！　エンディングのあとが見られるのよ？　めでたしめでたしで終わりじゃないのよ？　ヒーローとヒロインのストーリーを本当の意味で最後まで見ることができるのよ？　ファンディスクでちょっとその後、なんてレベルじゃないわ。そんなの元乙女ゲーマーとして、ファンとして見過ごせるはずないじゃない！　私は、あんたがおばあちゃんになって、孫に囲まれて、幸せに死ぬところまで見てから死ぬ予定なんだからね！　だから、今の専属メイドの地位は私にとって最高なの！　分かる？」

「……あ、うん」

頷きはしたものの、正直に言えば、ちょっと分からないなとシルヴィは思った。

（何だろう……アリスって、こんな感じだったかな）

前世のことは曖昧で、ゲームのこと以外あまり定かではないのだが、こんなに突き抜けていただろうか。もっと、真面目な印象があったのだけれど。

いや、もしかしたら、乙女ゲーの世界に転生したと気づいて、はっちゃけたのかもしれない。

その可能性は十分にあるとシルヴィは思った。

「だから私はあんたと恋人になんて――あっ！　ちょっと！」

持論を更に展開させようとしていたアリスだったが、大きく溜息を吐いたジェミニが彼女の腕を捕まえた。あっという間にその身体を抱え上げる。

突如として行われた事態に、誰もが動けない中、ジェミニは淡々と言った。

「あんたのご高説は聞き飽きたじゃん。とにかく、あんたは前に俺と約束したんだから、今からあんたは俺の恋人ってことで」

「私の意見を無視しないで！　は、放しなさいよ！」

「なんで放さなきゃいけないじゃん。シルヴィを殺すとあんたは俺を好きになってくれないんだろ？　じゃ、こうするしかないじゃん。あんたには約束を守ってもらう。俺、恋人は大事にするぜ？」

「あんたのことなんて好きにならないわよ！　良いから放して！」

ジタバタとジェミニの腕の中でアリスが暴れる。だが、その腕はビクともしなかった。

「大人しくするじゃん。ようやく恋人にしたんだから、今からは甘い時間が待ってるじゃん。ちょうど引っ越したから、二人の新居に案内するじゃん」

「二人のって……！」

ギョッとするアリスに、ジェミニはキョトンとした顔で言った。

「何言ってるじゃん。今の聞かれて、まだシルヴィの側にいられると思ってたって言うなら、アリスは相当おめでたい頭をしてるじゃん。どうせ行くところなんてないんだから、俺の家で暮らせばいいじゃん。ちゃんと養ってやるじゃんよ」

「な……な……」

わなわなと震え、アリスは助けを求めるようにシルヴィに視線を向けた。その視線に思わず口を開きかけたが、アーサーがそれを留めた。

「アーサー?」

「駄目だ、シルヴィ」

「で、でも……」

アリスが、シルヴィの前世からの友人が助けを求めているのだ。それを無視するなどできるわけがない。そう思ったのだが、アーサーは首を横に振るだけだった。

そうこうしているうちに、アリスはジェミニに俵担ぎにされてしまった。ジェミニが振り返り、シルヴィに言う。

「じゃ、アリスはもらっていくじゃん。俺はこれで目的を達したし、アリスをもらえたから、あんたたちに今後仕事で関わることはないじゃん。まあ、また町のどっかで会った時はよろしくな」

立ち去ろうとするジェミニをシルヴィは慌てて引き留めた。

「ま、待って!　アリスをどこに連れていくの?　アリスは私のメイドなのよ!」

「ん?　でもこいつは色々犯罪を犯してるぜ?　それが分かって側に置いておけると本当に思ってるのか?　王太子妃の側に犯罪者のメイドとか、普通に許されるわけないと思うけど」

「そ、それは……」

ジェミニの言っていることは正しい。だけど、正しいからといって、諦められるかと言えばそうで

はないのだ。

アリスが罪を犯しているというのは、彼女の話から分かったが、それでも昔からの友人を「じゃあさようなら」と見送りたくなかった。

「アリスは私の友達なの！」

「その前に犯罪者な。犯罪者は犯罪者と仲良くくっつくから、あんたはそっちで幸せになるといいじゃん。アリスがシルヴィに幸せになって欲しいって思ってるのは本当だから、あんたが幸せになっているところを見せてやれば喜ぶじゃん」

「……」

「じゃ、そういうことで」

ジタバタとまだ暴れているアリスをものともせず、ジェミニは彼女を肩に抱え上げたまま去っていってしまった。それを呆然と見送る。

「アリス……」

いなくなってしまった自分の専属メイドの名前をシルヴィが呟くと、アーサーが言った。

「これで良かったのかもしれないぞ」

「ど、どうして？」

バッと顔を上げ、アーサーを見る、彼はとても難しい顔をしていた。

「お前のメイドがやったことが事実だとすれば、間違いなく犯罪だ。それは分かるな」

「え、ええ」

「それなら私は、お前のメイドを投獄しなければならない」

「あ……」

アーサーの言いたかったことを理解し、シルヴィは声を詰まらせた。

そうだ。アリスのしたことは、犯罪。それはどう言い訳しても覆せない事実だった。

顔を真っ青にするシルヴィを宥めるようにアーサーが言う。

「とはいえ、ゲームとか、かなり妙なことを言っていたからな。あれでは頭がおかしいと思われて、孤島にある修道院にでも送られる程度で済むとは思う」

「……」

頭がおかしい。

ゲームのことなど知らないアーサーたちからしてみれば、アリスがそう見えるのも仕方ないこと。だけど、そんな風に見られているからこそ、罰も小さくなるのだろうと分かっていた。

（だって、アリスは暗殺者を雇って、アーサーに刃を向けさせている）

世継ぎの王子相手に、暗殺者を向けさせる。処刑されても文句は言えない、重罪だ。

アリスからしてみれば、ゲームの世界だからと気楽な気持ちで行ったのだろうが、ここは現実。王族を殺そうとした者に重い処罰が下されるのは当然なのだ。

「……アリスを雇っていた我が家も無関係ではいられないわ。なんだったら、婚約も解消しないと」

気づいてしまった事実をシルヴィは重い気持ちで告げる。

なにせ、アリスはリーヴェルト侯爵家で雇っているメイドだ。そのメイドが罪を犯したというのなら、雇っていたシルヴィの父も監督責任を問われる。

「……ごめんなさい、アーサー」

シルヴィが謝ってもどうしようもないことだが、謝るしかなかった。アーサーにも父にも申し訳ない。シルヴィがもっと早くにアリスの真実に気づいていれば、ここが現実なのだと、自分の犯した罪には罰が返ってくるのだと伝えることができたのに。

「あなたと結婚するの、楽しみにしていたけれど……」

「何を言っている。私はお前と婚約の解消なんてしないぞ」

「え、でも……」

アリスがしでかしたことを考えれば、それが妥当なのではないか。

目を丸くしてアーサーを見つめる。彼は平然と言い放った。

「今の話を聞いたのは私とお前だけだ。そして、お前のメイドが言った話が真実だという物的証拠（しょうこ）はどこにもない。聞かなかったことにすれば良いだけだ」

「聞かなかったことにって……でも」

そんなこと許されるはずがない。だが、アーサーは譲らなかった。

「お前の弟、レオンも、クロードも死ななかった。もちろん、私もだ。暗殺者たちは自害したが、あれはジェミニを恐れてのことだからな。お前のメイドは関係ない。被害はほぼないのだから、まあ、このまま放置しても良いだろう」

「……」

「そして、これが肝心なのだが、あのメイドがジェミニのものになったことで、今後私たちがジェミニから狙われることはなくなった。これはかなり大きな恩恵だ。被害が殆どなかった罪を見逃すことで、今後ジェミニから狙われなくなるなら私はそちらを選びたい」

「それは……そうかもだけど……」

ジェミニは、引き受けた依頼は完遂する。たとえどんな相手であっても。

だから、アーサーの安全面を考えるのなら、彼の言うとおり、アリスの罪を見逃し、ジェミニに献上する方がプラスとしては大きいのだ。

ジェミニに捕まったアリスは少し可哀想だと思うけれど。

（いや、ちょっとどころじゃないわね）

ジェミニのルートのＲシーンを思い出し、シルヴィは静かに合掌した。正式に罰を受けて、修道院に送られて過ごす方が絶対にマシどころか幸せだと思うようなイベントを思い返せば、ある意味、これこそがアリスの罰なのかもしれないと思ってしまう。

アリスに与えられた罰は『ジェミニエンド』。

そのＲの中には拷問道具を使ったものもあり、とてもではないが、現実で経験したいとは思えない。ドＳの極み。好きな女性が痛みに歪んだ顔を見ることで興奮する男。それがジェミニなのである。

ヤンデレレオンも怖かったが、普通にシルヴィが一番行きたくなかったルートがジェミニだった。

（うう……ご愁傷様としか言いようがない……）

今頃アリスが、ジェミニにどんな目に遭わされているか、想像するだけで泣きそうだ。唯一慰めになるのは、彼は好きな女性を壊したりはしないということ。好きな女性に一途なのは本当なので、彼なりにではあるが大事にしてくれるだろう。衣食住で困らせるようなことはしないし、暗殺業で貯めたお金があるから裕福だ。ただちょっと、性癖に問題がありすぎるだけである。あと、職業も大問題だけど、それはもうどうしようもないので目を瞑るしかない。

「アリス……」

「とはいえ、私もジェミニを捕らえることを諦めたわけではない。もちろん今後も調査し続けていく予定だ。その際、ジェミニと一緒にお前のメイドを捕らえることは当然考えられる。稀代の暗殺者の恋人なわけだ。何らかの犯罪に関わっていないとも限らない。その時は、捕らえ、尋問する。——それで、構わないな？」

「っ！　ええ……！」

十分すぎる恩情だ。シルヴィは何度も頷いた。

「ということだから、お前と私が婚約を解消する理由はどこにもない。大体、あのメイドに関して言えば、お前がこちらに引っ越してきた時点で、リーヴェルト侯爵家ではなく王家の直接雇用となっている。責任の話になれば今現在雇っている王家の方がその割合は大きい」

「あ……」

そういえばそうだった。

シルヴィはアーサーと結婚してもアリスと一緒にいるつもりだった。だから、引っ越しと同時に、リーヴェルト侯爵家ではなく、王家に直接雇用してもらっていたのだ。

驚き、目を瞬かせるシルヴィにアーサーが優しく言う。

「だからもう、結婚できない。婚約を解消するなどと言わないでくれ。お前が結婚してくれなければ、私は誰とも結婚できない」

「……大袈裟だと思うの。私がいなくてもアーサーなら――」

その言葉は最後まで言わせてもらえなかった。

アーサーがシルヴィを捕まえ、唇を塞いだからだ。

長い接吻のあと、シルヴィは頬を染め、アーサーを見上げた。

「アーサー」

「シルヴィ、愛している。だから、馬鹿なことは言わないでくれ」

「……ごめんなさい」

「私には、お前だけだ」

「ええ」

アーサーの訴えるような声音に、シルヴィは頷いた。

「私も……アーサーだけ、だから」

「当たり前だ」

アーサーがもう一度唇を重ねてくる。それをシルヴィは目を瞑って受け入れた。

第十五章・ハッピーエンド

ジェミニ関連の騒動はとりあえず、幕を閉じた。

アリスは、暇を出したということにし、シルヴィには新しい女官が配属された。前世について話せる友人が消えてしまったことは悲しかったけれど、友人が、頭がおかしいと判断されて孤島の修道院に送られるのは、シルヴィも嫌だ。

それにアリスは、すでに『ジェミニの恋人』という恐ろしい罰を受け続けているわけなのだから、これ以上というのは可哀想（かわいそう）だと思っていた。

アーサーにはこっそりジェミニの性癖を教えた。それを聞いたアーサーの顔からは表情が抜け落ち、自分がアリスにとてつもない罰を与えたのだと気づき、頭を抱えていた。

「これなら、修道院送りにした方がマシだったか……?」

シルヴィのメイドだからと、気を遣ってくれた結果がこれだったのだから、アーサーが頭を抱えるのもある意味仕方がないことだ。

シルヴィはアリスの無事を祈りながら、王太子妃としての勉強を続け、結婚式に備え、準備をしていた。

そんなある日。

アーサーと一緒に、町にデートに来ていたシルヴィは、後ろから声を掛けられた。

返事をして振り返る。そこにいたのはなんと、アリスだった。

「アリス！」

数ヶ月ぶりに見るアリスは、以前見た時と同じく、とても元気そうだった。

彼女はメイド服ではなく、リボンがいっぱいの可愛らしいワンピースを着ている。

アリスの趣味ではないことは分かっているので、多分、選んだのはジェミニなのだろう。

「シルヴィ、久しぶりね」

「う、うん……！」

まさかこんなに早くアリスと再会できるとは思わなかったシルヴィは、喜悦を声に滲ませ、目に涙を溜めて喜んだ。

「良かった。無事だったのね……！」

ジェミニに恋人として連れていかれたアリスを心配しない日はなかった。思わず駆け寄ろうとしたが、それは隣にいたアーサーに止められる。アリスはそんな二人を見て、満足そうに笑った。

「うんうん。ちゃんと幸せにやっているみたいね。良かったわ」

「アリス……！　私のことより、あなたは……！」

「私？　全然平気よ。今日はね、あいつから逃げてきたの。私を監禁しようなんて百年早いわよ」

「監禁？」

恐ろしい言葉に、シルヴィは目を見開いた。

ハッピーエンドにも何種類かある。その内のグッドエンドに行っていれば、ジェミニは病んではいるものの、わりと好きにさせてくれるはず。それなのに、監禁されているということは――。

思い至り、顔を青ざめさせるシルヴィに、アリスはなんでもないような顔で言った。

「あんな奴と、グッドエンドなんてごめんだわ。そう思って抵抗を続けていたら、いつの間にかバッドエンドに足を突っ込んじゃったのよね。それだけは参ったって思っているわ。とはいえ、あいつとラブラブになんてなりたくないから、これで良いんだけど」

「アリス……」

ジェミニのバッドエンドで思い出すのは、両手両足、そして首に鎖を付けられて、飼われるというものだ。ご飯もジェミニが口移しで食べさせていたような……そんなスチルがあった。

そしてシルヴィは気づいてしまった。アリスの首に何かで絞められたような痣があることに。

首を絞めながら致す……。思いきりジェミニの性癖を思い出し、アリスが彼に食われてしまったのだと察してしまった。

「バッドエンドなんて……そんな……」

震えるシルヴィとは逆に、アリスは平然としていた。

「別に。平気よ、こんなの。私が本気を出せばあんな奴なんて――」

「見つけたじゃん。アリス」

「ぎゃあああああああ!!」

いきなりアリスの肩に誰かの手が後ろから乗せられた。アリスが悲鳴を上げる。咄嗟に逃げようとするアリスだったが、肩を掴んだ主が彼女を逃がすはずもなく、呆気なく捕まってしまった。

「しばらく大人しかったから、足枷を外してやったらこれじゃん。やっぱ、自由にするのは早かったじゃん」

「何が早いよ！　私はあんたの家畜でも奴隷でもないのよ？　あんな人権を無視した監禁、逃げるに決まってるでしょう⁉」

「それは、アリスが悪いじゃん。アリスが俺のことを愛してくれたら、足枷も外してやるし、外にだって出してやるじゃん。……多分」

「多分って何よ！　絶対に、嫌！　離して！」

吐き捨てるように言い、アリスはジェミニから逃げだそうと足掻いた。

とはいえ、ジェミニが離すはずもない。あっさりとジェミニに抱え上げられてしまった。

「馬鹿！　放しなさいよ！　私のことが好きなんでしょ！　それならもっと！　丁重に！」

「逃げるくせに、贅沢なことばっかり言うじゃん……」

「うるっさい！」

「でも俺、弱いくせに吠えまくるアリス、大好きじゃん……俺の責めにも屈しないし……アリスを好きになって良かった。ずっと俺の側にいて欲しいじゃん」

「嫌だって言ってるでしょ！」

ギャーギャー言いながら、去っていく二人を、シルヴィとアーサーは半ば呆然としながら見送った。

「……元気そうで、良かった……のかな」

目を瞬かせながらシルヴィが言うと、アーサーもそうだなと頷いた。

「とりあえず、お前のメイドの無事が確認できたから良かったのではないか？　かなり、元気そうに見えたが」

「確かに。とっても元気だったわ」

監禁されているという話だったが、アリスが精神を病んでいるとか、そんなことはなかった。ジェミニのことを彼女は嫌っているようだし、シルヴィも御免被りたいと思う男だが、相性は決して悪いわけではないようだ。

「……捕まえなくて、良かったの？」

一度もそんな素振りを見せなかったアーサーに尋ねると、彼は苦笑した。

「まあ、今回はな。……そういえば、シルヴィ」

「何？」

アーサーの声音が変わったことに気づき、シルヴィは彼の方を向いた。

「お前のメイドとジェミニの証言で、大体のことは説明が付いたのだが、実は一つだけ、解決していないことがあるのだ」

「……手紙のことよね？」

間髪入れずにシルヴィが返すと、アーサーは苦々しい顔をして肯定した。

「そうだ。あの手紙は、あとで筆跡を調べてみたが、お前のメイドが書いたものではなかった。完全な第三者が書いたものだったのだ」

「そう……」

なんとなくだが、そんな気はしていた。

だってアリスはそういうことをする性格ではないから。わりと行き当たりばったりなところがあるし、だからこそ今、ジェミニにだって捕まっているのだ。

「誰が、ジェミニの情報をくれたんだろう」

「分からないが、あれから一度も手紙は来ていないな。とりあえずは、忘れる方向で行くしかないだろう」

「そうよね」

王太子であるアーサーには、いくらでも他に気にするべき問題がある。特に害のなかった手紙にばかり関わっているような暇はないのだ。

◇◇◇

そうして、時間は過ぎ、シルヴィとアーサーの結婚式は、いよいよ明日へと迫っていた。

あれから、ジェミニも活動を休止しているのか、特に問題を起こしていない。クロードもすっかり貴族らしくあるようになり、最近ではついに自らの花嫁を探し始めたという噂が飛び交い始めた。

皆、確実に前へと進んでいる。

ディードリッヒだけはあまり変わらないが、それは彼の立場上仕方のないことだ。だけど、彼ももう少しすれば、花嫁を探し始めるのかもしれない。自分の仕える主人に合わせて結婚するのは貴族にはよくある話だからだ。

今日は、軽く中庭を散歩していた。お供にはディードリッヒを連れている。アーサーが連れていけと言ってくれたのでお願いしたのだ。そのアーサーは、仕事に追われており、都合が付き次第、追いかけてくると言っていた。

「明日は、いよいよ結婚式ですね」

ディードリッヒが感慨深げに言う。それにシルヴィは歩きながら頷いた。

「ええ。長いと思っていたけど、意外とあっという間だったわ」

王太子妃教育にかなり時間を取られていたこともあり、余裕などどこにもなかった。ようやく一通りの教育を終えれば、もう結婚式。シルヴィにとってはこの半年、本当に怒濤だった。

「覚悟はできていますか?」

「ええ、もちろん」

ディードリッヒの問いかけに、シルヴィは気負わず答えた。アーサーの妻になる覚悟など、とうの昔にできている。今更だと立ち止まり、ディードリッヒを振り返ると、彼女の後ろを歩いていたディードリッヒもまた、歩みを止めた。

「ディードリッヒ?」

「……あなたが王太子妃となるその前に、一つだけ、告白させて下さい」

「え?」

「そして、聞いたらすぐに忘れて下さい。これは私の、懺悔みたいなものですから」

穏やかな笑顔でディードリッヒがシルヴィを見つめる。彼女が首を傾げると、ディードリッヒは今度は空を見上げた。

「実は私は、好きな人がいるんですよ。と言ってもその人にはもう決まった人がいるのですけど」

「……ディードリッヒ？」

何を言い出すのか。シルヴィがディードリッヒを凝視すると、彼は何でもないような口ぶりで言った。

「彼女を好きだと気づいたのは、愚かなことに、本当に最近なのです。彼女が、愛する人と婚約したあとで気づきました。気づいた時には終わっていた。それが私の恋です」

「……えと」

どうコメントすれば良いのか分からない。困惑するシルヴィにディードリッヒは淡々と続けた。

「彼女には相愛の相手がいて、その相手も彼女を深く愛しています。それこそ、私が彼女を思っているよりも深く。だからこそ、好きだと気づいても私は諦めるしかなかった。互いに深く愛し合っている二人を引き離してまで思いを叶えたいとは思わないので。その二人共を、私は大事に思っています。二人が幸せになってくれるのなら、それ以上は望まない。それが、私の愛の形です」

ディードリッヒの瞳に一瞬、熱が籠もった。それで気づいてしまう。

ディードリッヒが、誰のことを思っているのか。

どうしてこのタイミングで伝えてきたのか、分かってしまった。

「ディードリッヒ……あの……」

はっきりと名前を出さない曖昧な告白に、シルヴィはなんと答えれば良いのか困ってしまった。

そんな彼女を見て、ディードリッヒが「ですから」と言った。

「最初に忘れて下さい、と言いましたよ。この話はこれで終わりです。私は私の思いを今日で捨て去るつもりですから」

「……じゃあ、どうしてそんな話をしたの？」

忘れて欲しい話だと言うのなら、いっそ黙っていて欲しかった。

シルヴィの声なき訴えに気づいたのか、ディードリッヒが眉を下げる。

「申し訳ありません。捨て去るつもりの思いだったのは確かなのですが、一度だけ吐き出したかったのです。――何よりもあなたに聞いて欲しかった。そしてくだらないことだと笑い飛ばして欲しかったのです」

「……馬鹿ね」

本当に、馬鹿だ。

「忘れられるわけ、ないじゃない」

自分を思ってくれていたと知って、それを忘れる――なかったことにするなんて、すぐにできるはずがない。

ディードリッヒが試すような口調で言う。

「――でも、あなたなら殿下を選ぶでしょう？」

「ええ、もちろん」

終始、一貫して濁した言い方しかしなかったディードリッヒが、はっきりとシルヴィに問いかけてきたことに驚きながらも、彼女はきっぱりと答えた。

「もちろん、私が愛しているのはアーサーだけだもの。当然だわ」

「良かった。その答えが聞きたかったのです」

振られたはずなのに、ディードリッヒは満足げに微笑(ほほえ)んだ。ゆっくりと口を開く。

「私も、アーサーが何よりも大事ですから」

きっと、ディードリッヒにとっては、それが一番大切なことなのだろう。

シルヴィは頷き、ディードリッヒに向かって言った。

「じゃあ——これからも、よろしくね。ディードリッヒ」

それは、己を好きだと言ってくれた男に対し、とても酷(ひど)い言葉なのかもしれない。だけど、明日には王太子妃となるシルヴィが掛けられる言葉はこれしかなかった。

ディードリッヒは頷き、その場に跪(ひざまず)いた。そうして腰に佩(は)いた剣を両手でシルヴィに向かって差し出した。

「殿下と同じだけの忠誠を、あなたに捧(ささ)げます」

それは、ディードリッヒが己の恋を捨てた瞬間だった。アーサーとシルヴィを己が仕える相手と定め、生きていくのだと決めた言葉。

それに対して、シルヴィが返す言葉は一つしかない。

「ありがとう」

更に深くディードリッヒが頭を下げる。そうしてシルヴィはディードリッヒから差し出された、彼の忠誠を受け取った。

ディードリッヒと別れたシルヴィは、なんとなくロイヤルガーデンの方に足を伸ばしていた。

ロイヤルガーデンなら一人で散歩をしていても危なくない。部屋まで送ると言ってくれたディードリッヒも、ロイヤルガーデンならと頷き、送り出してくれた。

アーサーを見かけたら、シルヴィのところまで行くように伝えるとディードリッヒが言ってくれたこともあり、彼が来るまで時間を潰しているつもりだった。

「シルヴィ」

意外と早く迎えに来てくれたアーサーの声に、シルヴィは笑顔で振り返った。

「アーサー。執務はもう良いの？」

尋ねると、アーサーはうんざりしたような顔をした。どうやら相当疲れているようだ。

「ああ、ようやくな。全てではないがあらかた片が付いた。結婚式の前日まで仕事尽くめとは酷いと思わないか？」

「王太子に休みの日なんてないもの。仕方ないと思うわ」

「それはそうだが」

嘆息するアーサーを労るように、シルヴィは彼に近づき、背伸びをしてその頭を撫でた。

「お疲れ様、アーサー」

「……ああ」

「っ！」

ふわりと笑みを浮かべたアーサーに、シルヴィはいつも通りときめいた。婚約者となり、明日に結婚式を控えていても、未だアーサーの美貌はシルヴィの心臓に悪い。

（格好良いな、アーサー）

その顔も声も、何もかもがシルヴィの好みど真ん中で、いつまで経ってもときめいて仕方ない。

格好良いと思うのも、ドキドキするのも、全部全部アーサーだけ。そのことを再確認し、改めて、シルヴィはアーサーを愛しているのだと納得していた。

「ディードリッヒに、シルヴィがこちらにいると聞いてな。ちょうど良いと思い、急いでやってきた」

「ちょうど良い？　何の話？」

首を傾げると、アーサーはシルヴィに笑いかけた。そうして彼女の手を握る。

「こっちだ」

「えっ……ちょ、ちょっと」

アーサーはロイヤルガーデンの奥へと歩き出した。そうして、今まで彼女が一歩も足を踏み入れたことのない場所へと連れていく。

「あ……」

アーサーが止まったのは、ロイヤルガーデンの奥庭への入り口だった。入り口は鉄格子で封鎖されており、頑丈な鍵（かぎ）が掛かっている。シルヴィが思わずアーサーを見ると、彼は黙って、錠に手を翳（かざ）した。それだけで、鍵は跡形もなく消えてしまう。

「鍵が……」

「鍵は王族の魔力に反応する。王族でないとこの奥庭には入れない」

「う、うん」

「中に入るぞ」

有無を言わせない勢いで、アーサーは扉を開け、シルヴィを引っ張っていく。自分がどうするべきか、どうしたら良いのか分からないまま、シルヴィはアーサーに従った。扉をくぐり抜ける。先ほどまでと何も変わらない庭がシルヴィの目に映る。だが、次の瞬間、景色（けしき）が変わった。

「っ！」

声もなかった。一瞬にして見ていた光景が切り変わる。鮮烈すぎる赤に息を呑（の）んだ。何でもない景色は、今や一面、薔薇（ばら）に覆い尽くされていた。

「な……」

どこを見回しても、薔薇、薔薇、薔薇、薔薇、だ。しかも真っ赤な薔薇ばかりが見事に咲き誇っている。薔薇の花に奥庭は埋め尽くされていた。

「王族は、一年に一度だけ、無条件でこのロイヤルガーデンの奥庭に入ることが許される。それとは別に、国王からの特別な許可をもらった場合にも立ち入ることができる。今回の場合はその特別な許可だ」

「そう……なの？　特別な、許可？」

「明日は、結婚式だからな。その前に、このロイヤルガーデンの秘密を、妻になるお前に教えておく必要があった」

「……」

ゆっくりとアーサーを見上げる。彼の青い瞳は真剣で、シルヴィも自然と姿勢を正した。

「この奥庭に咲く薔薇は、特別なものだ」

「……うん」

「花びらには万能薬に近い、医療効果が認められる。それは何故かと言えば、この奥庭にある薔薇は魔力を吸って生長しているからだ」

アーサーが話す言葉を、シルヴィは真剣に受け止めた。

彼が今話していることは、ゲーム知識としてすでにシルヴィは知っていた。アーサールートの最後、結婚式前夜で、今と同じイベントが起こり、ヒロインはアーサーからこの奥庭の説明を受けるからだ。

何度もアーサールートをプレイしたことのあるシルヴィは、それらを全て覚えていた。

奥庭の特別な薔薇のスチルも、全部。

（でも、違う）

これぞ正しくイベントと呼ぶに相応しい状況。だが、シルヴィは全くそういう風には受け取らなかった。

イベント、なんてそんな言葉で言い表して良いものではない。直に感じる薔薇の匂い、押し寄せる王家の重圧、そしてシルヴィを見つめるアーサーの表情。全てがこれは現実なのだとシルヴィに教えていた。

(私は王家に嫁ぐのね……)

自然に、そう思った。

アーサーが静かな口調でシルヴィに言う。

「この薔薇は水や肥料、日の光で育つのではない。王族の魔力を吸い、生長し、生きている。薔薇は私たちの魔力を溜め、この国にある結界を維持しているのだ。花びらの医療効果は、その残り香のようなもの。薔薇本来の役目は、結界の維持の方にある。そして我々は国を守るため、この薔薇を守り続けていかなければならない」

アーサーが薔薇に触れる。触れられた薔薇の花びらが色艶を増したようにシルヴィには見えた。

「祈りの間のことを知っているか?」

「……ええ。一年に一度、国内の主要貴族が、結界強化のために集まる部屋のことよね」

先ほどもアーサーが言っていた結界。それは、国を外敵から守るためのものだ。国中を覆う結界を張り続けることで、外界からの接触を最小限に抑え、平和を保っている。その結界を、貴族と王族が維持していると幼い頃に習うのだ。

「そこで貴族たちが祈りを捧げることによって、部屋の中央にある特殊な宝石に彼らの魔力が溜まる。

私たちはその魔力を自分たちの魔力に変換し、更に自らの魔力も足して、この奥庭の薔薇に捧げる。そうすることで薔薇は生長し、国に張られている結界を強化してくれる。王族の大切な使命だ。王族だけの魔力で済めば良いのだが、薔薇は大食漢でな。到底私たちだけのものでは足りない。貴族たちの魔力を足すことで、ようやく維持できているというところだ」

王族に嫁ぐには、魔力を持つ貴族でなければならない。

それはこういう理由からだった。

肝心要（かなめ）の王族が魔力なしでは困るのだ。そしてその子供に魔力がなかったとしたらそれこそ大問題になる。魔力は遺伝する。両親共に魔力持ちの場合、確実に魔力を持った子供が生まれてくる。だから、王家に嫁ぐには『魔力』を持っていることが絶対条件とされていた。

国を絶やすわけにはいかないのだから当然のことだ。

シルヴィは薔薇に目を向けた。真っ赤な薔薇は怪しいくらいに美しい。

その薔薇に助けられたこともあるシルヴィは、その時のことを思い出し、小さく笑った。

「……私が媚薬（びやく）に侵された時、この花のおかげで助かったのよね」

「？　ああ、そうだな」

「国を守り、その花びらは人をも救う……か。まさに国花に相応しい花ね」

薔薇は、ストライド王国の国花としてあまりにも有名だ。

「そんな薔薇を持ってくるんだもの。お父様が半狂乱になっても仕方ないわね」

初めてアーサーがシルヴィの屋敷を訪れた日のことを思い出しながら言うと、彼もシルヴィが何の話をしているのか分かったのだろう。「そうだな」と笑った。

「この花を贈ることくらいしか、思いつかなかったのだ。馬鹿らしいと思うかもしれないが、あの時の私の精一杯だった。今の私に贈れる最高のものを。そう思ったら、これしか思い浮かばなかった」

「……そんな大切なものを私はもらっていたのね。切ったりしても大丈夫だったの？」

「問題ない。代わりにたっぷり魔力を吸わせておいた」

「そう」

頷き、改めて周りを見回す。

やはり、知っていても違うなと思ったのだ。不思議なもので、アーサーから直接説明されたことで、シルヴィの中には、自然と王族としての責任というものが芽生え始めていた。それと同時に思う。

（私はこの世界に生き、死んでいくんだ）

一生をこの場所で過ごし、最後は愛する人と共に土に還る。そんな当たり前のことを彼女は改めて自覚した。

「これからは、私もこの薔薇を守っていくのね」

色々な思いを込めて告げた言葉に、彼女の伴侶（はんりょ）となるアーサーが言った。

「そうだ。結婚式が終われば、お前も王族。お前にも薔薇を守る義務が発生する」

「ええ」

「シルヴィ」

アーサーがシルヴィの前にやってきて、その場に跪いた。

「アーサー？」

突然の行動に首を傾げる。彼はシルヴィを見つめ、ふっと笑った。

「――お前を守ると約束する」

「え……」

アーサーの真剣味を帯びた声に、ドキッとした。

（何、これ……）

戸惑うしかなかった。

知らない。こんな展開、シルヴィは知らなかった。このあとは、二人で薔薇を見つめるスチルでイベントは終わりだったはずなのに。

何故アーサーは、シルヴィの前に跪き、彼女を見つめ、微笑んでいるのだろう。

「私と結婚して王太子妃となっても、お前は楽には暮らせないだろう。お前に筋違いな嫉妬を向けてくる者もいる。残念だが、嫌な思いをすることは多いだろう」

「……アーサー」

アーサーの言葉の意味を噛みしめる。ただ、彼を見つめていると、アーサーは彼女に向かって手を差し出した。

「私が、全てのものからお前を守る。だからシルヴィ。お前は逃げないで、私の側にいてくれ。私の子を産み、最後のその時まで側にいると約束してくれ」

告げられた言葉に、シルヴィは目を大きく見開いた。

アーサーがシルヴィと目を合わせる。その瞳を見て、これは明日に結婚式を控えた彼なりのプロポーズなのだと理解した。そしてそれを知ると同時に、感極まり、涙が溢れそうになってしまう。

(アーサー)

彼の言葉に、シルヴィが返せるのは一言だけだ。

「……はい」

差し出された掌の上に己の手を重ねる。

「最後まで、あなたと一緒にいると約束するわ」

シルヴィが、どんな犠牲を払ってでも、側にいたいと望むのは彼だけなのだから。

「シルヴィ」

アーサーが、重ねられたシルヴィの手をもう片方の手で握り、立ち上がる。そうして彼女を抱き寄せた。

「愛している」

「私も」

「お前を見つけることができて良かった……」

アーサーの顔が近づいてくる。シルヴィは自然と目を瞑った。触れる温もりは彼女に幸せを伝えてくるかのようだ。

——これにて、ハッピーエンド。

一瞬、そんな文言が脳裏をよぎったが、すぐにシルヴィはそれを振り払った。

（まさか、そんなはずないじゃない）

むしろ、人生はこれからなのだから。エンド、なんて言ってもらっては困るのだ。

「大好き、アーサー」

だからシルヴィは微笑み、明日から人生を共にする人に、改めて愛を告げて抱きついた。

第十六章・結婚式（書き下ろし）

「まあ！　シルヴィア様！　お綺麗ですわ」

「ありがとう」

いよいよやってきた結婚式当日の朝。シルヴィは女官たちの手でドレスアップさせられていた。

真っ白なウェディングドレスは、シルヴィの実家である侯爵家が準備してくれたものだ。

国花である薔薇が鏤められたドレスは、非常に上品で美しかった。レースの手袋を嵌め、長いヴェールを被る。

ロイヤルガーデンからアーサーが摘んできた薔薇で作られたブーケは見応えがある立派なものだった。

髪を結い上げ、化粧を施されたシルヴィは、緊張しつつも笑顔を作った。

今日は結婚式なのだ。これから王族となる自分が居竦んでいるわけにはいかないと、ありったけの勇気を出し、式に臨むつもりだった。

「本当に、この良き日を迎えられましたこと、心よりお喜び申し上げます」

女官長が感極まりながらシルヴィを見つめてくる。一緒に準備をしてくれた女官たちも嬉しそうだ。

「本当に。殿下がきっと惚れ直しますわ！」

「そうだと良いけど」

シルヴィたちがいるのは、王城に隣接されているヴィスペア大聖堂。その控え室だ。もうすぐ挙式の時間。今、シルヴィは父である侯爵が迎えに来るのを待っているところだった。

「本当に、美しい花嫁でございますこと。……ここにアリスがいれば、さぞ喜んだことでしょうに。急に辞めることになって、残念ですわ」

女官長がしみじみと告げる。その言葉に、シルヴィは曖昧な笑みを浮かべることしかできなかった。女官たちは、アリスが急に辞めることになった、としか知らされていないのだ。だが、微妙な顔をするシルヴィを見て、めでたい日にする話ではないと察したのだろう。女官長もそれ以上は言わなかった。

「シルヴィ、準備はできたか」

「お父様」

挙式、十分前になって、シルヴィの父が控え室に到着した。

黒い正装に身を包んだ父は、シルヴィよりもよっぽど緊張しているように見える。娘を王家に嫁がせるのだからそれも当然なのだろう。

その父はシルヴィを見て目を見張り、満足そうに何度も頷いた。特別言葉にしたりはしないが、その行動だけで、娘の結婚を喜んでいるのが伝わってくる。

「お父様、長い間、お世話になりました」

前世を思い出し、今まで育ててもらった礼を告げる。色々あったが、父が最初からシルヴィとアーサーの結婚について協力的だったことは、今となっては有り難かった。

娘の突然の礼に驚いたのか、父があからさまに動揺する。誤魔化すように咳払いをした。

「あ、ああ。……行くぞ」

「はい」

父の腕に掴まる。

女官長たちが頭を深く下げ、シルヴィたちを見送る。控え室を出ると、廊下には真っ赤な絨毯が敷かれていた。その両端には正装姿の兵士たちがいて、シルヴィたちが通ると、恭しく頭を下げ、見送ってくれた。

「……シルヴィ。お前はこの結婚を喜んでいるのだな？」

式が行われる礼拝堂の、扉の前に立つ。小声で問われ、シルヴィは笑みを浮かべた。

「はい」

「……そうか。ならば良い」

扉が開く。国内貴族、ほぼ全員が今日の式には参列していた。広い大聖堂内は太陽の光を浴び、銀色に輝いている。式を執り行う文官と国王が、まるで神父のようにシルヴィには見えた。その二人の前にはアーサーが立ち、シルヴィを真っ直ぐに見つめている。

（アーサー……）

荘厳な雰囲気の中、シルヴィは父と一緒に、礼拝堂の中央に敷かれた絨毯の上を歩いた。皆の視線を感じる。凄まじいプレッシャーがシルヴィを襲ったが、彼女はそれを跳ね返し、前へと進んだ。視界の端に義母の姿を捉える。最前列にいる彼女は、シルヴィを見て嬉しそうに微笑んでいた。そのす

ぐ近くには、シルヴィの母もいる。

残念ながら、レオンは式には出席していない。父が、許さなかったのだ。

「殿下、娘をよろしくお願いいたします」

「分かった」

アーサーの前まで来た父が、シルヴィを彼に委ねる。

父は下がり、二人は祭壇の前に並んだ。

アーサーの隣に立ったシルヴィは、感慨深い気持ちで自分の夫となる男を見た。

白い正装に身を包んだアーサーは、まさに理想の王子様といった風体で、こんな時だというのにシルヴィはすっかり彼に見惚れてしまった。

（すごく格好良い……）

豪奢な衣装がこれ以上ないほど似合っている。

ぼーっとしていると、シルヴィの様子に気づいたのかアーサーが少し笑った。

彼女にだけ聞こえるくらいの小声で言う。

「——綺麗だな」

「っ！」

一言だけだったが、その言葉がシルヴィにもたらした衝撃は大きかった。他の誰に言われても笑顔で「ありがとう」と答えられるのに、それがアーサーからだと、恥ずかしくて嬉しくて、胸がいっぱいになってしまう。

なんとか微笑みを返すのが精一杯。頬(ほお)が熱くてのぼせ上がりそうだ。

式典が進む。進行役は式部長官だ。王族の各式典を一手に引き受ける彼が、二人が晴れて夫婦となったことを宣言し、そして誓いの口づけをするように言う。

アーサーがシルヴィに近づき、顔を傾ける。

「シルヴィ、愛している。一生、お前を離さない」

「あ……」

唇が触れる直前、愛の言葉が囁(ささや)かれた。それは、婚約式の時にアーサーが言った言葉だった。

それに気づき、シルヴィが目を丸くする。あの時彼女は、まだ気が早いから、結婚式の時にもう一度聞かせて欲しい、と彼にお願いしたのだ。

アーサーはもちろんだと答えていたが、まさか本当に実行してくれるとは思わなかった。

（アーサー……）

驚きと同時に、喜びが湧(わ)き上がってくる。

シルヴィが動けないでいるうちに、アーサーがさっと唇を重ねる。目を大きく見開くシルヴィを、アーサーがしてやったりという顔で見てきた。

（もう……アーサーったら、不意打ちなんて、そんなの驚くに決まってるじゃない）

だけど、告げられた言葉にはやはり嬉しいと思ってしまうし、アーサーのそういうところが、シルヴィはとても好きなのだ。

（ああもう、嬉しいな）

白旗を揚げるしかない。

随喜の涙が溢れそうになるのを必死で我慢し、最後に用意された結婚証明書にサインをする。

そうして全てを済ませた二人は揃って大聖堂の外に出た。

王太子の結婚ということで、民衆が集まっている。彼らに手を振り、二人は用意された馬車へと乗り込んだ。

これから王都を馬車で回り、国民にお披露目をするのだ。

これも大切な儀式。シルヴィは終始笑顔で、全ての行事を乗り切った。

「はぁ……」

お披露目も、そのあとに開かれた夜会も終わり、シルヴィはようやく一息吐いた。

彼女がいるのは、アーサーの寝室だ。今日は、結婚初夜。念入りに身体を清められたシルヴィは、夫がやってくるのをベッドに腰掛けて待っていた。

「……びっくりしたな」

昼間のことを思い出す。

馬車に乗ってのパレード。王都を軽くではあるが一周回るという催しの中、彼女は民衆の中に知り合いの姿を見つけたのだ。

知り合いというのは、シルヴィとアーサーの魔術の師匠であるメルヴィン。そして、この間、偶然会えた友人、アリスだ。

彼女はシルヴィと目が合うと、嬉しそうに手を振ってくれた。その直後、ジェミニに回収されていったが……。あれはもはや、お約束の流れなのではないだろうか。そんな風にも思ってしまう。

それでも元気そうな友人の姿を見ることができて、シルヴィは嬉しく思っていた。

（一緒にいられなくなったのは寂しいけど……）

たまにでもその姿を見せてくれるのなら十分だ。

「待たせたか？」

アリスのことを考え、シルヴィがニコニコしていると、寝室の扉が開き、アーサーが入ってきた。彼も湯を使ったのだろう。ナイトローブを着ている。シルヴィは初夜のために用意された薄い夜着を纏(まと)っていたが、なんだか妙に恥ずかしく感じてしまった。

「そんなに待っていないわ」

笑顔を作り、夫に答える。アーサーがシルヴィの隣に腰掛けた。ベッドの軋(きし)む音に、過剰に反応してしまう。

「あ、あの……アーサー？」

「ようやく、私の妻になったのだな」

「あ……」

アーサーがシルヴィの目を見つめ、感慨深げに言う。その言葉には喜悦が滲(にじ)んでおり、彼が本心から喜んでいるのが伝わってきた。

「アーサー」

「お前を妻にすると決めてから、十年以上。長かったが、ようやく願いが叶(かな)った」

「……うん」

アーサーがシルヴィの手に己の手を重ねる。ギュッと握られると、彼の思いがダイレクトに伝わってくる。

「私は、アーサーみたいに子供の頃(ころ)からってわけじゃないけど……でも、アーサーと結婚できて嬉しいって思ってる」

「シルヴィ」

「この日を迎えられて良かった」

これはシルヴィにとってはある意味スタートのようなもの。

ここから先は未知の世界。でも、側(そば)にアーサーがいてくれるのならば頑張れる。

シルヴィはとっておきの笑みを浮かべて、夫を閨(ねや)へと誘った。

「アーサー。私、あなたの子供が欲しいんだけど」

「っ！」

「私の願い、叶えてくれる？」

目を見開いたアーサーが、我慢できないとばかりにシルヴィをベッドに押し倒す。

シルヴィは抵抗せず、微笑んだまま、夫の背に両手を回した。

その耳元で囁く。

「大好き、アーサー」

「──私もだ」

幸せな時間が訪れる。二人だけの秘密の時間が。

次の日、アーサーに抱き潰（つぶ）されたシルヴィは予想通り動けなくなったのだが、いそいそと世話を焼く彼の側で、彼女は実に幸福そうに笑っていた。

終章・ヒロイン×ヒロイン

シルヴィがアーサーに嫁いで、数ヶ月が経った。

城で王太子妃として暮らすのは、辛いことも多いけれど、それなりに上手くやっている。

アーサーは世継ぎの王子として精力的に活動を始めた。側近であるディードリッヒも忙しそうだが、その合間を縫って、彼には引き続き刺繍を教えてもらっている。

彼の技術は確かなものだし、教え方も上手い。アーサーも駄目だとは言わなかったので、週に一度程度ではあるが勉強させてもらっている。

クロードはなかなか自分の思うような女性を見つけられないらしく、最近では「焦っても仕方ない」と開き直ったようだ。

シルヴィの弟であるレオンも、つい先日、王都に戻ってきた。父の勧める女性と婚約したらしいが、幸せになってくれるといいなと思う。もちろん結婚はまだまだ先の話なのだが。

結婚式に出席してくれた義母は、それを機に、人前に少しずつではあるが出るようになってきた。長い間、公の場に姿を見せなかった王妃を見て、人々は驚いたが、妙な噂は流れなかった。

最初に国王とアーサーが、厳重に注意したからだ。二度と妻を傷つけさせまいとする国王と世継ぎの王子の様子に、皆も怒らせてはまずいと彼らの意を汲んだらしい。

あとは、アリスだが、なんと彼女は時折シルヴィの前に姿を現すようになった。どうやってジェミニと取引したのかは分からないが、時々やってきては、シルヴィと少し話し、ジェミニに連れられ帰っていく。

　ジェミニとの生活は相変わらずみたいだが、その中でもアリスは自分を貫き通している。そういうところは見習いたいなと素直に思う。

　ジェミニが最近大人しいからか、ウロボロスの首領であるイースも王城には訪ねてこなくなった。

　ライカールト公爵の息子、ゲイルは、父親と共に白衣を着て歩いているのをたまに見かけるが、まだ見習いらしく、シルヴィと直接関わることはない。

　皆、忙しく毎日を過ごしている。

　そんなある日、シルヴィは国王の執務室に呼ばれ、アーサーと一緒に謁見の間へとやってきた。

「誰かお客様でもいらしたの？」

　気になって夫に聞くと、彼は小声でシルヴィに教えてくれた。

「ここだけの話だが、外国の王女が来たらしい。昔から細々と付き合いのある国で、今回私が結婚したと聞いて、代表で王女が来てくれたみたいなのだが……」

　ストライド王国は、結界で国中を覆ってはいるが、実は、完全に他国との付き合いをなくしているわけではない。国民には知らされていないが、多少なりと、交流のある国は存在するのだ。

　それを初めてアーサーから聞かされた時、シルヴィは大層驚いたものだが、同時にそういえばそんな設定もあったと思い出していた。

　今日来たのは、その国の一つらしい。

「王女様、か……」

「確か、お前と同い年くらいだったはずだ」

「そう。仲良くできるかしら」

アリスという友人とも滅多に会えなくなってしまったシルヴィとしては、少しくらい友人を作りたいところだ。そんな風に思いながらアーサーと一緒に執務室に入る。

国王と話していたであろう、赤いドレスを着た女性が振り向いた。

金色の瞳(ひとみ)に、背中の中ほどまである真っ直(す)ぐな黒髪。メリハリのあるボディラインは美しかった。

(え？　どこかで見た？)

何だろう。妙な既視感がある。記憶を刺激する姿にシルヴィは首を傾(かし)げた。

「あら」

シルヴィとアーサーを見た彼女は、にんまりと笑った。そうして腰に手を当て、声高に宣言する。

「遅かったですわね！　待ちくたびれましたわ。というわけで！　2のヒロインである、わたくし、ヒルダ・ローエングリン。満を持しての登場ですわ！　さあ！　お役目終了の1の方々。今後は、わたくしのためにキリキリ働いてもらいますわよ！」

「えっ……」

変な声が漏れた。思わず目の前のヒルダと名乗った王女をまじまじと観察する。ぼんやりとした記憶が鮮明になる。どうしてその姿に既視感を覚えたのかその理由が分かった。

「2のヒロイン……」

（嘘でしょ）

頭痛がする。

冗談みたいな話だが、目の前にいる彼女、ヒルダ王女は間違いなく、２のヒロインだった。今の今まで忘れていたが、断言できる。２は王女が主役なのか、と思いながらプレイしていた記憶も同時に蘇ったからだ。

「……」

アーサーが隣にいることも忘れ、呆然とヒルダを見つめる。ヒルダは今度は腕を組み、自信満々にシルヴィに向かって笑いかけてきた。

「うふふ。その反応。やっぱりお仲間でしたわね。そして予想通りアーサールートをお選びになった、と。結婚の報告が国に来た時は、ようやく、と思いましたわ。もっと早くクリアして下されば良かったのに。でも、時系列的にも２は１のあと。早めに始めて、ゲームをおかしくさせるわけには参りませんから待ちました。私、これでもルールは守るタイプですの」

（最悪だ）

仲間という言葉からも分かる。間違いなく、この王女はシルヴィやアリスと同じ転生者だ。それも、質が悪いタイプの。

愕然としていると、王女は機嫌良くシルヴィに近づき、小声で言った。

「感謝して欲しいですわね。わたくし、あなたを助けているんですのよ。気づいていなかったみたいですけど、あなた、ジェミニルートに何度か行きそうになっていましたもの」

「え……」

なんだそれは。

聞き逃せない言葉に驚いていると、王女はクスクスと笑った。

「1のヒロインであるあなたがそれをお選びになったのなら、それもありだと思ったのですけど、報告を聞いた限り、あなたはアーサーがお好きなように思いましたので。それならばと、ストライド王国に忍ばせておいた間諜の一人に助けるよう命じました」

「か、間諜にって……それに助ける？」

どうやってという顔で彼女を見る。王女は人差し指を自らの唇に当てた。

あざといポーズだが、可愛らしい顔立ちをしているので、実に様になる。

「本当は内緒ですけど、教えてあげます。私たち、仲間ですもの。あなたのヒーローに二度ほど手紙を。あれで動かないようならどうしようもなかったのですけど、ちゃんと動いてくれたようで良かったですわ。彼が動いたのは、あなたがちゃんと好感度を上げていたから。あなたが無事にハッピーエンドに辿り着けて私も嬉しいですわ」

手紙、と言われ、シルヴィはそれがなんなのか気づいた。

彼女の言う手紙とは、アーサーが誰から来たのか分からないと調査させていたもの。

おそらくは、あれで間違いないだろう。

「あ、あれ……あなただったの」

「正確には、命じた部下が用意したものですけど。二回目なんかは、あなたの屋敷にアーサーが来ないと、ジェミニバッドエンドその５『深淵』に突入でしたのよ。危なかったですわね」

『深淵』？　えっ、そんなの知らない……」

シルヴィが知らないジェミニルートの話をされ、呆然とした。

王女が不思議そうに首を傾げる。

「あら、本当にご存じない？　……もしかして、ＰＣ版しかプレイしていらっしゃらなかったのでは？　指先シリーズは、家庭用ゲーム機でも発売されておりましてよ。Ｒ15版になってしまった代わりに、攻略対象の追加と、あと大幅に、エンドが増えましたの。増えたエンドは殆どがバッドエンドでしたけれど」

「は？　はああああ？」

そんなの初耳だ。

大体、家庭用ゲーム機で出ているなんて、知らなかった。

一瞬、嘘だと思ったが、王女の顔を見れば、彼女が嘘を吐いていないことは分かる。

ということは、だ。

（え？　私、本当に危なかったの？）

今更ながら冷や汗が出る。

シルヴィが知っているのは、あくまでもＰＣ版だけであって、それ以外は分からない。

他にも恐ろしいルートがあったらしいと知った彼女は眩暈がするかと思った。

「あ、ありがとう……」

そう言うしかなかった。

何せ、彼女が助けてくれなければ、ジェミニバッドエンドまっしぐらだったらしいので。

知らないというのは恐ろしいものだ。

気が遠くなりそうだと思いながらもシルヴィがお礼を告げると、王女はにっこりと笑い、「お役に立てたようで良かったですわ」と言った。

強烈な性格の持ち主のようだが、どうやら良い子であることは確からしい。

それにホッとしていると、彼女はシルヴィから離れ、嬉しさを隠しきれない様子でクルクル回ると、高らかに言った。

「そういうわけで！　続編スタート、ですわよ！」

「やめて！」

(大声で宣言しないで……お願いだから！)

泣きそうになりながら、シルヴィは叫んだ。

信じられない。頭痛どころか眩暈までしてきた。

堂々と続編スタートなどと言ってしまう彼女に、シルヴィはこれから胃が痛くなるであろう未来をヒシヒシと感じていた。

「さ、最悪……」

助けてくれたことは感謝しているが、それとこれとは別問題。

わなわなと震えていると、アーサーが唖然とした表情で言った。

「……なんだ、あの王女は。頭がおかしいのか？」

その言葉に、全力で同意したくなったが堪えた。

しかし、これは一体、どういう展開なのだろう。

２のヒロインが、ストライド王国に乗り込んできた。

そして続編の宣言をするとか、シルヴィには全く理解できない状況だ。

更に、嫌なことに気づいてしまった。

(待って？　２のヒロインが出てきたってことは、まだゲームが続くってこと？　嘘でしょ？)

思わずこめかみを押さえる。

ようやくゲームと関係ないところに辿り着いたと思ったのに、もう何も気にする必要はない、あとはただアーサーと人生を生きていくのだと誓った矢先にこんな展開とは、酷すぎる。

(２なんていらない。もう、勘弁してよー！)

彼女の心からの叫びは、誰にも届かなかった。


エンドロールは流れない。

シルヴィの奮闘は、これから先も続いていく。

だけどそれも当然。

これはシルヴィが苦悩しつつも頑張り、己の未来を切り開いていく、彼女のための物語なのだから。

「また、明日ね」

そう言って手を振る、楽しげな笑顔。それが最後に見た親友の姿だった。

アリスがまだ『アリス』ではなかった頃、具体的には日本で生きていた時、彼女には親友と呼べる存在がいた。何かと気が合い、いつも一緒に行動していた同い年の女の子だ。

アリスはいわゆるオタクと呼ばれる人種だったがそれは彼女も同じで、共に同人活動に勤しんだり、お勧めのゲームや漫画を布教したりして、毎日楽しく過ごしていた。

彼女が勧めるR18ゲームの『指先シリーズ』も最初は興味なかったが、親友の熱心な布教で一緒に沼に嵌まった。語れる仲間がいるのなら、それもまた楽しかったのだ。

それが崩れたのはいつだったのか。もうアリスは正確な日付を覚えていない。

唯一無二だと思っていた親友は、実にあっさりとこの世を去ってしまった。アリスを置いて。

まだ若かったのに、これからもっとたくさん色んなことを一緒にしていく予定だったのに、いっぱい約束だってしていたのに、それが全部いっぺんになくなってしまった。

（また明日って約束したのに……どうしてこんなに早くに逝ってしまったのよ）

寿命だったのならまだ納得できた。でも親友は、明らかに寿命以外の要因で命を落としたのだ。

葬式の日、アリスは棺に横たわる親友に触れた。ゾッとするほど冷たい頬。死んでしまったのだとそこでようやく理解した。

それからの日々は灰色で、何をして生きていたのかもアリスはもう覚えていない。

何が楽しかったかも思い出せない。だってあの子がいないのだ。アリスの親友。彼女と一緒だから全ては楽しかったのに。

過ぎゆく日々をただ、ぼんやりと過ごし、そして、気づけばこの世界に転生していた。

彼女が転生した世界は、驚くことにアリスが生きていた日本ではなかった。異世界、それも親友がはまりに嵌まった『指先シリーズ』の世界だったのだ。

それに気づいた時、アリスは自嘲の笑みを浮かべた。

「馬鹿みたい。どうして私なの？　どうせならあの子をこの世界に転生させてくれれば良かったのに」

親友は『指先シリーズ』を愛していた。ここに彼女がいれば、目を輝かせて喜んだであろうに。アリスひとりだけ、こんな世界に転生させられたところで意味がない。

アリスが『指先シリーズ』に嵌まったのは、親友と一緒に騒ぐのが楽しかったからなのだから。

幸いなことにアリスのポジションはただのモブだ。ヒロインの家に仕えるメイドという立ち位置で、攻略キャラとは全くかかわらない。

ゲームに興味がなかったアリスにとっては、全てをスルーできる位置にいるのは有り難いことだった。だけど――。

(私、なんでこんなところにいるんだろう)

時折、強烈にそう思う。

虚しい気持ちを抱えながら、日々を過ごす。だけどある時、気がついた。

アリスが仕えるお嬢様。乙女ゲーヒロインであるシルヴィア。彼女の行動がどう見てもおかしいことに。

アリスの記憶にあるシルヴィアは乙女ゲームのヒロインらしく、内気で可愛いお嬢様。だが、今アリスが世話をしているシルヴィアはお転婆で、こっそり屋敷を抜け出して魔術を習いに行くくらいにはポジティブだ。

(全然性格が違う。え？ もしかして……ヒロインも私と同じ転生者だったりするの？)

まさかまさかと思いつつ、自分という前例があるのだから、可能性がないわけではないと結論づける。

それからアリスはシルヴィアをつぶさに観察した。そうして、歓喜に打ち震えた。

分かったのだ。

彼女――シルヴィアが、アリスの親友が転生した姿なのだ、と。

それに思い至った時には、何かの間違いじゃないかと思った。そんなうまい話があるものか。あの子が自分と一緒に転生しているなんて都合の良いことが起こるなんて――と。

だが、彼女が時折見せる仕草や口癖が、どうしようもなく親友を彷彿とさせて……アリスはついにはそれを認めざるを得なかった。

（一緒に来てたの……）

シルヴィアが自分の親友の転生した姿だと認めたその夜、アリスはひとり泣いた。

もう二度と会えないと思っていた親友。彼女と再び会えたことをこの世界に転生させてくれた存在に心から感謝した。色を失っていた世界が再びその色を取り戻した瞬間だった。

だからこそ、彼女は決意した。

（今度こそ、あの子には幸せになってもらうんだから）

せっかく親友が愛したゲーム世界にふたり揃って転生したのだ。しかも親友はヒロインとして。これはもう、ヒーローと結婚して幸せに暮らしてもらう以外ないだろう。

（あの子の推しは確かアーサーだったわよね……）

メイン攻略キャラのひとり。銀髪青目の美形王子。

親友は彼の声と顔が非常に好きだった。アーサーは執着強めのキャラではあるが、好きになれば一途だし、親友の推しということを考えても生涯の伴侶として悪くない。

とはいえ、親友がアーサーを選ぶと決まったわけでもない。

もし、違うキャラを攻略するのなら、それはそれで手助けしてやりたい。

今のアリスはモブでしかないが、だからこそ協力できることもあるだろう。予め根回ししておくとか、いくらでもやりようはある。

「……よし、やるわ」

今世での目標が決まった瞬間だった。

全ては一緒に生まれ変わった親友のために。

親友が亡くなってから初めて生きる希望を見出したアリスは、彼女の幸せのために一肌脱ごうと決意するのだった。

「なんでさっさとアーサーとくっつかないのよ！　あの馬鹿！」

ようやくシルヴィが前世を思い出し、アリスのことも認識してくれた。

久しぶりに話した親友は当時と全く変わっていなくて、アリスはとても嬉しかったのだが——ひとつだけ問題があった。

親友——シルヴィがゲームをしようとしないのである。

（もう、なんでよ）

先日、アーサーが屋敷に来た。その時の彼は明らかにシルヴィを意識しており、それをメイドの立場から見ていたアリスは、内心ガッツポーズをしていたのだ。

（きた！　これはきたわ！　アーサールート待ったなし！）

さすが親友。最推しを狙ってくるとは思っていたが、もう落としているとはやるではないか。『指先シリーズ』は最初の選択肢さえ間違えなければ問題なしの簡単ゲームだから、このまま親友がアーサーと幸せになる未来は約束されたも同然。この時アリスは本気でそう思っていた。だが、肝心の親友がそれを拒否した。

「私は最初のイベントに失敗したから」

何を言っているのだと思った。

確かに話を聞けば、イベントに失敗したという言い分も分かる。だが、問題ないと思うのだ。アーサーには明らかにフラグが立っているし、なんなら義弟であるレオンだってシルヴィを気にする素振りをみせている。ディードリッヒだって、シルヴィが本気で狙えばいけなくもないと思うのだけれど、シルヴィは首を横に振るばかりで、ゲームから逃れようとする始末。

(ああもう、焦れったい)

ゲームヒロインであるシルヴィが手っ取り早く幸せになるには、攻略ヒーローの誰かとハッピーエンドを迎えるのが一番なのに。

シルヴィに今世こそ幸せになって欲しいと思っているアリスとしては、さっさとヒーローの誰かとくっついて欲しかった。

「……こうなったら私がやるしかない」

我慢できなくなったアリスは、立ち上がった。シルヴィが動かないならいい。こちらから働きかけ、ルートを開拓してやるのだと開き直ったのだ。

つまり、アリスがこのゲームを影ながらプレイすれば良い。そう考えた。

（……シルヴィのことを考えればアーサーがベストだろうけど、彼は城にいるから手は出しにくいし……）

すでにフラグが立っていて、ルート開放できそうな存在。そう考え、アリスが選んだのはレオンだった。

アリスは早速レオンに協力を持ちかけた。レオンも前向きで、このままレオンルートへ行くのも時間の問題かと思われた。だが、その途中で気がついた。どうやらシルヴィはアーサーと距離を縮めているようだ、と。

なるほど。やはりなんやかんや言っていてもシルヴィはアーサーが好きなのだ。それなら彼女が好きな男と上手くいくように手を回してやるのが親友の役目というものだろう。

（任せといて！）

だが、それはなかなか上手くいかなかった。親友はどう見てもアーサーを意識しているくせに、彼女はなかなかそれを認めようとしないからだ。

アーサーが自分のことを好きなのは、彼女がゲームヒロインだからだ、なんて言い訳して、彼からの求愛を撥ね除け続けている。

（あの子が考えすぎるところがあるのは昔からだけど……こういう時は本当に鬱陶しいわね）

アリスの親友は意外と頑固なのだ。

こうなったら、多少刺激を与えてやる必要があるかもしれない。

そう考えたアリスは、乙女ゲームらしく新たなイベントを作り出すことを決めた。ふたりの気持ちを盛り上げるようなイベントがあれば、きっとあの頑固者の親友も素直になると考えたからだ。そうしてアリスが利用したのがジェミニだった。

暗殺者ジェミニ。

攻略ヒーローのひとりではあるが、攻略相手としては絶対にお勧めできない人物。暗殺者というのもそうだし、致す時に首を絞める性癖があるのがまずいただけない。

アリスも、こいつだけはシルヴィに選んで欲しくないなと思った男だった。

だが彼は裏社会では有名であり、利用するにはうってつけの人物。だからアリスは早い段階から彼と知り合う機会を作り、友人関係を維持するよう努めてきた。

ゲームをプレイしていたから彼がどんなものを好み、どんなものを嫌うのか知っている。アリスにとってジェミニの好感度を操るのは簡単なことだった。

……そのはずだったのに。

「アリスの言うこと、聞いてもいいじゃん。でもその代わり、俺の彼女になって欲しいじゃんよ」

天変地異でも起きたかと思った。ジェミニの言葉にアリスは分かりやすく顔を歪めた。

「……はあ？　何言ってんの、あんた。頭湧いてんじゃない？」

「アリスのその辛辣なところ、めちゃくちゃ好きじゃん。癖になるっつーかさ。俺、本気でアリスのこと好きになったじゃん。だから、アリスが俺の彼女になってくれるなら、なんでも言うことを聞くじゃんよ」

頬を赤らめてそんなことを言う。ジェミニに惚れられるとは思ってもみなかったので想定外の展開だ。

（最悪。きちんと好感度は管理していたつもりだったのに、失敗した）

己のことを好きだと告げるジェミニの顔は真剣だ。その表情は、転生前にゲームで見たスチルを彷彿とさせた。つまり、彼は本気でアリスに告白しているのである。

「……無理なんだけど」

首締めセックスをするような男と付き合えるはずがない。しかもこの世界は乙女ゲームなのだ。どの攻略キャラも本気にさえなればどこまでも一途で浮気などしない。

つまり、絶対に諦めないのだ。

（よりによってジェミニ？　シルヴィの相手じゃなかったのは良かったけど……なんでこっちに来るのよ。私、こいつが惚れそうなこと、何もしていないはずなのに）

毒づいてみても結果は変わらない。事実としてジェミニはアリスに惚れたと言っている。

とはいえ、もちろんアリスにジェミニと付き合うなんて選択肢はない。

クソみたいな男に割く時間などないからだ。だが、自分を好きだと言うのなら、それを大いに利用してやろう。アリスはそう考えた。

（前向きに考えるのよ。ジェミニを利用しやすくなったと思えば良い）

「……良いわよ。でもその代わり、私の望みを全部叶えてよね。そうじゃないと付き合わないから」

「いいじゃんよ！　なんでも言ってくれ！」

ぱあっと顔を明るくするジェミニを白けた気分で見つめる。乙女ゲームの攻略キャラだけあり、顔はいいが、とてもではないけど付き合おうなんて思えない。

（誰がこんなクソ男なんかと）

そもそもアリスは誰かと付き合う気も結婚する気もないのだ。彼女の望みはシルヴィが好きな男と結ばれること。そして今度こそ最後まで幸せに暮らしてくれること。それを一番近くで見守りたい。それだけなのだから。

（絶対にあの子には言わないけど）

シルヴィは自分が前世でどんな死に方をしたのか、いつ死んだのか、多分覚えていない。それに気づいた時は驚いたけど、彼女のためを考えればそれで良いのかもしれないと思っていた。

嫌な記憶をわざわざ思い出す必要はないのだ。忘れたままこの世界で幸せになってくれればアリスとしては十分。親友の死のことは自分だけが覚えていれば良い。

ジェミニと取引をし、彼を好きに使える立場になったアリスは、予定通りイベントを起こし、シルヴィとアーサーをくっつけることに成功した。

しかしそのあとアーサーと付き合うに至った下りをシルヴィから聞いたが、驚いた。なんとふたりは幼馴染みだったらしい。ゲームが始まる前に最推しとフラグを立てているとか自分の親友がすごすぎて笑ったが、とにかく親友はアーサーと両想いになったのだ。

アーサーだってようやく手に入れたシルヴィを手放すはずがない。これで親友の幸せは約束されたも同然だと、アリスは心底ホッとした。

だが、全てが上手くいくはずもない。

今度はレオンが邪魔してきたのだ。シルヴィはアーサーとくっついたのだから諦めればいいのに、余計なちょっかいを掛けてきた。腹立たしい限りだ。

(あんたはお役御免なの！　退場してよ!!)

ゲームとは違うと地団太を踏みたくなるのがこんな時だ。ルートが決まったからと都合良く出ていってはくれない。

こうなれば手段を講じてはいられない。アリスは実力行使に出ることを決めた。

ジェミニに頼み、レオンを痛めつけて欲しいと頼んだのだ。

そうすればレオンも余計なことはできなくなるだろうと考えたからなのだが、あろうことか何故かジェミニはレオンを殺そうとした。

(主要キャラを殺すな！　この馬鹿！　話が変に曲がったらどうするのよ！)

その場に行くことができない己の身が恨めしかった。アリスは歯がみしながらジェミニ襲撃の夜を過ごした。シルヴィがレオンを可愛がっていることは知っている。彼女のためにもどうかレオンを殺さないでいてくれと、普段は頼りもしない神頼みまでした。

その甲斐あってか、レオンは生きていたし、アリスの望み通り舞台から退場した。

これで邪魔者は全ていなくなったのだ。アーサーとシルヴィも婚約したし、あとは黙っていてもふたりのハッピーエンドを見られるのだと、アリスはひとり祝杯を挙げた。

シルヴィが幸せそうにしているのがアリスは嬉しかったし、アーサーがシルヴィを大事にしているところも気に入っていた。シルヴィと一緒にアリスも王城に来ている。彼女としてはこのまま王城に居座り続けて、シルヴィが年を取り、たくさんの孫に囲まれて老衰で死ぬところまで見届けたいところだ。そうすればようやくアリスは、親友は幸せに生きたのだと心から納得できるから。

だが、ここまできても、まだ邪魔者は現れた。

クロードだ。攻略キャラである彼までも、アーサーとシルヴィの仲を邪魔しようとしてきたのだ。

アリスとしては、巫山戯るなとクロードを殴りつけたいところだった。

（せっかく、せっかくここまできたのに……あんたなんてお呼びじゃないのよ！）

なんとしても邪魔者は退場させせなければならない。くっついたヒーローとヒロインにこれ以上波風はいらないのだ。アリスが見たいのは完璧なハッピーエンド。ただ、それだけなのだから。

「……ジェミニ。あのクロードってやつが邪魔なの」

怒り狂ったアリスが頼ったのは当然の如く、己に懸想している暗殺者の男だった。

ジェミニはあっさりと頷き、やはりレオンの時と同じくクロードを殺そうとした。結果的にクロードは殺されず、彼もまた舞台から退場したのだが……ジェミニがもじもじとしながら言ってきたことを聞いた時は、アリスは心底げっそりした。

「あのさ……クロードの奴、殺さなくていい？　あの公爵さん、俺の欲しかった拷問道具を持っているみたいでさ。殺すのを止めたらあれ、くれるって言われたじゃん」

「……誰が殺せって言ったのよ。馬鹿じゃないの」

「えっ、マジで？　良かった～」

本気で喜んでいる様子を見て、アリスは改めてこの男はないな、と思っていた。拷問道具に目を輝かせる男を好きだと思えたら、その女は情緒に大分問題がある。

（まあいいわ。とにかくこれで全員排除できた。もうふたりを邪魔する者はいない……）

苦労したが、なんとかここまできた。

そんなつもりはなかったが、本当に乙女ゲームをプレイしてきた気分だ。

あとはヒーローとヒロインが結ばれるエンディングを見て、その先の幸せになった親友を見守り続ける。アリスの目的はついに達成されたのだ。そう思った。なのに――。

（どうして、ジェミニがシルヴィを殺そうとしているのよ！）

ようやくエンディングかと気を緩ませていたアリスが目にしたのは、ジェミニがシルヴィを殺そうとしている場面。

あり得ない光景を見た彼女は、自分の立場も忘れて思わず叫んでしまった。

「何してるのよ！　どうしてアーサーとシルヴィを狙ってるの!?　私、あんたにそんなこと一言も頼んでいないわ!!」

一斉に全員の目が、自分に向いた。

――そうしてアリスの思惑は、衆目に晒されることとなったのだ。

あれから皆に自分の思惑をぶっちゃけ、ジェミニに約束を守れと彼の家に連れてこられたアリスは、

当然の如く彼に抱かれた。

それはゲーム通りの人を痛めつけて喜ぶようなプレイで、マゾ気質のないアリスが到底受け入れられるものではなかったし、実際彼女は最後まで抵抗し続けた。

(誰がこんな男に屈服するもんですか……！)

事が終わった後は、監禁され、首輪を嵌められ、手枷、足枷を付けられた。アリスが断固としてジェミニを受け入れなかったからだろう。これは完全にジェミニバッドエンドだ。

だが、アリスは気にしていなかった。

彼女にとって一番大事なのはシルヴィが幸せに生きてくれることで、それ以外は全部二の次だったからである。

それに自分の思惑を最後にぶちまけはしたが、肝心要の最もシルヴィに知られたくなかった部分は死守することができた。

(シルヴィは、私がただ乙女ゲームを楽しみたかった女と思っていれば良い)

アリスの真意になど気づかなくていい。

前世の親友の死を悼み、二度とそんな彼女を見たくなかった。最後まで笑って生きて欲しかったから足掻き続けたのだと、そんなこと親友は知らなくていいのだ。

これは自分の自己満足なのだから。

「あとは、アーサーがシルヴィを老衰するまで大事にしてくれれば、私としては大満足」

できれば側で彼女が笑っているところを見たいから、いつかはジェミニから逃げてやるつもりではあるが、おおよそにおいて、アリスの願った通りに全ては進んでくれた。

つい先日、シルヴィはアーサーと結婚したし、その姿を見ることだってできたのだ。

よし、と頷く。アリスは己の状態を見下ろした。

「さて、じゃあ出掛けようかしらね」

最後にシルヴィと会ってから、二週間が過ぎている。そろそろ親友の幸せそうな顔が見たいな、親友成分が不足しているなと思ったアリスは、数度目になる脱走を試みることにした。

座っていた簡素なベッドの足には彼女の足枷から繋がっている鎖が巻き付いている。アリスはまずはそれに近づき、「よいしょ」というかけ声と共に鎖を引き千切った。

呆気ないほど簡単に鎖は千切れる。そうして動けるようになった彼女はまずは首輪。次に足枷。最後に手枷と次々に外していった。彼女の腕力だけを使って。

これはアリスがこの世界に転生した時に持っていた、ある意味チートな特殊能力だ。誰も、シルヴィにさえ教えていない、彼女の力。

(ただ、異常な力があるってだけなんだけどね)

さすがモブ用のチート能力。ただ怪力なだけとか意味が分からない。だが、役にも立たないと気にしていなかったこの能力は、鉄の枷くらいなら簡単に外すことができるのだ。今までに何度かジェミニの家から脱走できたのは彼女のこの能力のおかげだった。

ジェミニもまさかアリスがそんな力を持っているとは思っていないらしく、逃げ出すたびに「なんで枷を外せたじゃん？」と首を傾げている。

教えるつもりなんて絶対にないけれど。

全部の枷を外したアリスはベッドから飛び降りる。そして、堂々と玄関から外に出た。

「さあて、あの馬鹿が連れ戻しに来るまで、シルヴィと喋ってよ」

晴れ晴れとした声だった。アリスにジェミニから逃げるという選択肢はない。

今がその絶好のチャンスと分かっていても、彼女はそれをしないのだ。

何故ならシルヴィの行く末を見届けることこそが、アリスがこの世界に生きる目的だから。

その目的を果たせる場所から逃げ出すなんて馬鹿な真似、彼女がするはずがない。

「お願いだからそのまま幸せになるのよ」

転生して何年経っても色褪せることなく覚えているあの光景。

骸となった親友の姿。彼女がいなくなったあとの、味気ない人生。

アリスはあれを二度と繰り返したくはない。

ずっとずーっと、シルヴィが幸せな姿を見続けるのだ。そうすれば、アリスも笑っていられるから。

彼女の世界も色づいたままだから。

だから、親友を害するものをアリスは絶対に許さない。

彼女の唯一の夢を邪魔する者を排除するためならば、どんなことでもすると決めている。

アリスの一番で唯一は、親友ただひとり。

それは彼女にとって、ただひとつの変わらない真実なのだ。

あとがき

皆様、こんにちは、月神サキです。

この度は、『王子様に溺愛されて困ってます』の三巻をお手に取っていただきありがとうございます。

今回は、メタなあとがきは封印です。二頁しかありませんのでね……。

一年に一冊のローペースではありましたが、皆様の応援のおかげで、なんとか二人の結婚式まで辿り着くことができました。カバーがとっても素敵です！

これでシルヴィは、めでたく『アーサー溺愛ルート』固定。

読者様には、他のルートも見たい、なんてお手紙もいただきましたが（笑）。

意外にレオンルート希望が多くて、「ヤンデレレオンか……需要あるんだ」と驚きでした。

アリスのジェミニルートなんかも楽しそうですよね。一方的なケンカップルになること間違いなし。とはいえ、RがRですので、需要は少なそうですが。

アオイ冬子先生には、イースやアリスまで挿絵に描いていただき、とても感謝しています。ピンナップがゾクゾクするほど美しくて感動しました。

いつも本当にありがとうございます。

今回、たくさんの新キャラが出て参りましたが、とりあえずはこれで完結です。お話もちゃんと終わっておりますしね。

とは言え、ラストで2のヒロインである王女も出てきましたし、結婚した二人のイチャラブを書きたい気持ちがあるので、そのうち何食わぬ顔で続編が始まると思います。カバー袖コメントでも書きましたが、ヒルダ王女が「続編スタート！」と高らかに宣言して下さいましたので。

のんびりとお待ちください。そしてお目見えした暁には是非、よろしくお願いいたします。


最後になりましたが、この本に携わって下さった全ての方々に感謝を込めて。

皆様のおかげで、ここまで出すことができました。

また次のステージでお会いできれば嬉しいです。

お付き合いいただき、ありがとうございました。

月神サキ　拝

王子様に溺愛されて困ってます3
〜転生ヒロイン、乙女ゲーム奮闘記〜

月神サキ

2021年5月5日　初版発行
2021年9月6日　第二刷発行

著者　月神サキ

発行者　野内雅宏

発行所　株式会社一迅社
〒160-0022 東京都新宿区新宿3-1-13　京王新宿追分ビル5F
電話　03-5312-7432(編集)
電話　03-5312-6150(販売)
発売元：株式会社講談社(講談社・一迅社)

印刷・製本　大日本印刷株式会社

DTP　株式会社三協美術

装丁　AFTERGLOW

ISBN978-4-7580-9357-6

●本書は「ムーンライトノベルズ」(http://mnlt.syosetu.com/)に
掲載されていたものを改稿の上書籍化したものです。
●この作品はフィクションです。実際の人物・団体・事件などには関係ありません。

MELISSA
メリッサ文庫